# Marco Aurelio y los límites del imperio

# PABLO MONTOYA

## *Marco Aurelio y los límites del imperio*

RANDOM HOUSE

Papel certificado por el Forest Stewardship Council®

Penguin
Random House
Grupo Editorial

Primera edición: noviembre de 2024

© 2024, Pablo Montoya
© 2024, de la presente edición en castellano para todo el mundo:
Penguin Random House Grupo Editorial, S.A.S., Bogotá
© 2024, Penguin Random House Grupo Editorial, S.A.U.
Travessera de Gràcia, 47-49. 08021 Barcelona

*Printed in Spain* – Impreso en España

ISBN: 978-84-397-4414-6
Depósito legal: B-16.095-2024

Impreso en Liberdúplex (Sant Llorenç d'Hortons, Barcelona)

RH 4 4 1 4 A

*Para Eloísa Montoya*

*La vida, guerra y estancia en tierra extraña.*

MARCO AURELIO

# Contenido

La gran plaga

# I

La peste llegó a Roma traída por las legiones de Lucio Vero. Era una aciaga consecuencia de su victoria contra los partos. Pero no por ello desmerecía ser el príncipe. Habíamos decidido, con el senado, enviarlo a Siria al mando de la campaña para contrarrestar el levantamiento de Vologeso IV, rey de Partia. Yo, entre tanto, debía encargarme de los movimientos internos de Roma. Del ir y venir de sus propósitos comerciales, de los principales procesos de la justicia y de esa red de intenciones magnánimas y malos entendidos que nutren la cotidianidad de las familias más ricas y sus vínculos con la organización del Estado. Confiamos en la misión de Lucio y pudimos vencer las oscuras potencias de Oriente. De nuevo, se había superado la posibilidad de que un pueblo bárbaro nos derrotara. Nuestro imperio seguía siendo el paradigma de una sociedad civilizada y aún podía mantenerse en medio del caos y la precariedad que rodea toda empresa humana.

Lucio Vero hizo su entrada a Roma y fue ovacionado. Por la vía Sacra, después de haber pasado junto al circo y atravesado el foro, el carruaje que transportaba al vencedor se desplazó por entre los gritos del pueblo y los sones de las trompetas. Los cuatro caballos blancos tenían las crines tachonadas de piedras preciosas y llevaban petos de oro y plata. Lucio y su carro estaban protegidos por amuletos de miembros viriles para la buena suerte. A su lado iba el esclavo que recordaba su condición de mortal ante el fasto de las celebraciones. Delante desfilaban los senadores y quienes cargaban los tesoros tomados de los derrotados. A los lados del carruaje, cómicos y actores hacían contorsiones y cantaban al ritmo de las flautas y los sistros. Los prisioneros iban detrás con las cabezas rapadas y sus cuerpos encadenados. Con la corona de laurel, el rostro pintarrajeado de púrpura, su túnica, la toga y las sandalias bordadas en oro, Vero ascendió por fin hacia el templo Capitolino. Entonces, cuando penetró en la nave central, se convirtió en un dios ante nuestros ojos.

Luego se sacrificaron los bueyes traídos de Umbría. Hubo banquetes en las casas exornadas con mosaicos coloridos. Se organizaron juegos y espectáculos en el coliseo y el circo. Los poetas cantaban el valor de Lucio y de las legiones comandadas por Avidio Casio, Estacio Prisco y Marcio Vero. Yo mismo le manifesté, rodeado de nuestras familias, mi afectuosa congratulación. Uno de mis hijos, acaso fue Annio, se acercó y me dijo, como si fuera un secreto, que Lucio cargaba sobre sus hombros un genio alado. Miré al César, su tez bronceada por el sol de los mares y los desiertos, y confirmé la revelación del niño. Aunque, sin saberlo —porque ella se paseaba ya entre la gente con una máscara que la volvía irreconocible—, le estábamos dando también la bienvenida a la peste.


## II


Mi mandato comenzó con la prosperidad y la paz dejadas por Antonino Pío. Recuerdo cuando me hizo llamar para nuestra última conversación. En su palacio de Lorio, en las proximidades de Roma, fui recibido en medio de un grave silencio. Cuántas veces no había ido a ese lugar para departir con el que he considerado mi principal guía en las labores de la política. Subí las escalinatas y entré al aposento donde varios cirios iluminaban al moribundo y una estatua de la diosa de la Fortuna. Estaba tan impresionado con la cercanía de las parcas y la mudez que reinaba allí que, al entrar, percibí claramente la crepitación de los pabilos. Cuando me vio Antonino me tomó de las manos. Su rostro estaba ajado y el cabello lo tenía revuelto y la barba desmañada. Me impresionó ese abandono último porque el César siempre se mostraba limpio y bien cuidado. Ante la inminencia del fin no era indispensable mantener el protocolo exigido por el imperio ni por el hogar ni por uno mismo. Sus ojos azules le brillaban tanto que pensé que la muerte no tenía nada que ver con aquellos destellos, sino que establecía un puente más acorde con la luz de los velones. Hablamos poco. Antonino casi no tenía voz y era difícil seguirlo. Pero comprendí lo último que dijo: «Ecuanimidad». La palabra resonó con fuerza. Y sé que ella fue su escudo a lo largo de los años que pasé a su lado. Ecuanimidad. Una palabra que he tratado, en medio de todas las borrascas, de que tenga una función semejante en mí.

De hecho, muy pronto una red de catástrofes se precipitó sobre la ciudad. Varios puentes fueron destruidos por las aguas del Tíber. Los lugares llanos de Roma se anegaron. Las gentes en las calles, y en el interior de sus casas, fueron arrastradas por las corrientes cenagosas. Ver ese rastro, desde lo alto de las colinas, me llenó de congoja. Hubo escasez de alimentos en las zonas afectadas y multitudes hambrientas y sin techo. La situación me alarmó porque del hambre a la revuelta solo hay un paso. Lucio y yo ordenamos, de inmediato, acudir a los graneros de Italia —pues los de Roma habían sido destruidos por las inundaciones— y estuvimos al tanto de la repartición del trigo en las zonas más afectadas. También organizamos grupos de ayuda para que se demolieran las casas del Velabro cuyos pilares se habían podrido por la acción del agua. Ambos recorrimos los sitios donde la tribulación se había dado con crudeza. De este modo superamos la crisis con rapidez y recibimos elogios del senado pronunciados en la curia. Pero, sin que hubiéramos podido recuperarnos del todo, la gran plaga nos golpeó. Así fue como la llamó Galeno, el médico que me acompañó en esos días y que, más que ningún otro, ayudó a enfrentar sus efectos devastadores.

## III

Las tropas de Lucio Vero, procedentes de Partia, habían dejado una estela mórbida en las provincias que atravesaron. Se rumoreó que uno de los soldados, durante el sitio que Avidio Casio hizo a la ciudad de Seleucia, entró al templo de Apolo y abrió un baúl enmohecido. De allí brotó la pestilencia que habría de llegar hasta nosotros. Mientras tanto, fatigado por el periplo y ocurrida la celebración del triunfo, Lucio se encerró en su palacio. Lo hizo en compañía de los bufones, los malabaristas y los músicos que había traído de Siria. Y, como era usual en él, se dio a los excesos. Pensaba que bebiendo el mejor vino de Masia, comiendo viandas exquisitas y declamando versos de Marcial la muerte no lo tocaría. Yo estaba enterado, por cartas que me fueron enviadas por los gobernadores, de esas disipaciones continuas. Sabía que mientras sus generales realizaban las campañas militares, Lucio pasaba el tiempo cazando, haciendo fiestas, participando en carreras y juegos en Antioquía. Debido a esa inclinación a la molicie, Antonino Pío mantuvo reservas hacia él, a pesar de que era uno de los herederos señalados por Adriano. No aprobaba su afición por los dados y los espectáculos de los gladiadores y sus visitas constantes a los burdeles de Subura.

Sé que pude encargarme del imperio, pero si hubiera separado del máximo poder a Lucio se habría manifestado mi desdén hacia el deseo de Adriano. Y atraía, por otro lado, la posibilidad de que surgiera una conspiración contra mí en el seno de la nobleza. Antonino me insistió, en nuestras conversaciones privadas, que gobernara solo. Para él yo estaba signado por el discernimiento y la prudencia, condiciones indispensables de un regente. Mis ventajas sobre Lucio, argumentaba, eran ostensibles. No solo le llevaba diez años, sino que poseía más autoridad y prestigio. Además de estar mejor informado sobre las labores militares y conocer con mayor precisión los intríngulis de las leyes, mi entendimiento de la condición humana era más amplio. Y más allá de presenciar aquellos oficios múltiples que se renuevan como las fases de la luna y las estaciones del año, que se metamorfosean con la tierra a la manera de los insectos, yo comprendía mejor esa otra materia con que están forjadas las aspiraciones más secretas de los hombres.

Pero Lucio había demostrado habilidades de estratega militar y la prueba más fehaciente era la victoria que logró contra los partos. Además, no era el único en refugiarse en el placer cuando los infortunios llegaban. Observándolo, cuando la peste empezó su labor, yo concluía que, en los períodos en que son zamarreados por la naturaleza, los seres humanos buscan en la satisfacción de los sentidos una suerte de atropellada esperanza. En su palacio, durante los días más adversos de la epidemia, se había hecho un festín desproporcionado. Asistieron comensales y se obsequiaron entre ellos esclavos de Partia, animales salvajes y esencias traídas desde Mesopotamia. El gasto fue garrafal. Ese dinero pudo haberse destinado para ayudar al pueblo que sufría los embates implacables de la epidemia. Pero no dije nada. Me pareció fuera de lugar reprochar la inclinación a los deleites en un hombre joven y poderoso. Y, finalmente, ¿cómo desconocer que las campañas militares, a pesar de que las exaltemos en los ejercicios de la retórica y la cadencia de los versos, siempre están acechadas por una voluptuosidad que puede desbordarse? Luchar contra ello es como tratar de detener la caída del agua en medio de los aluviones. Le hice ver a Lucio, sin embargo, días después de la fiesta, que su deber era asistir al pueblo en las desgracias provocadas por la epidemia.

La alarma no demoró en desatarse. Primero fueron los rumores que salían de las tiendas militares ubicadas en las afueras de Roma. Con una rapidez inusitada, los soldados iban de la fiebre a la tos y de esta a una ulceración en las gargantas, para sobrevenir, como una señal grosera, un sarpullido que arrebujaba los cuerpos desde la cabeza hasta los pies. La muerte era dueña de tal ímpetu que los cuerpos que tocaba ni siquiera se incineraban, pues se temía que, al llevar los cadáveres a los ritos funerarios, pudieran contagiar la pestilencia. Las carretas, atestadas de cuerpos muertos, iban y venían por las calles. Había que recoger, lo más pronto posible, a los que morían en sus residencias y a quienes eran arrojados a los callejones más recónditos y a la entrada de los templos y los edificios públicos. Muchos fueron tirados al Tíber, por lo que su cauce se llenó de una fetidez insoportable. Ante el incremento de la mortandad, desde el senado ordenamos medidas urgentes. Las cohortes vigilantes se encargaron de esa áspera limpieza. De la inhumación y las sepulturas se ocuparían personas portadoras de una autorización competente. Cerramos casi todas las vías de acceso a Roma y solo fueron autorizados quienes transportaban desde el puerto de Ostia los alimentos y las bebidas. Varias zonas de la ciudad, sobre todo las más populosas, fueron clausuradas y los que se atrevían a salir de ellas eran reconvenidos con firmeza y llevados de vuelta a sus casas. Solo lo podía hacer un miembro elegido por la familia, y a horas determinadas, para recibir las raciones de los víveres. Como el río se cubrió de podredumbre en ciertos tramos, prohibimos, bajo condena de prisión, arrojar cadáveres al agua. Exigí, por último y aconsejado por Galeno, que se levantaran fogatas, rociadas con incienso, en los lugares donde la peste era más agresiva. Durante días y noches, aquellas inmensas llamas fueron el signo más elocuente de nuestra resistencia.

Los soldados, mientras tanto, recogían los cuerpos emponzoñados. Algunos protestaron ante la inclemencia del flagelo, pero la mayoría cumplió la labor con una dosis de sacrificio encomiable. No sé cuántos de ellos murieron en medio de la primera arremetida. Pero confieso que, si hubiera sido por mí, habría despedido, con los honores del caso, a cada uno de esos hombres cuyos nombres aún desconozco y que elevaron el coraje ante el desastre generalizado a un nivel difícil de superar. Una vez, aunque con poco optimismo, le pedí a Lucio que me acompañara a dar apoyo a los más desconsolados. Pero él se negó, amedrentado por la posibilidad del contagio. Incluso, recomendó, con su voz ronca, que no me arriesgara y pusiera en peligro a los míos.

Era cierto que yo no cejaba en mis correrías por la ciudad. Comía poco en la mañana y en la noche. A mi sueño, que no pasaba de tres o cuatro horas, lo rodeaba un sobresalto permanente. Desde entonces, y por consejo de Galeno, empecé a tomar medicamentos para protegerme. Trataba de que mi voz fuera escuchada en los lugares donde los clamores se hacían más extremos. De nuevo, como en mis primeras intervenciones en la curia, debía hacer gárgaras diarias con agua y miel para que mi voz alcanzara la reciedumbre necesaria. Las reuniones en el senado se volvieron frecuentes. Nos acomodábamos sobre las gradas, hacia la cuarta vigilia de la noche. Una estatua de la Victoria nos presidía. Y culminábamos, exhaustos, con el asomo del último crepúsculo, sabiendo entre la urgencia y la desesperación que nuestros actos eran los más pertinentes. Nunca he menospreciado el esfuerzo que acometimos. La noción del trabajo comunitario, quiero decir su aspecto más filantrópico, no la comprendí cabalmente ni en los procesos jurídicos, ni en las ceremonias religiosas, ni en los campamentos del ejército, sino en esas deliberaciones estimuladas por el acoso de la peste. Pero cuando vuelvo una y otra vez la mirada hacia esos días, tengo la impresión de que, a pesar de mis esfuerzos, he aminorado muy poco las tormentas que se han precipitado sobre el imperio.

# IV

Ahora estoy en un sitio próximo a Sirmio, tratando de detener las invasiones de los marcomanos y los cuados. Ha sido difícil conseguirlo porque estas tribus son escurridizas y huyen de la persecución de otros pueblos más salvajes y más distantes. Mi propósito, durante los últimos años, ha sido fundar nuevas provincias en estas regiones en donde los bárbaros puedan establecerse y, poco a poco, convertirlos en ciudadanos romanos.

En medio de las noches, frías y brumosas, he aprovechado para escribir unas consideraciones tardías en lengua griega. Las he ido reuniendo sin el ánimo de hacerlas públicas. Por momentos, concluyo que se trata de un examen de conciencia frente a mí y frente a los dioses y, a la vez, son sentencias para orientar mi relación con los otros. Soy, pues, el único destinatario de estas reflexiones. Al mismo tiempo escribo, en mi lengua y la del imperio, estas remembranzas sobre mi vida. El fuego de las calderas y una manta gruesa de oveja calientan mi cuerpo, que es propenso a enfriarse con facilidad. Afuera se extienden las tiendas del campamento. Y puedo escuchar, acompasados por sus voces, los pasos de quienes van y vienen para avisarme sobre las expediciones realizadas.

Cierro los ojos y vuelvo a las reuniones del senado. Con sus togas blancas atravesadas por bandas púrpuras, los senadores votaban las propuestas para enfrentar la epidemia. Tengo ante mí otra vez sus rostros y escucho de nuevo los discursos —unos pronunciados con conmoción lúcida, otros llenos de los serpenteos pomposos exigidos por la retórica—. Ante la dimensión de los contagios y el número de muertos, propuse que el Estado, con la ayuda de la nobleza, asumiera los gastos ocasionados por la adversidad. Algunos se negaron justificando que la peor tragedia no era la que padecía el pueblo, sino la de sus patrimonios familiares afectados. Otros se dejaron invadir por una vacilación mezquina que les impedía hacer lo necesario.

Debido a que el tesoro público había disminuido, decidí subastar mis bienes para ayudar a los más urgidos. Así, pensé, daría un ejemplo. Y dije que el poder era un privilegio inútil si no se asumía como un servicio a los demás. Recordé que éramos una organización colectiva y que nuestro deber consistía en velar por el bienestar de ella y de todos sus integrantes, desde los más pudientes hasta los más humildes. Recurrí a una comparación de Antonino Pío: «Hemos nacido para colaborar con la comunidad, del modo en que los pies y las manos, los párpados y los dientes lo hacen en el conjunto del cuerpo». Gobernar a Roma, los convencí de esto, significaba sacrificarse para protegerla. Fue así entonces como redactamos un juramento, en virtud del cual los senadores ponían como testigos a los dioses de que darían lo suficiente para enfrentar los estragos y salvaguardar a los más vulnerables.

## V

La tarde en que hablé con Lucio, corroboré su inquietud. No lo hice llamar para que acudiera al Palatino, sino que fui a su residencia del monte Celio. Sus cabellos estaban peinados con primor y despedía una fragancia floral. Creí, por un momento, que el olor lo expelían las flores tejidas en su toga. Con satisfacción evidente, me explicó que había traído la prenda de Laodicea. Estábamos en uno de los aposentos del palacio desde donde se divisaba la urbe. La contemplamos un rato y sentimos el silencio rumoroso de su quietud consternada. Ambos sabíamos que se estaban presentando disturbios en las fronteras del Danubio. Mientras Lucio hacía la guerra en Oriente, me había encargado de fortalecer las legiones del norte y enfrentar los conflictos que allí se sucedían, año tras año, desde los tiempos de Tiberio. Pero, por la peste, nuestro desplazamiento se había postergado.

Vero opinó que los gobernadores de las Panonias podían resolver la crisis sin nosotros. Los dominios germánicos les parecían, a él y a una buena parte de los senadores, arduos de controlar y lo mejor era manejarlos desde la distancia. Yo pensaba lo contrario y abogaba por un viaje necesario. Aquella tarde ni siquiera pude convencerlo de que me acompañara al Velabro, que era el barrio más devastado por la enfermedad. Era como si, con su decisión de estar en su casa, declarara que lo suyo había sido defender el imperio de los ataques partos y que a mí me correspondía lidiar con la gran ciudad enferma.

Antes de despedirnos, me preguntó, eludiendo la atmósfera contrariada de nuestro diálogo, cuándo creía que las carreras reemprenderían su labor en el circo. En la curia, respondí con frialdad, no hemos deliberado sobre asuntos de esa índole. Se justificó diciendo que había invertido una fortuna en Alado, su caballo favorito. Me preguntó qué opinaba sobre su idea de utilizar uno de los circos privados para realizar las competencias. Lo miré a los ojos fijamente. Recordé lo que decía Galeno de quienes seguían con pasión las carreras. Llegaban al extremo de ir a los establos a oler el estiércol de los caballos para saber si estaban bien alimentados. Y, sin contestar, salí del palacio.

## VI

En los primeros días de la epidemia, tuve cerca al médico de Pérgamo. Galeno no solamente conocía el papel que el corazón, el cerebro y el hígado ocupan en el cuerpo humano, sino que con él se podía conversar sobre Platón y Aristóteles. Era un médico tan seguro de sí que provocaba recelo en los colegas de su profesión. Su inteligencia coqueteaba con la ironía y sus diagnósticos eran eficaces. Poseía una energía tan impresionante que podía ocuparse de todos los libros de medicina y filosofía y, por supuesto, de todos los enfermos. Ante la anomalía, cualquier paciente debía ser atendido: el familiar, el esclavo, el soldado, el noble y el mendigo. Era un griego, es decir, un hombre que sentía orgullo de la sabiduría de sus ancestros. Frente a su patria, Roma le parecía tan solo una continuadora arrogante de sus logros. Aducía que, en la época de Pericles, Grecia tuvo a Sófocles, a Heródoto y a Fidias. Roma, entre tanto, tan solo era una aldea empantanada de campesinos rústicos. Nuestro imperio, pese a ser estimulado por la sapiencia griega, vivía abrumado por las tropelías militares. Tenía razón, sin duda, en esta valoración del papel que Grecia desempeña en el conocimiento y sus vínculos con el mundo y los hombres.

Pero estas oposiciones, a mi juicio, gozaban de cierto absolutismo. Yo le decía, por ejemplo, que el primer templo levantado a Júpiter era más antiguo que el del Partenón de Atenas. Lo cual significa que desde muy temprano entre nosotros ya se respetaba a un dios que es, en esencia, una potencia capaz de garantizar el orden de un pueblo, su unidad y su desarrollo. Siempre he pensado, agregaba yo, que la senda romana se había delineado paralelamente a la griega. Que allá existían artistas y pensadores, y en Roma ocurría algo parecido. Entre ambos ha prevalecido, más que diferencias, una hermandad cultural. Homero y Virgilio, Demóstenes y Cicerón han sido, en este rumbo, guías similares en nuestra historia. Con todo, las valoraciones de Galeno sobre un imperio fundado en las armas eran ciertas. Pero qué imperio o reino o nación podría progresar sin la presencia de las espadas y los escudos. Recuerdo una de las sentencias del médico: «Las guerras son la prueba máxima de que los humanos descendemos de los demonios y no de los dioses». En este asunto, él se situaba frente a las jornadas bélicas como lo hacía Livio Tertulo, uno de mis amigos más queridos. Pero a los dos, tanto al médico de Pérgamo como al noble de Túsculo, podría decirles, desde estos campos de batallas en los que ahora me encuentro, que odiar la guerra es como si alguien sentado junto a un manantial, del cual brota el ímpetu, se pusiera a insultarlo.

En aquellas jornadas de la epidemia, Galeno me pidió que lo dejara regresar a su ciudad natal. Deseaba velar por los suyos y, pienso ahora, también quería huir de la calamidad. Con la enfermedad extendida por Roma, recomendaba, más que encerrarse, escapar hacia lugares menos poblados. Pues Galeno consideraba que no había un verdadero remedio contra ella. Antes de su partida, me aconsejó reducir mis diligencias. O alejarme de los míos, si continuaba con aquellos trajines cotidianos. Hice lo segundo y, como él me lo prescribió, tomaba bebidas calientes rociadas con polvo armenio, ya que de esas tierras provenía la peste. E, incómodo por el olor, lo obedecí también y humedecía todos los días mi vestimenta con orines de niño.

Para Galeno la peste no era un castigo de Apolo, como suponían los sacerdotes, sino una situación mórbida de la atmósfera provocada por las conquistas romanas. Entendía, además, mi noción del deber frente a los padecimientos del pueblo. Pero explicaba que mi condición de príncipe no garantizaba ninguna seguridad. Mientras estuvo a mi lado, aconsejaba quedarse en casa. En esto también lo atendí y ordené, hasta donde me fue posible, el confinamiento en Roma. Ese ir y venir de sus habitantes en los mercados hubo de reducirse. Igual pasó con quienes iban a los templos a realizar los ritos y a laborar en los campos. Las barcas que surcaban el río Tíber y las carretas procedentes de la vía Portuensis, que comunicaba a la capital con el puerto de Ostia, tuvieron que minimizarse y solo permitimos que entraran los víveres esenciales como el trigo, el aceite de oliva y el vino. Los baños públicos, desde los de Agripa hasta los de Trajano, como los lupanares de Subura, también se clausuraron.

Pero ¿cómo podía hacer caso a todas las indicaciones de Galeno? En la guerra el César debía estar con las legiones, los asuntos de la justicia tenían que ser su mayor preocupación y en tiempos de zozobra su responsabilidad consistía en estar con los más urgidos. Y yo me comporté de este modo. Estuve tanto en los barrios de los nobles tocados por la enfermedad como entre los más humildes y menesterosos. Galeno, no obstante, tenía razón, porque la peste no tardó en tocar a mi puerta. Y entró con una agresividad suficiente para llevarse consigo, desdeñosa a lo que yo pudiera representar, a uno de mis seres más amados.

No sé cuál imagen podría definir esta epidemia que tiene casi la misma edad de mi mandato. Cada quien tiene la suya. Pero yo guardo dos imágenes que se entrecruzan para fundirse en una sola y dejar en mi ánimo la huella del fracaso. Porque ¿cómo asegurar que hemos vencido la enfermedad? Si pusiéramos, incluso, delante de ella el poder de un imperio como el nuestro, ¿con qué porción de gloria se podría decir que somos el bastión de la civilización y la peste, un trauma superado?

En esos días, repito, no tenía reposo. Cuando nos desplazábamos, con el movimiento de la litera en que era transportado, mis ojos se cerraban por la fatiga. Una mañana, voces que clamaban ayuda me sacaron de la somnolencia. Los guardias debían retirar a unos desarrapados que, con sus semblantes cubiertos por el eczema, merodeaban. En algunos sectores eran tantos los contagiados que había que hacer un cerco militar para impedir que alguien se me aproximara. Si los charlatanes prevalecen en una ciudad como Roma, donde la mayoría de sus residentes en tiempos normales es proclive al chisme, a la necedad y al escándalo, con la epidemia todo esto se incrementó hasta la exageración. Unos se ubicaban en el Campo de Marte augurando que caería fuego del cielo y el fin del mundo llegaría si no se hacía lo que ellos recomendaban. Otros, siguiendo a profetas advenedizos, que se habían enriquecido con fórmulas mágicas, vendían oráculos escritos en arcilla para que se pusieran en las entradas de las casas. Como si a la muerte le interesara leer esas frases escritas con descuido. Otros aseguraban que tocar a uno de los príncipes, o a algún alto sacerdote, los protegería contra el mal.

Galeno se mofaba de estos personajes. Les decía manipuladores de la ignorancia. Con mayor desenfado y humor, Luciano había escrito no hacía mucho sobre los avatares supersticiosos de uno de ellos y no vacilaba en ridiculizarlo. Sin embargo, distante de esos extremos, pues soy el dirigente de un imperio y no un escéptico de él, he intentado sopesar la predisposición al embuste de los impostores de cada día. Peor que una peste, lo sé, es la ausencia de la inteligencia, y a todo pueblo lo atraviesa un fanatismo lamentable. Es necio condenar los casos en que los hombres, para no sucumbir al derrumbe de los desastres que los circundan, se aferran a cualquier consejo, creencia o fe. Somos, en este sentido, como esas raíces que crecen al borde de los despeñaderos y se adhieren con una contumacia, tan increíble como conmovedora, a la tierra, al agua o al viento para no caer en el vacío. Además, ¿cómo olvidar las ciudades que superaron el hambre, la guerra y otros flagelos gracias a los oráculos? ¿Cómo pasar por alto a quienes han sido castigados o premiados por los santuarios? Y qué curioso resulta que Galeno y otros médicos, ajenos a las supersticiones, escuchen con atención los sueños de sus pacientes para llegar a las raíces de algunos desequilibrios orgánicos.

Porque qué puede haber más delicuescente que un sueño. Es como si alrededor del fuego, la lluvia y los truenos, o con un montículo de cenizas en las manos o un entramado de vísceras ante nuestros ojos, poseyéramos los elementos indispensables para descifrar el gran misterio del tiempo. Los romanos viven la vigilia sostenidos en sus sueños, como si ese relieve inasible fuera su carta de navegación más impostergable. Yo mismo, a través de ellos, he recibido remedios para evitar los mareos y mis frecuentes expectoraciones de sangre. Soy, pues, y semejante a aquellos médicos, consciente de su poder. Por ello mismo, puesto que no desdeño lo que está más allá de la realidad física, y considero que un mundo sin dioses y sin ritos no tiene sentido, acepté que los invocaran para enfrentar la peste. Autoricé que, para purificar la ciudad, se pusieran durante siete días seguidos estatuas de las divinidades en triclinios y recibieran las ofrendas del pueblo. Los oráculos de Apolo fueron los más consultados. Tomé estas decisiones porque proscribirlas significaría cercenar aquello que ayuda a la gente a soportar mejor las vicisitudes. A quienes llamamos dioses están en los altares íntimos. En los recintos oficiales de la religión. En la boca o el pensamiento de quienes trabajan sin respiro. En las agitadas antesalas del dormir. En la red de sueños que creamos y en las anticipaciones del alba que son, quizá, la cara más indiscutible de la esperanza. Es el dios o los dioses quienes justifican —por encima del amor, la lealtad y los deberes que se mantienen hacia los otros— el palpitar de los corazones, el fluir de la sangre por las venas y el aire que entra a nuestros cuerpos para edificar sus fantasías más caras.

## VIII

Una vez nos dirigimos al barrio Subura. Era una de esas jornadas en las que yo visitaba las zonas de la ciudad más vapuleadas por la epidemia. En ellas no me precedían los usuales lictores. Me parecía insensato arriesgar la vida de esos hombres que llevaban las varas de olmo y abedul coronadas con las hachas del poder para preceder mis pasos. La desolación de aquellos parajes no merecía protocolos de ese estilo. En cambio, me acompañaba un destacamento de la guardia pretoriana. Esa tarde bordeamos los foros sin nadie. Traspasamos la muralla que se había construido para proteger los monumentos de los continuos incendios. Ascendimos después hacia la colina Quirinal. Las calles se veían angostas y oscuras. Los burdeles y tabernas estaban cerrados y expelían un aire de completo abandono. Yo, envuelta mi cabeza en un manto, esperaba escuchar gritos y quejumbres. Pero solo oía los pasos de los guardias que cargaban la litera. Sus respiraciones interrumpidas por la tela que habían metido entre sus cascos para evitar las vaharadas de la descomposición. De pronto, sentí que alguien pronunció en mi oído algo incomprensible y que una mano rozó mi frente. Inquieto, me asomé por la portezuela.

Entonces los vi. Salían de una de esas ínsulas que, levantadas tan cerca unas de las otras, no dejaban que los rayos del sol se metieran por donde íbamos. Era un anciano que llevaba de la mano a un niño. Con pasos firmes avanzaban por las calles. Primero los seguí con mis ojos. Supe que la voz y la mano, que me habían llamado y tocado, eran las de ese hombre. Ordené enseguida que nos detuviéramos. Me bajé de la litera y decidí ir tras ellos. Un cerco se hizo alrededor mío para protegerme. Comprendí el temor de los guardias y permití que tres de ellos me acompañaran.

No sé si esa visión fue real. O si actuó como una prolongación ficticia de la desdicha. Yo veía al viejo y al niño, a pesar de los pocos pasos que nos separaban, como siluetas tasajeadas. Esta impresión la favorecía la escasa luz de las rúas. Quise parar sus pasos con una orden. Pero algo me dijo que no debía obstaculizar su recorrido. Más adelante giraron para ascender todavía más. Uno de los guardias se prosternó ante mí. Dijo que nos estábamos alejando de la vía Argileto. Contesté que eso no era un problema ni resultaba riesgoso. El militar se inclinó deferentemente y dejó que siguiéramos. En una esquina, el anciano paró y abrazó a su acompañante. Yo no podía ver con claridad lo que estaba más delante de ellos, pues el ángulo desde donde los observaba lo impedía. Me apresuré porque las dos siluetas desaparecieron por un momento. De súbito, nos llegó el olor de la putrefacción. Apreté el manto sobre mi nariz y continué. Otro guardia me previno. El viejo y el adolescente se habían dirigido hacia un cúmulo de cadáveres. Frené empujado por el instinto de defensa. Al mismo tiempo, los tres hombres se reunieron haciendo la posición de tortuga, como si estuvieran protegiéndome no de miasmas malsanas, sino de piedras y venablos. Dije que no estábamos en guerra y pedí que me dejaran salir del centro. Avancé entonces unas calles más y vi cómo el viejo y el niño se desvistieron y ascendieron, desnudos, por entre los muertos. Era como si caminaran sobre peldaños blandos. En algún sitio, separando brazos, piernas y cabezas, se acostaron. Quise que los sacaran de allí para que tuvieran un fin menos oprobioso. Pero adiviné en los guardias un mohín más de terror que de repugnancia. Un perro, de repente, ladró en alguna parte. Una voz lo llamó por su nombre. La vida y la muerte, pensé, se entretejían sin remedio. Y así la segunda tuviera la ventaja, y con su actuación llevara a pensar que todo lo viviente era pasto de su voracidad, persistía siempre un sonido, un movimiento, un olor que transformaban el fin de toda existencia en algo no invencible, pero sí capaz de detenerse por un poco más de tiempo.

¿Por qué aquel anciano tomó esa decisión? ¿Qué le hizo salir de su casa para morir con quienes habían sido sus vecinos, sus amigos, sus familiares? Varios médicos, entre ellos Galeno, explicaban que una de las manifestaciones últimas de la peste era un tipo de demencia. Pero ¿qué demencia puede haber en la certidumbre de que vamos a morir y que poco importa cómo y dónde pueda sucedernos? En esos dos hombres, padre e hijo, o abuelo y nieto, no hubo ningún agobio. Aunque podría tomarse lo suyo como un acto de última desesperación, sé que cada uno de sus movimientos, desde que salieron de su casa hasta que se mezclaron con los muertos amontonados, fue predeterminado. Como si, con su resolución, se me hubiera ofrecido una enseñanza crucial: a la muerte, cualquiera sea su apariencia, no hay por qué temerle.

## IX

Entiendo que, desde la juiciosa observación, Galeno y otros médicos han hablado del sarpullido, de la fiebre, de la diarrea, de la asfixia. Pero, separando esas descripciones patológicas, ¿qué siente el que muere? ¿Quién presencia esa misma muerte? ¿Y cómo referirse a la muerte sin el dolor? Esta es un acontecer más del fluir del cosmos que poetas y filósofos se esfuerzan por descifrar. Debería tomarse como un asunto normal en la evolución de la vida. Sin embargo, al aproximarnos a ella, la cubrimos siempre de interpretaciones vacilantes y temerosas. No podría afirmar, en todo caso, que sentí dolor cuando vi al viejo y al niño confundirse entre los cuerpos descompuestos. Me conmovió la escena y el recuerdo que guardo de ella se mantiene incólume frente el paso de los días. En cambio sí conocí el dolor, en toda su hondura, con la muerte de Annio. A la sazón, yo sabía que cualquier familia no es más que una sucesión inevitable de fallecimientos. Ahora o antes, unos más rápido y otros más lento, hemos de morir y nada hay que hacer frente a esta circunstancia. Solo aceptarla con resignación y coraje. Mi esposa Faustina, sin embargo, había sido bendecida por la fecundidad. Por este motivo, ha sido tan celebrada en las monedas del imperio. Y hablo de bendición porque el nacimiento de un ser humano, entre los ricos y los esclavos, entre los sabios y los necios, entre las hetairas y los sacerdotes, otorga vigor a una sociedad para que enfrente su respectivo fin. Soportar la muerte exige una resistencia física, lo sé, pero también un comportamiento que la diosa Fortuna sabe depositar en cada uno de nosotros. Y, finalmente, llegar a la adultez es como asistir a una carrera de caballos en la que ninguno de los jinetes tiene asegurado el triunfo y solo a uno le corresponde cruzar la meta.

Annio nació el mismo año en que Lucio Vero partió para Oriente. Ese día, Faustina, acompañada de las parteras, se dirigió a una de las habitaciones bajas de la casa. Como en el nacimiento de nuestros primeros hijos, la servidumbre estaba expectante. Luego hubo un silencio al cabo del cual sobrevinieron los quejidos de Faustina y, entre ellos, el llanto de la criatura. Iniciaba el día cuando recibí al bebé en mis brazos. Con el cuerpecito ya bañado, mi hijo movía su cabeza mirando en derredor con una curiosidad insaciable. Sus ojos poseían el fulgor de todos los astros. Faustina, que había quedado exhausta, dormía. En la habitación un fuego apacible estaba prendido en recipientes de plata. Los sahumerios de lavanda limpiaban el aire. En medio de esos aromas ondeaba también el olor del inicio de la vida. Agradecí a Juno porque el alumbramiento había sido exitoso. Abracé a cada una de las mujeres que, entre afanes y murmuraciones, seguían velando para que la nueva criatura comenzara su ciclo. Fui con mi hijo en brazos hacia la puerta principal de la casa. Desde allí le mostré Roma, que se desplegaba rumorosa ante nosotros. Y bajo aquella mañana, que era como el trasunto de la mirada del niño, le di la bienvenida al mundo.

# X

Desde entonces Annio fue la constatación diaria de un feliz entusiasmo. Yo quería a mis otros hijos, por supuesto. Cómodo, por ser el primogénito, gozaba del privilegio de convertirse en mi sucesor. Con él, en caso de que yo lo decidiera, volveríamos al traslado del poder por línea directa de la familia, pues desde Trajano hasta mí, el legado del imperio había acudido a la adopción del mejor. Pero pese a ese privilegio, Cómodo poseía un carácter travieso e irascible. A Annio lo caracterizaba, al contrario, otro brío y otra disponibilidad. Era sensato y veraz y, por tal razón, acudía a él siempre que llegaba a casa, asumidos los compromisos oficiales. En cada pausa de mis ocios y lecturas, lo sacaba de sus juegos para llevármelo conmigo. Aplaudía con regocijo cada avance suyo en el conocimiento de su entorno. Vigilaba las primeras bases dadas por su preceptor y en él veía al posible continuador de mis labores. Annio gozaba, además, de algo que lo hacía sobresalir entre sus demás hermanos. Transitaba de una febrilidad lúdica al gesto contemplativo del muchacho sagaz que pudo haber sido. Inquiría por todo —el arco iris y el cielo, el relámpago y los truenos, el fuego y su corporeidad— y de todo pedía una respuesta que debía explicársele con otra y otra más. Pero, en vez de fastidiarme con su continuo preguntar sobre las cosas, con su voz, su mirada y sus movimientos, me llenaba de un gran deseo de enseñarle ese universo del cual los dos formábamos parte. Otros hijos habían fallecido en edades tempranas. Los primeros gemelos no llegaron a cumplir el año. Antonino, que había nacido unos minutos después de Cómodo, también murió pronto. Faustina comenzaba sus preñeces y se comportó con entereza ante estos primeros duelos. Puede pensarse que he sido frío en la aceptación de un destino familiar signado por la muerte. Pero mi frialdad no es más que una máscara de la serenidad. Y la muerte no es ningún mal en el orden del mundo. Despotricar contra ella, o lamentarse, es un rasgo que demuestra la debilidad y la necedad que nos alberga. ¿Cómo desconocer que los hogares son visitados por la parca y que cada uno de sus integrantes se volverá, tarde o temprano, una evocación vaporosa? ¿Y cómo no entender que entre las víctimas más frecuentes de las enfermedades están los niños? Cualquier progenitor debería resguardarse en esta aceptación de la muerte temprana. Esto podría ayudarnos, sin duda, a enfrentar mejor la adversidad. Una de las maneras en que Faustina luchaba contra la fatalidad era decirme que estaba embarazada cuando hacía poco había perecido uno de nuestros retoños. Yo la abrazaba y ella buscaba mi pecho para recostarse. Faustina no era una diosa todavía, aunque encarnara la abundancia de los campos. Por esto, y por ser la mujer que amaba, inclinándome, le daba un beso al vientre que crecía, una vez más, como una lenta y empecinada primavera.

## XI

Annio murió durante un verano. Frente a la rudeza del clima en Roma —la humedad era malsana y el calor atosigante—, decidimos viajar a Preneste. Esperábamos que los vientos que bajaban del monte Ginestro nos refrescaran. La peste no había desaparecido, pero su potencia era débil. Ya no morían tantos en la ciudad y el ritmo de la cotidianidad de sus habitantes reiniciaba. Se oía de nuevo la algarabía de los comerciantes en los mercados. Las calles se llenaban una vez más del trajín de las carretas y las literas. En el foro volvían los discursos de la retórica y las polémicas de la política y la filosofía. Escogimos esta villa no solo por la limpieza de su firmamento y la bondad del clima, sino porque allí se levantaba el templo de la diosa Fortuna y lo mejor era encomendarnos a sus bendiciones. Yo estaba aún conmocionado por la muerte de Lucio Vero, sobrevenida cuando regresábamos a Roma desde Aquilea. Pero me sentía contento de estar de nuevo con mi familia. Al salir de la ciudad, por la puerta Prenestina, comenté con vivacidad la mañana. Los árboles cuyos follajes acogían a pájaros multicolores. El buen humor y el sentido servicial de nuestros acompañantes. Los niños, que preguntaban sobre el mecanismo del acueducto Claudio que íbamos bordeando a lo largo de la vía empedrada.

Había decidido, ante la desaparición de Lucio Vero, que Cómodo y Annio fueran mis sucesores. Nuestros hijos crecían bien bajo el cuidado de los médicos y el amparo de la diosa Fortuna. Varias veces fui a su santuario, construido para que ella dominara la ciudad de Preneste. Ascendía las rampas y el sonido del agua, que corría alrededor, era un sistema equilibrado de murmullos. Al llegar a la terraza más alta comprendía que los diseñadores de esos espacios habían pensado en la captación de los auspicios porque, al divisar el firmamento, las aves se introducían de tal forma en la mirada que los dioses se transparentaban en su vuelo. Preneste se veía lejana de las vicisitudes ante el aroma de los olivos enanos que bajaba de las laderas aledañas. A los atardeceres los atravesaba cierta inquietud porque Faustina se ponía túnicas de colores tenues que reflejaban su sinuosidad adorable. Las noches estaban envueltas en la fragancia de la tierra humedecida que tenía el poder de encender nuestro deseo. Entonces nos amábamos entre el canto de grillos y las chicharras que ritmaban nuestras respiraciones.

## XII

Unos meses antes, mi esposa había descubierto un tumor debajo de la oreja de Annio. Como este creció, se nos recomendó eliminarlo. Consultamos a varios médicos — hasta Galeno fue interrogado en una de mis cartas— y fuimos aconsejados de que lo mejor era extirpar la peque el rápido restablecimiento del niño, el viaje nos pareció apropiado. Pero en algún momento en que jugaba con Cómodo a Ulises y Polifemo, Annio levantó su pequeña espada de madera y se desvaneció. Yo estaba observando la escena desde una banca del jardín. Releía un manojo de cartas que Frontón, uno de mis maestros, me había enviado en el último período de su vida, cuando Cómodo me hizo un gesto con la mano. Pensé que la caída de su hermano hacía parte del juego. Pero dándome cuenta de lo sucedido, me levanté. Cargué al pequeño Ulises y fue como si un rayo ardiente saliera de su cuerpo y penetrara el mío.

Las primeras manchas en sus brazos y piernas aparecieron cuando lo vio Sotéridas, el médico de Faustina. Primero fueron rojizas y con el paso de las horas se tornaron violáceas. La fiebre no paraba. Crecía en oleadas repentinas y al poner las manos en su frente, debíamos retirarlas de inmediato. Annio abría los ojos como si estuviera viendo espectros. Faustina en vez de llorar o de huir a una de las piezas de la casa, se ocupaba de su hijo con el mayor cuidado. Los demás niños habían sido enviados a otra casa para evitar el contagio. Entre tanto, los sufrimientos del niño arreciaban. Sus ojos dejaron de ser los dos remansos azules en los que gustaba verme reflejado, para volverse un par de charcos turbios de los cuales emergía un mundo sacudido por las convulsiones. Su cuerpo, el de un pequeño hombre abocado al fin, se retorcía una y otra vez. Y resistía, oponiéndose con un valor tan desesperado como inútil, a que la muerte se lo llevara.

¿Dónde estuvo, me pregunto ahora, la Fortuna durante esas horas en que creímos ser sus benefactores? ¿En qué lugar del imperio, o de aquella casa de campo, se escondió la diosa para no escuchar nuestros ruegos? Sotéridas me miró desolado. Un amanecer tibio despuntaba más allá de las ventanas. «Morta», dijo el médico, «es imbatible y no puedo hacer nada contra ella. Muy pronto le cortará el hilo de la vida». Faustina, al escuchar estas palabras, se acercó a Annio. Lo envolvió en la sábana y lo cargó. Su cabeza unida a la del niño, le susurraba palabras de amor. Mi hijo se fue calmando y las agitaciones, por fin, desaparecieron. Luego, lo tomé en mis brazos y, al ver en su cuerpo el ánima ya ausente, puse mi frente sobre la suya y lloré largamente.

# La desnudez y la libélula

Mi padre, como mi abuelo, como mi bisabuelo, como mi hijo dilecto, se llamaba Annio Vero. Murió cuando yo era niño. Su rostro se me ha desdibujado en la memoria. Incluso, en mis años de adolescencia, debía reconstruirlo a partir de unos dibujos guardados por mi madre en una pequeña caja de ciprés. En esos pergaminos se le ve con la mirada tranquila, la frente amplia y la insinuación de una sonrisa enmarcada por una barba fosca. Era un hombre de apariencia maciza, el rostro cuadrado y las espaldas anchas. Su carácter sobresalía por la discreción y la bondad. Domicia Lucila, mi madre, evocaba esa reserva que, de vez en cuando, se interrumpía con comentarios sardónicos sobre el comportamiento escurridizo de los hombres que se dedicaban a la política.

Desde temprano, por lo tanto, sé qué significa el duelo. La ausencia de ese ser raigal, dueño de la simiente de donde hemos surgido, me enseñó que se debe dialogar con la orfandad a todo instante. Aunque mentiría si dijera que en esos primeros años no conocí la felicidad. Esa que el niño siente al reconocer algo nuevo de su mundo vinculado con el de afuera. La plenitud de la que hablo no es un vacío cognitivo propio de puericias inofensivas, como lo entienden algunos, sino una expansión ascendente hacia todos los hallazgos. Como si en la experiencia de esa totalidad, nunca adquirida completamente y siempre ansiada, se concentrara el camino más despejado que conduce a la verdad.

Muerto mi progenitor, fuimos a vivir a la casa de mi abuelo Annio Vero. En verdad, fueron él y Domicia quienes se ocuparon de mis primeros aprendizajes. Nací y crecí en una casa del monte Celio, rodeada de jardines cuyos árboles frondosos, eso sí lo recuerdo con exactitud, captaban las diversas luces de las estaciones. Fue allí donde comprendí lo que quiere decir la pequeña patria. Un espacio limitado, pero definido por la calidez familiar. Delimitación donde palpita una larga y honorable tradición en la que el pasado se torna presente y este aspira al futuro con una expectativa tan sobria como segura. En aquellos aposentos ahítos de frescor, junto a personas que amaba con una mezcla de embeleso y gratitud, y entre sus mosaicos de escenas sencillas —un campesino sembrando la tierra, la cesta atiborrada de higos maduros, orillas donde pastaban las vacas—, pasé los días más gozosos de mi vida.

Mi abuelo Annio Vero fue un hombre de convicciones filantrópicas que transmitía no solo al hablar, sino en las figuras nítidas que sus manos trazaban en el aire. Su reciedumbre física, que había sido un rasgo continuo en nuestros antepasados, habría de disminuirse bastante en mí. De hecho, desde muy chico comenzaron a manifestarse estas fragilidades del organismo que he llevado con la ayuda de los médicos y los filósofos. A mi abuelo, en el dominio político, se le respetó sin vacilación. Aconsejaba, a sus seres más próximos y a quienes conformaban el ruedo de sus decisiones, acudir a la inteligencia y a la bondad. Provenía de un padre que había sido senador pretoriano y este hundía sus raíces en otros Annios Veros que habitaron la provincia de la Bética. A mi abuelo se le expandía el ánimo cuando rememoraba los olivares que poblaron su infancia en la localidad de Ucubi. Hablaba de esos árboles radiantes en su verdor como si se tratara de una de sus compañías más queridas. De hecho, su patrimonio económico —el que después habría de favorecerme— estaba asociado al comercio del aceite de oliva que unía a Hispania con Roma. Era tanta su valoración de este fruto que, luego de un viaje que hizo por algunas localidades del Danubio, decía que sus habitantes vivían una existencia miserable porque no cultivaban olivos y desconocían el sabor del vino. Era, además, un hombre bastante agorero. No se comportaba así en Roma, porque pensaba que sus templos eran suficientes murallas para detener los espíritus malignos, pero sí en las ocasiones en que iba al campo. En los días en que las puertas del Infierno se abrían, él salía en las noches con un recipiente de habas cocinadas y las lanzaba en los alrededores de la casa para soliviantar a los manes y proteger a la familia de las energías nefastas.

Debido a la influencia de la concubina de mi abuelo, que dirigía los asuntos de la casa con altivez incómoda, nos trasladamos donde Catilio Severo, mi bisabuelo materno. Era ya un hombre bastante viejo, pero gozaba de una salud robusta. Su vasta experiencia en los asuntos del Estado lo mantenía en contacto con los círculos más poderosos de Roma. Poseía una gran cultura, aprendida en el medio de Plinio, el joven, y le debo, sin duda, el rumbo que tomaron mis primeros conocimientos, ya que los maestros que me enseñaron a leer y a escribir fueron escogidos entre sus amigos. Aunque en esa selección mi madre fue siempre consultada.

Pero antes de detenerme en los maestros del principio, hay alguien a quien quiero mencionar. Cualquier alusión a ella apenas tocaría su persona. Sería un atisbo de un pai-

saje inmenso que jamás capturaré del todo. De sus facciones, conservo solo el relieve evanescente de una sonrisa.
Ni siquiera puedo decir su nombre para preservarlo —
como lo hace una vela con su luz ante la oscuridad de la
noche— de la voracidad del tiempo. Sin embargo, guardo
su esencia en mis fluidos sanguíneos y en el pálpito de mi
corazón. Sé que el origen de mi afecto por la lengua griega se debe a ella. Como sucedió con los niños de mi clase,
fui amamantado por una nodriza proveniente de una de
las aldeas cercanas a Atenas. Mi madre, Domicia Lucila,
que era leída y cultivó el griego con esmero, eligió a la
sierva de entre varias que fueron seleccionadas. Del cuerpo de esa esclava, ubicado a lo largo de mi vida en una
especie de penumbra innombrable, recibí la leche nutrien-
te y de su boca, que tampoco he sido capaz de reconstruir,
la música de su voz.

Explicaba mi madre el efecto que me ocasionaban las
canciones de la criada griega. Fui un niño llorón y las lágrimas brotaban de mí como una fuente desgarrada. Ahora,
que soy viejo, se han incrementado las dolencias. Duermo
poco y solo ayudado por la triaca que me prescribió Galeno cuando la peste arribó a Roma. No como mucho
durante el día y en las noches apuro algo que no perjudi-
que demasiado mi precaria inclinación hacia el sueño. Pero
ya no lloro y tengo en mí al *daimon*. Esa voz interior, la
pequeña porción de divinidad que está atrapada en mi
cuerpo y que, desde que soy consciente de ella, es mi escudo ante todos los embates.

Muchas veces se hizo llamar a la sirvienta porque mi
madre no lograba liberarme del llanto. La mujer ingresaba
a la pieza con pasos suaves. Le daba a Domicia sus salu-
dos respetuosos y, con la docilidad desprendida de sus

movimientos, me tomaba entre sus brazos. Decía mi madre que yo quedaba de inmediato adherido a sus ojos y mi lloriqueo cesaba. La nodriza sonreía y susurraba una de esas canciones que, supongo, se entonan ante las turbulencias de la naturaleza. Y, como si se me desvelara un arcano bondadoso, lograba apaciguarme. Fue esa joven quien corrigió también mi pronunciación de las primeras palabras griegas. Aquellas que nombran el agua, el aire, el fuego y la tierra. Y esas otras referidas a nuestras emociones más frecuentes: la tristeza y la alegría, la serenidad y la ira, el ensimismamiento y la perplejidad.

Mi madre era una mujer respetuosa de los dioses. Me enseñó a no obrar con maldad. Insistía en que el mal había que erradicarlo sobre todo del pensamiento. Era generosa y, pese a que poseía varias ladrilleras que había heredado de su familia, se negó a vivir en la opulencia de los ricos. Su carácter estaba tocado por el sentido de una autoridad calmada y sobria, pero ante todo la penetraba la sencillez. Lo que de costumbre llamamos riqueza, quiero decir, la certidumbre de la ostentación y la vanidad que otorga el lujo, la abrumaba. Por tal razón, no fue advenedizo que, al iniciar mi frecuentación con los estoicos, tomara la decisión de no llevar vestidos caros, ni en mi cuerpo joyas, ni acudir al despilfarro. Y cuando hubo de repartirse la herencia paterna, cedí mi parte a Cornificia, mi hermana, para favorecerla en su matrimonio con Umidio Cuadrato. Fue Domicia la que me hizo desconfiar, desde muy temprano, de la pedantería que provoca el dinero y de la seguridad ruidosa que rodea a quien se siente favorecido por el confort.

Evoco el rostro de mi madre. Guiado por sus ojos negros y unas cejas espesas que no acostumbraba depilar, detallo uno de sus hábitos. Lo hago porque hallo en él la clave que podría explicar este gesto de escribir sobre temas que solo a mí me conciernen. Mi madre anotaba, antes del dormir, las actividades del día. Lo hacía sobre unas tablillas de boj que encargaba en una de las tiendas del mercado de Trajano. Ella tenía aprecio por los utensilios asociados a esa labor nocturna y silenciosa. En particular por varios punzones de mineral blanco coronados por los rostros de los dioses que veneraba. Me llamó la atención que esas divinidades —Juno y Minerva eran las más sobresalientes— ritmaran una escritura que, en general, marcaba vivencias simples. Ella apuntaba lo que se comía y bebía. El nombre de las flores recogidas en el jardín. Fórmulas médicas para aliviar molestias digestivas. Los encuentros con sus amigos. Las ensoñaciones y anhelos que, en ocasiones, compartían entre ellos. Los descubrimientos del mundo que sus dos hijos íbamos haciendo. Por consejo de mi hermana, leí algunas de esas tablillas después de su muerte. Cornificia creía que era una manera de mantener una imagen más fidedigna de quien nos había traído al mundo y protegido en la infancia. En una de esas tablillas, recuerdo, Domicia se refería a un lirio que cortó y llevó a su habitación en una jornada invernal. Son unas breves descripciones de los pétalos y un par de palabras de asombro porque sobre ellos se ha depositado una gota de llovizna pasajera.

Nunca fui a una escuela pública, ni me hicieron falta compañeros en lo que estudié en esos años. Por este motivo, no he sentido nostalgia de la disciplina grupal que rodea el aprendizaje y los juegos de la recreación. Mi bisabuelo Catilio me evitó la pérdida de tiempo que, usualmente, prodigan los establecimientos educativos. Pues nada hay más cuestionable, cuando se adquiere un saber, que la imposición colectiva de una idea. Y cómo desconocer la inclinación a la promiscuidad y a los vicios que los ámbitos de ese tipo provocan en los que inician el camino del conocimiento. Fui, en todo caso, un afortunado en esas lides y mi inmersión en el mundo y en las cuestiones de los hombres comenzó con la llegada a casa de los primeros maestros. Estos me educaron sin proyectar en mí resentimiento o amargura. Jamás me injuriaron, ni me amenazaron, ni me golpearon en las lides del aprendizaje. Al contrario, recibí de su parte las mejores muestras de la paciencia y de la sensatez y esto lo agradeceré hasta la muerte.

Uno de ellos fue músico. Su nombre era Andrón y tenía la gracia de la palabra cordial. A su lado, supe en qué consistía aquello de que la lengua que hablamos cada día es un hogar cálido y no un espacio sesgado por la fría solemnidad de los discursos. Ese tipo de lenguaje, sus vaivenes y sus efectos en los auditores, yo lo habría de estudiar con suficiencia. Frontón consideraba que la elocuencia del César debía ser como el sonido de una trompeta. Basaba el símil en la gran capacidad de sonido que posee este instrumento. La de Andrón, al contrario, parecía una flauta y su sonido no era expansivo sino íntimo. A las enseñanzas de este hombre bajo y de rasgos bonachones le debo no haber gastado demasiada energía en los juegos de la infancia y en los alborotos de la pubertad. Su preferencia por la música instrumental —tocaba la lira— lo tornaba receloso del canto. Andrón creía que la gran cualidad de la música reside en que está despojada de cualquier significado, o que su sentido depende de nuestra escucha. En cambio, las canciones las tomaba como expresiones propias para la manipulación de los sentimientos. Pese a ello, Andrón me inició en los ejercicios del canto y lo hizo con dedicación y también con la prudencia que le merecían sus valoraciones.

Después apareció Diogneto, el pintor. A él agradezco el saber mirar. O mejor, lo que significa una imagen. Su poder perentorio y también su delicuescencia. Su plenitud vital y su inevitable degradación. Descubrí, en su compañía, las rugosidades del pan y sus matices ocres. La turgencia brillante de las olivas. El color violáceo de los higos maduros. La adecuación del matiz de ciertos ojos humanos con las cabelleras, las barbas y los trajes. Cada visita al jardín que hacíamos era una invitación a que contempláramos las imágenes que la naturaleza prodigaba. Una vez, pasamos las horas de una tarde observando las alturas, las profundidades, el espesor y la ligereza de la lluvia. Cuando para mí esta era un fenómeno cuya única diferenciación la daba la intensidad de su potencia, para Diogneto consistía en una sucesión de partículas de agua que adquirían una condición especial según el lugar donde caían y desde donde se observaban. En otra ocasión, recogimos una manzana podrida y miramos los gusanos que emergían y cómo una pequeña parte de ella, que aún estaba fresca, iba ennegreciéndose. Fue él, además, quien supo conducirme al conocimiento de los valores griegos. A través de su voz ronca y acompasada, se me reveló a qué universo mental habrían de pertenecer mis afectos. Ahora bien, no fue él quien me habló sobre la filosofía. Yo era todavía muy niño para entender la importancia de esa disciplina. Pero su enseñanza actuó como una preparación para aquello que vendría más tarde.

Por esos días me sobrevino el primer rapto. En realidad, fueron dos los que sucedieron en ese período en que estaba a punto de empezar mi formación secundaria. El uno tiene que ver con la contemplación de la desnudez y el otro con el aleteo de una libélula. He creído desde muy joven que con la escritura se roza apenas la esencia de lo ya vivido. Lo sustancial de nuestro tiempo se escapa de las palabras trazadas. En este reparo está, quizás, mi desconfianza hacia los libros. Es como si ante ellos se levantara un engaño, una farsa, un artificio que reproduce, generalmente con torpeza, lo que trama la existencia. Pero también reconozco que al escribir intentamos fijar lo crucial que nos ocurre. Por esta razón, y al modo de una falena que revolotea ante la llama de una vela, sin poder quemarse del todo, mis palabras van y vienen en torno al ayer con el propósito de atraparlo. ¿Será que podré quemarme, como el insecto, en los momentos culminantes de esto que escribo? Y así como me pregunto qué queda de esas bestezuelas vertiginosas de la noche, de la música que componía Andrón y los dibujos que hacía Diogneto, inquiero: ¿qué pasará con esto que escribo ahora?

Y también me pregunto, ¿quién lanzó ese pequeño atado al techo de la casa para que yo fuera a buscarlo? No lo recuerdo con exactitud, aunque sé que ese día, el sexto antes de las calendas de mayo, era el de mi cumpleaños. Cumplía nueve o diez. El hombre —es posible que haya sido Aristarco, mi preceptor— me deseó larga vida. El liberto se ocupaba de mí con una mezcla tranquila de respeto y afecto. Velaba por mi alimentación y mi higiene. Solíamos caminar por las vías del monte Celio hasta llegar a las orillas del río. A él no le gustaban los espectáculos, ni de los gladiadores ni de los aurigas. Desafecto que supo transmitirme con eficiencia. Era ajeno al chisme y a la calumnia. Esta inclinación suya a la abstención, supongo, fue lo que sedujo a mi madre y a mi bisabuelo. Pues bien, Aristarco reunió, esa mañana, unas cuantas monedas y me las obsequió. Iba a tomarlas, pero su mano larga y venosa lanzó el regalo hacia arriba. Estábamos en el atrio y yo subí con rapidez al techo, a través de un plátano de follaje generoso que todavía sigue allí. Pensé que iba a encontrar con facilidad las monedas, pero estas habían caído lejos. Caminé con sigilo por las tejas de ladrillo. Hice una pausa para divisar a Roma. Distinguí, abajo, el Circo Máximo, el Coliseo y el Tíber. Después recogí el atado de tela. Al desenvolverlo, vi los sestercios con el perfil de Adriano, el César de aquellos años. Los estaba contando cuando escuché el canto. Era una melodía que ondeaba por el techo. La asemejé a una criatura que tenía el poder de traspasar las paredes para buscar el aire que envolvía a la casa y abrazarse a él. ¿De dónde provenía esa voz? Aristarco me llamó un par de veces y le respondí que ya bajaba. Pero, en vez de regresar, busqué el origen de la música.

Había un agujero en uno de los extremos del tejado. Al acercarme, escuché el sonido del agua. Era esa misma agua que, a través del elevado acueducto, llegaba hasta nuestra casa. Pero, mediada por esa voz, se convertía en un líquido distinto. Mi incliné sobre la abertura. El amuleto que tenía —el falo para protegerme del mal de ojo— se me interpuso. Me lo quité con rapidez y lo apreté con mis dientes para no perderlo. Al principio no distinguí nada. Oí solo la voz. Ella, una vez más, fue mi guía. Poco a poco, mis ojos fueron descubriendo el cuerpo. Era una mujer desnuda que se bañaba. Con un cuenco tomaba el agua y lo derramaba sobre su cuello. Lo hacía con un ritmo sinuoso y a la vez preciso. ¿Qué decía aquella música moldeada por el agua? Jamás lo supe, pero quedé atrapado en ambas circunstancias. En la melodía que salía del baño y en ese cuerpo que, a pedazos, iba descubriéndoseme. Era tan blanca la mujer que la penumbra de su pubis resplandecía como el fuego. Tampoco sé cuánto tiempo transcurrió ni cuántas veces me fijé en los senos y en sus pezones, dueños de una coloración rosácea que aún tiene el poder de asombrar la recordación de un hombre viejo. En todo caso, algunos instantes fueron fraguados en tanto yo veía los muslos y las nalgas que, una y otra vez, se me brindaban como un paisaje turbador. Luego la mujer se inclinó sobre su vulva, y con las manos abrió sus labios para echarle agua. Pensé que iba a callarse, pero siguió cantando. Como si ese acto, que se me hacía el más extraordinario de todos, fuera común y corriente. Miré la piel abierta, todavía más roja que la que le coronaba los senos, y sentí que me desvanecía.

Al levantarme, porque la voz de Aristarco volvía a llamarme, el corazón quería salírseme del pecho. Supuse que si alguien me veía preguntaría de qué estaba avergonzado. Qué idea o sentimiento podía afectarme tanto como para encenderme el rostro. Mientras me deslicé por el plátano y me apoyé en las manos del preceptor para regresar al piso, tuve la certeza de que me había acontecido algo muy importante. Estaba extrañado y feliz. Era una felicidad temblorosa que me arrebujó en la confusión. «Busca la sombra», aconsejó Aristarco, y señaló el sonrojo excesivo de mis mejillas. «Puedes atrapar una insolación y eso malograría tu cumpleaños». Le obedecí y, mostrándole el pequeño atado, di las gracias. Pero yo sabía que otro era el regalo recibido.

Traté de reconocer a la mujer del baño. No había visto su cara con claridad y el cuerpo observado poseía una magnificencia tan cierta en la desnudez que resultaba imposible identificarla entre las personas que iban vestidas por la casa. En mis averiguaciones se me hicieron más próximas, pero también más inquietantes, las esclavas y las otras mujeres que nos visitaban. Desde esa mañana, se me volvió imprescindible el acto de mirarlas y de inmediato proceder a desvestirlas con la imaginación. No sé si era una actividad placentera o torturadora, porque nunca logré percibir lo mismo que había sentido aquella vez. Aguzaba mis oídos para ver si encontraba de nuevo el canto capaz de orientarme por las habitaciones y conducirme al techo y a su orificio. No sé cuántas veces trepé por el árbol del atrio y fui arriba tras la repetición del milagro. Pero nunca más volví a presenciar esa repentina desnudez, ni la música sonó de nuevo con su encantamiento prodigioso.

El otro rapto sucedió en el jardín. En compañía de los míos, solía pasear por él en los veranos. A Cornificia le gustaba otear los pájaros pequeños y siempre quiso atrapar uno con sus propias manos. Cada vez que lo intentaba, su deseo se desvanecía con la velocidad del vuelo. Domicia, que había leído a Catulo sin que aprobara del todo sus desvaríos sensuales y su desparpajo vulgar, nos recitaba el poema del gorrión. Cornificia la escuchaba embelesada añorando en sus fantasías que un futuro pretendiente le diera una avecilla de alas tan presurosas como el amor ansiado. Nuestro jardín comenzaba en el peristilo y, a través de sus columnas, se abría con generosidad hacia el exterior. De tal manera que, al recorrerlo, yo creía habitar un sitio donde se confabulaban el adentro y el afuera. Nuestra casa partía de una noción espacial que ponía al residente a dialogar, desde una cierta armonía doméstica, con la naturaleza. Esa naturaleza no se entrometía con agresividad en la mirada. Los manzanos, los perales y los mirtos se habían plantado allí para regalarnos sus frutos, y los grandes árboles —el pino, el ciprés y el laurel— ofrecían sus follajes para que nos supiéramos acogidos por ellos. En el jardín había, como un homenaje a los padres, un diseño ornamental donde podían leerse el nombre de Domicia Lucila y Annio Vero. Había un huerto y una taberna para que, en las jornadas de gran calor, el caminante se refugiara y comiera algunas frutas. Igualmente, se levantaba un bosquecillo con un altar para los lares. Recuerdo el estanque para el agua de las lluvias. Allí se erigía una estatua de Ceres y en su derredor serpenteaba un juego delicioso de canales. La diosa no era de gran tamaño, pero su perfección escultural me sorprendía. Portaba un manto que dejaba translucir la belleza del cuerpo griego. Y vuelvo una y otra vez a este paraje porque fue allí donde me recosté, luego de haber humedecido mi rostro con el agua de los canaletes. Cornificia se había ido, de nuevo, en busca de su gorrión inalcanzable. Y mi madre, llamada por una de sus sirvientas, regresó a la casa para ocuparse de alguna eventualidad.

La hierba estaba fresca y muelle. Una brisa tibia ondulaba en la atmósfera. Cerré los ojos y escuché con claridad el fluir acuático por entre las acequias. Quien diseñó el jardín sabía la importancia del susurro —apacible así hubiese un frecuente movimiento— en nuestros oídos. Sobre mis párpados se desplegó una especie de cartografía de resplandores. Eran los árboles cuyos ramajes dejaban entrar, como si fueran celosías, los rayos del sol. Había bebido agua hacía unos minutos, pero me volvió a dar sed. En vez de incorporarme, relajé las piernas y los brazos para adormecerme. Algo en mí se dispuso a una íntima apertura. Percibí que mis ojos actuaban como un sistema de esclusas cuya función era dejar que el amarillo y el blanco provenientes de arriba, a veces fusionados, a veces independientes, penetraran mi cuerpo. Primero, evoqué un agua fulgente. Pero esta no era de índole sensual. Al contrario, su cauce fue conduciéndome hacia algo que tenía que ver más con lo etéreo y la fragmentación. Me creí lleno de meandros inextricables, de cascadas paralelas, de ensenadas sin fin. Mi condición era también la del vapor, la de la nube, la de la constelación. El encandilamiento alcanzó tal intensidad que levanté una mano y la puse como un celaje ante mis ojos. La impetuosidad del brillo, no obstante, me cimbró. Y no hubo otra alternativa que dejarme llevar por él. Una fuerza poderosa fue arrastrándome y tuve un ascenso rápido a través de innumerables peldaños. Después se presentó un estallido de luces del cual me llegó la impresión de que yo habitaba cada uno de esos trozos infinitos. Si alguna vez he poseído una percepción impoluta de esa fugaz eternidad, que irrumpe de vez en vez en el trajín de los seres humanos, la tuve aquella mañana. Unido a esa luz, o llevado por ella, o siendo ella misma, me fundí en una placidez tan inaudita como intensa. Me vi, de repente, allá abajo, ataviado con una toga pretexta, con las sandalias tiradas a un lado y adormecido junto a una fuente. Y vi a Cornificia con las manos llenas de pajarillos esplendentes. La casa también la divisé y de su techumbre se despedía un aura, como el trono ígneo de una divinidad. El agua corría por todas partes hasta desembocar en el estanque. Aunque los pequeños brazos salían de los cauces para saltar y hundirse en esa luz en la que yo estaba sumergido. Era el agua y el sol y yo mismo. Y ninguna de estas palabras y sus significados me parecían suficientes para definir la esencia de esos momentos.

No sé cuánto tiempo estuve tirado en el césped. Poco a poco, comenzó mi regreso a la realidad. Cornificia me llamaría para mostrarme el pájaro en sus manos. Aristarco me tocaría un hombro para decir que debía cuidarme de las inclemencias del calor. Mi madre diría, por su parte, que era hora de comer. Pero nadie vino. Yo no deseaba abrir los ojos. ¿Para qué hacerlo?, me pregunté. ¿No sería mejor permanecer inmerso en el deleite y en el reposo vibrátil del universo que me rodeaba? De pronto, una figura fue adquiriendo un contorno. Abrí los ojos sospechando que alguien quería sacarme del sopor. Lo que vi, al frente, fue una pequeña libélula. Me observaba desde las protuberancias que abarcaban su cabeza. Era una criatura de alas azules. Me revoloteó varias veces con su guisa de frenar en seco para enseguida emprender otro movimiento raudo. Como no se iba, me supe la superficie que buscaba para detenerse. Estiré una de mis manos. El insecto se posó sobre ella. Era leve como una mota de algodón. Como una gota de lluvia. Como una caricia hecha de brisas. La tomé con cuidado y, sin pensarlo, la introduje en mi boca. Entonces la libélula movió sus alas y, dentro de mí, hizo la música primordial.

# La adopción

A los quince años vestí la toga viril. Dejé el amuleto que tantas veces había tomado con mis dientes para que no me molestara mientras corría por las calles o escalaba árboles. La prenda significaba el inicio de mi participación pública. Pero a pesar de que ocupara cargos oficiales desde que era un niño —llevé el anillo de oro de los jinetes, fui maestro del colegio de los Salios y prefecto de las fiestas latinas—, lo que más me atraía eran los estudios que realizaba con mis maestros. De la mano de Diogneto empecé a distanciarme de las comodidades. Una mañana, al verme recogido entre los cojines y envuelto por demasiado tiempo en una impresión de delicia que revelaban mi cara y el relajamiento de mis extremidades, me previno contra eso que después entendí era la molicie. De tal modo, decidí portar en casa el manto rústico de los griegos y dormir en el suelo. Al enterarse de esto último, mi madre me contravino. Me justifiqué diciéndole que me interesaba más conocer los hábitos de la filosofía que los ejercicios para fortalecer el cuerpo y las actividades del coliseo y el circo.

Pero Domicia habló con Diogneto y determinaron que debía morigerarse mi comportamiento. ¿Cómo olvidarme de la carrera de los caballos, de la caza, del boxeo, de la lucha y del juego de la pelota? Esas eran las ocupaciones de un adolescente de mi clase. No tenía aún edad para tomar resoluciones exageradas. Cada período humano había que asumirlo con sus exigencias respectivas. Y un muchacho, aunque vistiera la toga de los adultos, incluso si su tendencia fuera la reflexión, no debía cargar sobre sus espaldas los pesados retos de una doctrina filosófica. Fue mi madre quien me hizo comprender que acciones así podrían provocar la burla de los que vivían conmigo. Que una cosa era ser austero y otra irracional; y que prefería tener un hijo modesto y reservado, pero jamás sombrío e inactivo. Los dos llegamos, finalmente, a un acuerdo. No llevaría todos los días el manto estoico, ni tampoco dormiría en el suelo, sino en un camastro cubierto con pieles de cabra.

Por ese entonces, al monte Celio llegaban las noticias sobre Adriano. El César envejecía mal y, a tropiezos, se encaminaba hacia la muerte. Desde la desaparición de Antínoo, su bitinio favorito, naufragaba en la amargura. Consternado ante esta desaparición temprana, Adriano quiso volver dios a ese joven hermoso y simple que había colmado su sed sensual. A través de estatuas, monedas y ritos, le impuso al imperio la imagen de su amor, como si fuera el responsable de la belleza del mundo y no solo la de un doncel efímero. Pero estos homenajes no pudieron aliviarlo. Adriano fue un hombre culto, aunque la arrogancia terminó sofocando su inteligencia. Le gustaba festejar sus cumpleaños con días de combates entre gladiadores y la exhibición de miles de animales salvajes. Era intrigante y se entrometía demasiado en los asuntos domésticos de sus subalternos. Motivo de chismes bajos fueron sus amoríos con varias matronas romanas. Mientras que Antonino Pío sabía poner fin a sus relaciones con los muchachos, a Adriano esos dominios del placer lo sobrepasaron. En su último período, lo atravesó una rabiosa soberbia que lo llevó, una vez más, a envilecer sus manos con órdenes de muerte a hombres patricios. Adriano había accedido al poder, adoptado por Trajano, y luego ocurrieron una serie de ajusticiamientos en el cuerpo senatorial, cometidos bajo órdenes de Atiano, uno de sus protectores. Y hubo de finalizar el mandato envuelto en una guerra en tierras de Judea. Irritado ante el fanatismo de los judíos, ejerció contra ellos una severa represión. Al volver de Jerusalén, fue recibido triunfalmente. Pero bastaba mirarlo para saber que quien regresaba a Roma era un anciano atormentado por una sórdida desazón. Y de nuevo, en el asunto de la sucesión del poder, la sangre volvió a correr por orden suya. Frontón acostumbraba decirme que Adriano era como uno de esos dioses de la muerte, a los que había que cuidar del mejor modo, aunque jamás amarlos. No soy el indicado para reprocharle a Adriano su gobierno. ¿De qué sirve hacerlo, cuando los últimos años del mío los he pasado haciendo esta guerra en Iliria que, aunque menos sangrienta que la suya en Judea, es tan desastrosa como cualquier otra? Como estaba enfermo de hidropesía, Adriano sobrellevaba una congoja continua y deseaba un fin rápido —se dice que buscó el suicidio varias veces con venenos que les solicitaba a sus médicos y sirvientes—. Previendo su muerte, nombró como sucesor a Ceyonio Cómodo. Se rumoraba que lo hizo orientado por las aposturas de su cuerpo, la elevada elocuencia y su capacidad para versificar, y no por las dotes que deben señalar al buen gobernante. Ceyonio murió pronto. Desde hacía meses escupía sangre y las fiebres lo menoscababan con minucia. El César se decidió entonces por Antonino Pío. Este fue uno de sus grandes aciertos. Aciertos que podrían sumarse a la inteligente política de paz que Pío empleó. Por este motivo,

Adriano nunca hubiera pensado en un militar ambicioso para que lo remplazara.

Antonino era un hombre rico y a su carácter lo marcaba la templanza. A diferencia de su antecesor, que había sido un viajero sediento de exotismos, Pío no salió casi de Italia y le gustaba el campo y respetó las leyes de los ancestros romanos. Antonino era frugal, sencillo y clemente. Por ello, durante su gobierno, ningún senador fue ejecutado por situaciones indebidas. Adriano, en cambio, era propenso a la extravagancia, caprichoso y voluble. La vez que visité su villa en Tívoli, me sentí aturdido por la exuberancia que había traído de las provincias de Oriente. Las estatuas, aquí y allá, pertenecían al culto de Mitra. Un cocodrilo y un hipopótamo chapoteaban en las piscinas. Tres jirafas, con su garbo lento y elevado, se paseaban por uno de los jardines. Los sahumerios de olores intensos se mezclaban en la atmósfera de los recintos. La villa era tan grande como una ciudad y sus banquetes copiosos, en los que se bebía con desmesura, me parecieron insoportables. Los jóvenes, que iban y venían por los senderos de la estancia, estaban depilados y cubiertas sus caras con polvos blancos. Y en los corrillos que hacían se mostraban, con vanidad ostentosa, sus pubis sin vello y sus glúteos tatuados. Todos confluían allí atraídos por el deseo de hombres mayores. Deseo que Adriano había perdido desde hacía años, pero que gustaba de presenciarlo en los otros para acrecentar la dimensión de su nostalgia.

Al morir Adriano, a mis diecisiete años, me encargué de dirigir las ceremonias fúnebres en su honor. Ofrecí en la ciudad, y a título privado, juegos en su memoria. De este modo agradecí, aunque atribulado porque mi vida había dado un giro brusco, su gesto de confianza. Recuerdo que la noche antes de enterarme de la decisión de Adriano tuve un sueño. Caminaba por un pasillo apenas iluminado por las antorchas y sentía un gran peso sobre mis hombros. Un espejo, encontrado de súbito, me devolvió una imagen opresiva: mis hombros eran de marfil y su peso no me dejaba mover. Desperté agobiado y, poco después, se me informó que debía dejar el monte Celio e instalarme en uno de los palacios de Adriano. Obedecí con tristeza la orden porque supe que debía abandonar el recinto protector y feliz de mi familia y asumir ciertas labores administrativas. A pesar de que se me colmó de los beneplácitos materiales, trataba de seguir siendo el mismo muchacho sereno y reflexivo, de costumbres parcas y amante de los libros. Fue entonces cuando Adriano se encargó de aprobar a mis nuevos maestros y con ellos pude, por fin, cruzar la puerta del estoicismo.

Junio Rústico fue el primero de ellos. De él recibí no la ostentación del sofista, ni la vanidad del poeta, sino la simpleza del filósofo. Un día puso en mis manos una copia de sus notas sobre los cursos de Epicteto, a los que había asistido en Nicópolis. Mirándome con sus grandes ojos vacunos, me pasó los papiros y contó la historia de su guía. Epicteto había sido un liberto que no escribió lo que enseñaba. Lo suyo era hablar ante sus discípulos, con voz lenta y grave, de los filósofos griegos. Nacido en Frigia, los atropellos de un amo romano lo habían malogrado para las labores físicas. Un cortesano de Nerón, al adquirirlo, le otorgó a Epicteto la libertad. Sus dotes benevolentes y el buen manejo de los idiomas se la merecían con holgura. Pero la política de Domiciano, reacia a los consejos de los estoicos, expulsó a Epicteto de Roma y este, con algunos de sus seguidores, conformó su escuela en el Epiro. Mi maestro lo había escuchado allí en varias ocasiones.

Con Rústico empecé, y ahora lo entiendo con mayor claridad, a desviarme del boato, tanto en los actos cotidianos como en la disciplina de la retórica. No fue una desviación radical y definitiva, sino progresiva. Como todo romano destinado al poder, estaba obligado a ejercitarme en la escritura y en la oratoria. Mis primeros textos imitaron el impulso épico de Ennio y los hexámetros de Lucrecio. Rústico, que notó mi pericia en estos aprendizajes y con qué rapidez memorizaba todo, me previno de los alardes de la lengua y de los refinamientos cortesanos. Y no solo frente a los que suscitan el estatuto de la nobleza, sino contra aquellos, aún más peligrosos, que provocan el aplauso y el ditirambo. Cultivar la inteligencia, para él, no era ejercer el artificio y la acrobacia, sino el respeto y la humildad. Si con Diogneto dormir en un lecho atiborrado de cojines era risible, con Rústico cualquier derroche se me volvió casi una prohibición. La toga, por ejemplo, era solo indispensable para las ceremonias oficiales. Usarla en casa significaba algo así como no caminar por las habitaciones, sino transitarlas montado en una litera. Nos burlábamos de las desproporciones de algunos libertos ricos que, para paliar los momentos duros de la servidumbre que habían padecido, se hacían tratar como reyezuelos en sus propias casas. La sencillez, desde que comencé mis lecciones con Rústico, fue el lema. Sencillez para hablar y escribir. Sencillez para obrar. Sencillez para vestir. Por lo tanto, era menester no escapar de la charlatanería y la batahola, sino confrontarlas con tacto calmado. Buscando en ello un diálogo en que lo indispensable fuera sortear el alegato y la polémica para alcanzar la reconciliación.

Al final de la mañana, realizados mis ejercicios físicos, Rústico llegaba a casa. Sin ningún esclavo que lo acompañara, ascendía el Palatino solitariamente. Lo hacía cuando no tenía obligaciones en el senado, donde sobresalía como uno de sus integrantes más avezados en el estoicismo. Una campanilla, cuyo tintineo aún añoro, me decía que el maestro me esperaba sentado en el peristilo. Era el sitio donde nos sentábamos a conversar sobre todo lo hecho y leído por este hombre. Rústico fue soldado, general y magistrado. Como Diogneto, admiraba la sobriedad de Epicteto y criticaba el excesivo gusto por las riquezas de Séneca. Pero resultaba evidente que tanto el uno como el otro nutrían sus reflexiones. Era, por lo demás, un hombre que asumía actitudes tajantes. Esto fue debido sin duda a un conflictivo pasado familiar. Su abuelo también había sufrido la persecución de Domiciano. En su odio hacia la filosofía, el César terminó por condenarlo a muerte. No me queda la menor duda de que Rústico, enseñanza que me habría de transmitir en los años en que fui su discípulo, creía que la máxima aspiración del estoicismo era la resistencia del ser humano ante todas las dificultades. Y que esta forma del pensar debía ser una compañera fiel de quienes detentaran el poder. De esta manera, Roma, crisol de la humanidad, ascendería hacia una perfección ética que pudiera nutrir el dominio de la política. Justamente porque he creído en estos preceptos, Rústico fue uno de mis consejeros principales al inicio de mi mandato. Y más tarde lo designé cónsul y prefecto de la capital, cargo que desempeñó con loable responsabilidad.

Apolonio de Calcedonia también hubo de impartirme sus enseñanzas. Había atravesado las vías del imperio para entregar su filosofía a los jóvenes de Roma. Yo era uno de ellos cuando lo escuché por primera vez. Él pertenecía al círculo familiar de Ceyonio Cómodo. Había venido de su ciudad natal, por orden de Adriano, para que se ocupara de la educación de su primer adoptado. En una de mis visitas a la casa de Ceyonio conocí a Apolonio. Yo visitaba esa casa porque, por decisión del mismo César, había sido comprometido con Fabia, su hija. El maestro inclinó la cabeza en la presentación e hizo un gesto servicial con las manos. Con ironía exclamó: «He señalado a tu padre Antonino que no es el maestro quien debe ir hacia el discípulo, sino lo contrario». «Entusiasta hubiera viajado a tu ciudad para escucharte», le respondí también sonriendo. Los comensales, en el interior del palacio, escuchaban una música de liras y flautas que sostenía el canto de un coro femenino. El rumor de Roma ascendía hasta nosotros como una ráfaga de viento tibia. Apolonio estaba a mi lado, inclinado sobre la balaustrada de la terraza, observando el titilar de las antorchas diseminado por la ciudad, y hablaba el griego con una dicción encantadora. No solo lo hizo aquella vez en esta lengua, sino siempre que me ofreció sus enseñanzas. Sabía lo indispensable sobre Zenón, Crisipo y Panecio. De este último, y a través de Apolonio, aprendí que el dolor no es un mal en sí, sino una prueba que se debe superar para manifestar la superioridad moral que poseemos ante la dura condición de la existencia. Había algo en la voz de Apolonio que me complacía y que yo asociaba a la nodriza de mi infancia. Esto no fue un reconocimiento inmediato. Lo constaté días después cuando Apolonio evocó un episodio de su adolescencia y susurró una tonada que yo había escuchado. Fue una revelación que actuó en mí con una potencia tal que me sonrojé y los vellos de mis brazos se erizaron. Apolonio me miró con curiosidad. Asediado por algo parecido a la vergüenza, le pedí excusas. Así él pudo corroborar que su discípulo, usualmente impasible, era presa de sobresaltos inesperados.

Para evitar su molestia, opté por ir a la casa de Apolonio en Roma y tomar allí las clases. Ellas fueron invaluables y reconozco que el pago, en objetos materiales que Antonino le hizo, no eran una retribución adecuada. Agradezco de este hombre, alto y fuerte como un peñasco, las conversaciones que mantuvimos sobre los modos en que debíamos ser firmes ante las pérdidas familiares. Y aunque muchas veces hablamos del duelo, en sus palabras fluía un espontáneo desenfadado. Quiero decir que, en nuestros diálogos, no faltó la risa y tampoco escasearon las críticas cáusticas a ciertas actitudes humanas. En tal sentido, me adiestró para que supiera reconocer de los otros los favores transparentes y aquellos que van enlazados a la premeditación y al soborno.

El mismo Antonino, atento a mi formación, no fue reacio a los nombramientos que, uno tras otro, las instituciones imperiales fueron otorgándome. Me molestaban, es cierto, tantas ceremonias y tantos engalanamientos y los asuntos de la burocracia estatal me quitaban el tiempo que debía dedicar al estudio de la filosofía. Desde esos años, lo confieso, me he mantenido en ese dilema. Por un lado, cargo la enorme obligación del dignatario. Por el otro, anhelo ser alguien cuyas acciones estén fundadas solo en la verdad y la razón. ¿Cómo compaginar ambas condiciones? Soy el César, el guía de las legiones militares y, para

Roma, el padre supremo. Pero soy también, en lo más hondo de mí, un filósofo que se apoya en las virtudes estoicas. Jamás me he vanagloriado, por otra parte, de ser lo uno y lo otro. Pero lo que no podría negar es que estas pautas, que pretenden el equilibrio entre mi ser y mi actuar, no han podido incidir, como quisiera, en el orden social que dirijo. ¿De qué manera he ayudado a los más necesitados? Si el compromiso de todo ser humano es amar al otro, es decir, aceptarlo como es, ¿por qué no he sido capaz de construir una comunidad de ciudadanos pacíficos y he terminado, en cambio, dirigiendo inacabables expediciones guerreras?

Fui elegido miembro de varios colegios sacerdotales. La orden la dio el senado, pero se trataba de solicitudes directas de Antonino Pío. En un período breve me hicieron pontífice, augur, quidecénviro y setémviro. El César determinó, asimismo, que mi residencia fuera, en adelante, el palacio de Tiberio, en el Palatino. Allí se me confirió una nueva distinción, la pompa de la corte. No obstante, y para ello tuve que pedir la aprobación de mi padre, alejé de mí la ostentación que suele ocasionar el vivir en un palacio imperial. Puedo asegurar que no tuve necesidad, salvo en las ocasiones en que era un deber hacerlo, de ir y venir por los aposentos con guardia personal. No llevé togas suntuosas, ni permití que en mi habitación y en la sala donde solía trabajar o estudiar hubiera candelabros finos, ni estatuas flamantes, ni tapices caros. Traté, en fin, de vivir en la mayor circunspección posible.

Fue entonces cuando entré en contacto con Frontón. Entre todos los maestros que tuve, él me suscitó la mayor simpatía. Es extraño que esto pasara sabiendo que Frontón quería que yo me encaminara más por la jurisprudencia que por la filosofía. Empujado por su sapiencia, intentó convencerme de que lo mío fueran los discursos y los tratados. Yo debía ser un hombre íntegro y no le parecía conveniente, para el porvenir de Roma, que me extraviara por los secos senderos del estoicismo. Para él, la elocuencia era el arte por excelencia y el latín su mejor instrumento. Creía, como lo aconsejaba Catón el Viejo, que un romano ilustre tiene que ser diestro en el hablar. En esta dirección, Frontón no aprobaba del todo que yo me dedicara tanto al griego y descuidara el latín. Sin embargo, fue comprendiendo esta decisión al corroborar que me desempeñaba bien en ambas lenguas. Las he frecuentado hasta tal punto que no ha habido un día en que mi pensamiento y mi conversación no vayan y vengan por entre las dos.

Siendo cuestor, y en vista de su ausencia, leía las cartas de Antonino Pío ante el senado. Allí mismo comencé a ejercer funciones de secretario parlamentario. De cónsul, cargo que compartí con el César cuando tenía diecinueve años, debí presidir reuniones y ceremonias, estar atento a las faenas que los magistrados dispusieran. No demoré, además, en convertirme en uno de sus delegados. Quizás haya sido mi carácter conciliador, mi poca tendencia a la querella y la facilidad para hablar en público lo que suscitó desde esos años la aprobación de las asociaciones en las que he participado. Pero fue este tipo de trabajo el que comenzó a afectar mi sueño. Con todo, es de Frontón de quien quiero hablar ahora. Referirme a sus consejos, a las misivas que nos escribimos, a ese afecto suyo por su esposa, a los jardines primorosos que, en medio de los suplicios físicos, trataba de visitar en sus últimos días.

Con él discutíamos sobre la filosofía y la retórica. Frontón creía que un discurso se enaltecía con el uso serio de las palabras. No hacerlo era caer en la indecencia. De su mano aprendí los estilos de la oratoria. En este campo, él ocupaba el puesto más excelso entre los romanos. Su conocimiento del latín era tan inteligente y las formas en que lo usaba y lo diseccionaba tan eficaces que se le comparaba con Cicerón. Acudí a su casa muchas veces, atraído por su simpática indagatoria de las palabras. En cada frase escuchada o leída, Frontón sopesaba aciertos y desaciertos. Del griego pensaba que era una lengua delimitada y árida, mientras que el latín poseía la profusión y el brillo. De un color, como el rojo, sabía no sé cuántos sinónimos. Los términos que conocía para designar al enano, al cojo, al tuerto en su boca parecían interminables. Se podría concluir, cuando se ponía a analizar los adjetivos, que el interés de Frontón se encaminaba más hacia la caracterización de un objeto que al objeto mismo. Pero esto no lo volvía ni superfluo, ni profuso. Al contrario, era propenso a la sentencia grave y se había alimentado, como los hombres de su generación, de los más antiguos valores romanos.

En las cartas que nos escribimos conjeturábamos sobre el humo y el polvo y los vínculos existentes entre estas materias y el destino de los pueblos y los hombres. Discutíamos también sobre el amor. Para Frontón el cielo, la tierra, el mar, el sol, el viento eran los verdaderos obsequios de los dioses. Si se cotejaban tales atributos con las sinuosidades de las pasiones amorosas y sus respectivas consecuencias, resultaban siendo justamente eso: circunstancias caprichosas y, en el fondo, baladíes. Fue él quien revisó mis primeras poesías que, cómo podía evitarlo, giraban en torno al amor. Frontón se hundió en mis poemas

—movido por el pudor más que por otras cosas, yo le había pedido que no se los mostrara a nadie— y me hizo críticas de una rigurosidad única. Me enviaba el texto corregido con comentarios que eran de índole comparativa. Me decía que los escritos amatorios, en general, se parecían a los gritos obscenos emitidos por las bestias en celo. A mí me alarmaban, y también me hacían reír, estos símiles ya que, en aquellos días, yo era casto. Esas poesías representaban, sin duda, rodeos torpes ante una situación de la cual yo ignoraba casi todo. Las había escrito más para ponerme a la moda que como urgencia de mi cuerpo y de mi espíritu. También hacía hexámetros o endecasílabos y ahora seguía los moldes marcados por Catulo y Petronio. Frontón, que admiraba la poesía del pasado y descreía de todas las renovaciones frívolas, me miraba con reproche. Tachaba una palabra, sugería otra, proponía la declinación adecuada. Si yo usaba, por ejemplo, el verbo lavar, el maestro iba y venía por los diferentes significados, varios de ellos cómicos, que podría tener mi alabanza a una prenda, a un cuerpo, o a una simple evocación. «Debes distinguir la posición de las palabras, su orden, su importancia, su antigüedad y rango, para que puedas ubicarlas en el exacto lugar del discurso», me decía. E insistía en indicarme cuánto importaba la variación de una sílaba en una frase. En fin, cada palabra, según él, había que sacarla no de una lectura, o de una conversación, sino a partir de una pesquisa detallada en lo más hondo del ser no solo del término, sino de uno mismo. De tal manera que, cada vez que yo debía elaborar un discurso para pronunciarlo en la curia, y esto era lo que más le agradaba, pedía sus consejos. Ellos iban desde tomar con frecuencia bebidas con miel, hasta leer con minuciosidad las cartas de Cicerón, que

Frontón recomendaba a la hora de aprender los secretos de la elocuencia.

Frente al vínculo entre mandatario y filosofía, mi maestro era un romano de la misma estirpe que el autor de las *Catilinarias*. Roma, para ellos, no era Grecia. De hecho, Cicerón había escrito que el prestigio de nuestro pueblo no podía concebirse como el fruto de las ideas de un manojo de hombres sabios, sino que era el resultado de una decisión colectiva. Ambos no desconocían, empero, que el gobernante debía frecuentar el campo del filósofo. Y en este rumbo, el orador guardaba en su persona grandes virtudes. Educarse en la justicia, en el dominio de sí mismo, en el valor. Tendría que adquirir, por otro lado, una cierta concepción teórica del universo. No obstante, a lo largo de nuestros encuentros, Frontón me hizo la observación de que, para salvaguardar las obligaciones cívicas, vivir como un estoico era lo menos conveniente. Si algo elogiaba en mí —él se refería, además, a mi afabilidad, a mi integridad, al sentido de la equidad que me guiaba— era la elocuencia. Hablar bien, con voz potente sabiendo introducir en los discursos frases de uno y de otro, lo subyugaba hasta la embriaguez. ¡Ah!, Frontón, querido maestro, si hay algo que constato en estos días en que la muerte está cada vez más cerca es comprender cómo Roma se ha sostenido en artificios verbales. Toda civilización, aunque más la nuestra que cualquiera otra, es un espejismo tallado con signos, algunos sofisticados y otros prosaicos. Un conjunto de comportamientos justificado en palabras escritas o declamadas o cantadas. Y como queremos perdurar por encima de cualquier cosa, los romanos nos hemos afirmado en la lengua. Hemos hecho de ella un albergue abigarrado y multitudinario e intentamos, a partir de meros vocablos, edificar un orden que nos permita ubicarnos en medio del caos y la nada circundantes. Con la lengua hemos expresado el amor, la soledad y los placeres, la guerra y los saqueos, los dioses sempiternos, nuestra fragilidad y nuestra resistencia. Pero más allá de este vaivén de significaciones sobre unas virtudes o unos defectos, unas ambiciones o unas desilusiones, todo lo que hemos hecho, como lo suponía Frontón en una de sus epístolas, posee la misma consistencia del polvo y del humo.

Al comienzo de mi administración imperial, Frontón tenía graves problemas de salud. Las piernas le dolían con frecuencia. Las manos le temblaban hasta tal punto que no podía escribir. El coxis, ese hueso que los griegos llaman sagrado, le dolía tanto que me confesaba que si existía algo que lo impulsaba a aborrecer la vida era ese dolor que lo postraba por semanas enteras. El sueño, por último, no le era generoso en las noches. Pero cuando se presentaba un alivio, su ánimo ascendía y la voz trataba de ser otra vez vibrante. Esa voz suya, que supo cantar en el senado las hazañas de Adriano y las de Antonino Pío, terminó, finalmente, volviéndose un cauce disminuido y débil.

Al regresar Lucio Vero de Partia, fuimos a visitarlo a su casa. Gratia, su esposa, no había muerto aún. Ambos sabían llevar con resignación la muerte de sus cuatro hijas, sucedidas en tierna edad. Frontón, junto a su mujer, no perdía el sentido del humor y el ánimo se le encendía con los ricos juegos de la lengua que tramaba. Tomó a Lucio de las manos y le besó los cabellos. «Estar frente a ustedes», dijo inclinándose con deferencia, «es como si viera a Júpiter duplicado». Lucio se conmovió. Lo abrazó contra su pecho y su voz se quebró por el llanto. Más tarde, caminamos por los jardines espaciosos y bien cuidados de la casa. Hacia el final de la tarde, brindamos con un vino de Falerno que él apuró contraviniendo la orden de los médicos. Entonces elevamos los esquifos de plata, marcados con los nombres de la familia de Frontón, y brindamos por su enseñanza y su memoria.

Poco después de ese encuentro, Gratia murió. Frontón soportó unos días esa ausencia repentina. Su entereza, o lo que quedaba de ella, desapareció. Su mujer era de naturaleza jovial y lo hacía reír repetidamente. Le aplicaba los ungüentos con cuidado amoroso para que el dolor en las extremidades cejara. Le hacía las bebidas que contribuían a la digestión. Le leía hasta tarde en la noche porque Frontón había perdido también la capacidad de hacerlo a la luz de los velones. Sobre la responsabilidad de Gratia caía la administración de la casa con sus siervos innumerables y las visitas diarias que su esposo recibía. Era, por lo demás, una mujer culta que leía el griego y recitaba de memoria, ante la admiración de su esposo, pasajes enteros de Hesíodo. Esa vez estaban conversando a la caída del crepúsculo. Unos músicos tocaban sus instrumentos para que la intromisión de la noche fuera más lenta y dulce. Gratia, de pronto, exorbitó los ojos y cayó del triclinio. Frontón, que no podía levantarse sin su ayuda, dio gritos de alarma. En vano fueron tras el médico. Gratia había muerto de inmediato. Frontón se hundió en una zozobra que no pudo superar. No paraba de llorar y, en las noches, ante la inmensa soledad de un mundo oscuro, llamaba a su mujer. Quiso suicidarse, pero estaba su hija, llamada también como su madre, y por ella no lo hizo. Desatendió, en todo caso, los consejos de Esculapio y no tardó en seguir a su esposa. En su funeral, Lucio y yo vimos cómo el cuerpo de nuestro respetado guía, disminuido hasta la decrepitud, se incineraba.

Lo que justificó la existencia de Frontón no solo fueron las riquezas que heredó —procedía de una familia acaudalada de Numidia—, ni sus jardines distinguidos, tampoco los cientos de esclavos que le sirvieron, ni esa guisa tan suya de cultivar los idiomas, ni la esposa y la hija a quienes amó durante tantos años. Su motivo de orgullo, como ciudadano de Roma, mucho más que la motivación de sus labores cotidianas, fue haber sido el maestro de Lucio Vero y de mí mismo. Todas las cartas que conservo en la casa del monte Celio —muestra cabal de que aquellos años estuvieron definidos por un aprendizaje tan intenso como afortunado— están atravesadas de ese orgullo y esa satisfacción. Pocos días después de su muerte, en los idus de enero, Vero decidió encerrarse en su casa con los amigos, los libertos y bailarines que había traído de Antioquía. Y yo empecé a recorrer la ciudad atribulada por la peste.

# Los bárbaros

La primera vez que oí hablar de ellos fue en la infancia. Aprendía las primeras nociones cívicas y me explicaban que era necesario defender a Roma de su presencia. En mis primeros años no lograba diferenciarlos. Había unos que estaban cerca de nosotros y otros que habitaban lugares desconocidos. A los que podía ver en su mayor parte eran esclavos, obedientes y afectuosos, y fuera de su condición servil no se diferenciaban mucho de sus señores. Quiero decir que me parecían tan humanos como los romanos. Los peligrosos, sin embargo, vivían en lugares improbables, muchísimo más allá de donde yo podía situarlos. Eran de algún modo, y de allí su encanto ineludible para el niño que era yo, imposibles de precisar en la imaginación. Poco a poco, en la medida en que avanzaba mi comprensión, fui sabiendo que había un conjunto de casas y palacios, de vías y anfiteatros, de mausoleos y fuentes que modelaban las ciudades del imperio. Que en ellas vivían hombres y mujeres, vinculados por preceptos religiosos, políticos y militares, a quienes yo estaba destinado a gobernar. Y que tal coyuntura era menester preservarla de las amenazas provenientes de aquellos bárbaros distantes.

Pero ¿quiénes son ellos? ¿Qué buscan y qué representan? Hay una opinión que los ubica en el desorden y el atraso de gentes ignorantes y que mira sus creencias como si estuvieran hundidas en la tiniebla. Le parecen sus dioses aparatosos, sus empresas confusas, y brutales las expresiones del amor. Como si los bárbaros estuvieran habitando una intemperie marginal y miserable y Roma ocupara un centro seguro y próspero. Hay mucho de verdad en estas aseveraciones. Y lo afirmo porque nuestras vías han podido enlazar las comarcas de Hispania con Dacia y las de Mauritania con Mesopotamia. El nuestro no solo es el más inmenso de todos, sino el más comunicado de los imperios. El sistema de cloacas y los baños públicos, además, son un avance de la higiene y las urbes romanas son sitios más o menos confortables. Allí los templos se levantan suntuosos. Las estatuas de mármol suscitan la admiración de los habitantes. Las tiendas son las más abastecidas y las fuentes poseen las aguas más frescas. Las bibliotecas vibran plenas de conceptos diversos. Y, finalmente, la noción de Estado y los códigos de leyes que la sustentan, y que cada día tratamos de que sean más justos, son nuestra parte más eximia. Somos, pues, una civilización que progresa y trata de consolidar una paz que favorezca a la gran mayoría. Por tal razón, es menester defenderla.

Ahora bien, durante años me he preguntado por lo que defiendo como romano. La respuesta que he hallado es la permanencia. Mi deber es cuidar el orden que ha conseguido Roma a lo largo de los siglos y a través de numerosas generaciones. Por esto, abogo no por una raza, sino por un pueblo y, en este sentido, intento proteger el patrimonio de cada ciudadano, desde el más humilde hasta el más ostentoso. También trato de preservar los valores de la solidaridad, la concordia y la libertad. Defiendo, para mejor decir, una especie de patria de la humanidad. Salvaguardo no solo un imperio oficial, sino un mundo cultural variado. Un mundo convulso, es verdad, pero que en su esencia más respetable es romano. Y apoyaré hasta donde me sea posible el proceder en que un puñado de familias elegidas por los dioses y los hombres han hecho para crear, del caos de lo simultáneo y la fuerza de la naturaleza, un tejido social capaz de perdurar. Por ello no vacilo en decir que estoy en contra de la anarquía y la inestabilidad política. Desconfío del peligro oculto detrás de las innovaciones y de aquello que atenta contra la continuidad de una larga tradición.

A Tácito le parecía que los pueblos germanos —los más peligrosos entre los bárbaros—, al desconocer la agricultura, el hierro y las letras, eran carentes de conocimiento. A estas valoraciones extremas jamás he llegado. Reconozco que los pueblos de la Tierra integramos una diversidad sometida a los múltiples accidentes provocados por el devenir del universo. Y que lo más recomendable, en aras de conservar un equilibrio en las relaciones políticas, es construir un puente cordial. Por tanto, he enarbolado como primera consigna, durante esta guerra que me ha tocado asumir, que se hagan aproximaciones cuyo objetivo central sean los acuerdos. Estoy convencido de que, con esta recomendación, es posible dialogar con los bárbaros. No es una cualidad propia de mi mandato. Tal consigna la aprendí de Antonino Pío y él la tomó de Adriano. Diría, incluso, que es una particularidad de la diplomacia romana. Antes de inclinarnos por la opción de la guerra, nuestro deber es buscar, a como dé lugar, las negociaciones de la paz. Cicerón, de algún modo, sigue iluminándonos con su sentencia: «Es preferible la paz más injusta que la más justa de las guerras».

Antonino apaciguó con inteligencia, indudablemente, las sublevaciones bárbaras. Ellas se presentaron en Britania, en Mauritania, en Dacia, en Germania, en Judea y en Grecia. Trabajé durante su gobierno y puedo dar testimonio de su voluntad de no querer ensangrentar el poder. Antonino decía, sustentado en Escipión, que prefería salvar a un ciudadano que matar a mil enemigos. Por tal motivo, optó por negociar con los reyes de esas tribus remotas, hacerlos amigos de Roma y no gastar dinero enviando legiones para una conquista cruel. En esto se diferenciaba de Trajano y, repito, se aproximaba más a Adriano. Pero ahora sé que todo lo suyo fueron soluciones que, en el fondo, no detuvieron el asedio de esos grupos a los asentamientos romanos. No dejo de preguntarme, pues, ¿cómo actuar con los bárbaros que proliferan como hordas interminables? Si las negociaciones se afincan en el fracaso y los acuerdos se ven imposibilitados por el capricho de sus determinaciones, el panorama de la confrontación surge como única alternativa.

Y confrontarlos ha significado varias cosas. En primer lugar, no olvidar que a ellos los mueve una mezcla de resentimiento y valentía. Resentimiento hacia las conquistas de Roma y el tener que ser dominados por ella. Valentía porque no han vacilado en llegar hasta el fondo de sus capacidades para hacer la guerra. Luego están sus territorios brumosos, plagados de bosques enmarañados y ríos gélidos. Las legiones romanas se han movido por su geografía soportando el frío de los inviernos y enfrentando las emboscadas de las caballerías enemigas. El precio de no conocer estas geografías ha sido caro y, por lo mismo, buscar alianzas ha sido una divisa insoslayable, pese a que acechen la traición y el engaño por todas partes. Y es que cada vez que se emprende una campaña militar en estas regiones, el fantasma de Quintilio Varo emerge como un mal agüero y una posibilidad de resarcimiento y venganza.

Quintilio Varo fue un militar convencido de sus dotes. Augusto lo mandó a gobernar Germania porque tenía todo el talento para hacerlo. Varo gozaba del apoyo del príncipe y de sus círculos más próximos. Arminio, su hijo adoptado y nacido en Germania, le ayudó a manejar las relaciones con los bárbaros. Varo creyó que este había enterrado del todo sus raíces familiares y que estaba del lado de Roma. Así que poco a poco fue depositando en ese hijo extraño la confianza frente a las alianzas que se debían mantener con tribus que han sido casi siempre escurridizas. Sin embargo, se equivocó del todo porque Arminio lo condujo a la derrota. Quintilio Varo hizo caso a las indicaciones de este y fue traicionado. Y cuando se dio cuenta del tamaño de la felonía, el general se suicidó en medio de una emboscada en la que masacraron a casi todos sus soldados.

Más tarde, Germánico, enviado por Tiberio, quiso honrar a esas legiones desventuradas. Mientras perseguía a Arminio, sin poder atraparlo, hizo una pausa y se adentró en los bosques donde Quintilio jamás debió meterse. Los hombres de Germánico construyeron puentes y calzadas para penetrar en pantanos y arboledas intrincados y así llegar al lugar de la emboscada. Vieron el primer campamento de Varo. La plaza de armas donde habían estado sus hombres armados, la empalizada y el foso que señalaba el sitio desde el cual se había dado la desbandada de las cohortes. Germánico deambuló, solitario, a lo largo de terrenos blanqueados por los huesos. Había armas oxidadas e invadidas de musgo. Caballos despatarrados en cuyas quijadas también crecían el musgo y los líquenes.

De los troncos pendían las cabezas decapitadas. Algunas ya eran calaveras. Otras habían quedado a medio camino de una momificación grotesca. En las cuencas de los ojos de varias de ellas, las abejas de la primavera habían establecido sus panales. A Germánico le comunicaron que, en parajes aledaños, estaban los altares de los bárbaros. Allí se había ajusticiado a los centuriones. Un poco más lejos, localizaron el lugar donde cayeron los legados. Y, por fin, el sitio donde Quintilio recibió la primera herida, y donde después él mismo, rodeado de sus últimos defensores, se hundió la espada en el bajo vientre. Germánico mandó enterrar los restos en una ceremonia fúnebre y, al saberse esto en las cartas que envió, solivantó el dolor de los familiares y amigos de quienes habían muerto defendiendo a Roma.

Pero algunos piensan que los bárbaros son dueños de sus tierras y que nosotros solo hemos sido sus conquistadores. Acaso conquistadores advenedizos, aunque también más poderosos. Y, de cualquier manera, más tolerantes al abordar el intercambio fragoroso entre los pueblos del orbe. Frente a esta confrontación entre ellos y nosotros, quisiera referirme a uno de los rasgos propios de Roma. A eso que la caracteriza con más contundencia: su expansión. Desde Eneas, en el viaje que hizo de Troya al Lacio, hasta Trajano y su propósito de llevar el imperio hasta las comarcas de la seda, esa ha sido una constante. Tal propagación la hemos justificado, es verdad, con la voz de los oráculos y los signos que ofrecen las entrañas de los animales. En unas tripas de ternero, en el comer de pollos designados, en el vuelo de los halcones, hemos visto las señales de las victorias y de los fracasos.

Y esa expansión, cómo negarlo, ha sido motivo, a la vez, de gloria y de infortunio. Por un lado, cuántos triunfos celebrados en los templos, cuántos juegos y sacrificio de bestias en los circos, cuántas frases pomposas escritas en los mármoles. Y, por el otro, los miles de cadáveres diseminados en los campos de batalla, las enfermedades en los cuarteles, la sed de venganza y la animadversión hundidos en el corazón de los hombres. Me he preguntado, en los pocos años de paz que ha tenido mi mandato, de qué serviría descifrar el ser romano si no se tuviera en cuenta esa codicia suya, esa inquietud incesante que lo empuja siempre a buscar el afuera. Con Máximo Corvo y Curio Dentato se obtuvo el dominio de los reinos de Italia. Con Catón el Viejo, a quien no le gustaba viajar y era un campesino, Roma pudo extenderse hasta Cartago. Aunque Cornelio Escipión la preservó ante los ataques de Asdrúbal y Aníbal. Fueron sometidas las Galias con Julio César. Marco Antonio y Augusto se adueñaron de Egipto. Claudio conquistó Britania. Trajano quiso llegar hasta las riberas del Éufrates, pero la vida no le alcanzó para realizar esos propósitos. Adriano detuvo esa elongación agitada y sangrienta y Antonino Pío logró, con la diplomacia, prolongar esta política. Cuando dialogábamos sobre este tema, acostumbraba a decirme que, si Roma no le ponía un límite a su avidez, el imperio se agigantaría hasta lo anómalo. «Creceremos tanto y nuestros ejércitos alcanzarán un estado de desmesura tal que mantenerlos será imposible».

Los bárbaros, eso lo sabemos con Heródoto, son reinos —algunos no llegan a ser más que pequeñas aldeas— que hablan lenguas diferentes al griego y al latín. Esto los tornaría incomprensibles si no se acudiera a los traductores. Pero al descifrar sus idiomas, el diálogo brota como una vía esclarecedora. De hecho, son estos diálogos los que han permitido que Roma se haya abierto a la multiplicación de sus creencias y también a la extrañeza que provocan sus hábitos. Entre aceptaciones y rechazos, el imperio ha evolucionado también con pujanza. Hemos invitado a sus dioses para que entren a nuestros templos y sean dignos del respeto y la piedad de los rituales. Nuestro talante de entender el cruce de las civilizaciones es hospitalario y no está atravesado por la intolerancia hacia las otras creencias. Pedimos respeto por nuestros cultos religiosos porque sobre ellos hemos edificado las relaciones entre la naturaleza y los hombres y la justicia y la organización de las instituciones estatales. El tema religioso, sin embargo, no es lo que más nos preocupa de los bárbaros. Cada pueblo tiene derecho de creer en sus propias divinidades y toda la Tierra no es más que una red abigarrada de credos comandados, a su vez, por dioses múltiples. El gran problema con los bárbaros es que, atraídos por las bondades del imperio, invaden nuestras tierras. En realidad, somos como dos impulsos en dirección contraria. Roma ansía el afuera de ellos, y ellos sueñan con nuestro adentro. Fue Livio Tertulo, aquel que abogaba por la paz desde su villa de Túsculo, quien alguna vez me expuso esta consideración: «Marco, vivimos inmersos en un laberinto, no en el de Dédalo, que es legendario y propone el vuelo para hallar la libertad, sino en el de la historia, que es real y opresivo. Allí buscamos con incertidumbre la orientación. Allí está Roma y también están los bárbaros. Y si los dioses, las leyes y las costumbres nos inducen a buscar un añorado centro, este se nos escabulle a toda hora porque está en todas partes y en ninguna».

Pero el equilibrio en Germania, mantenido por la diplomacia que nos heredó Antonino Pío, hubo de romperse un día. Una horda de más de seis mil longobardos franqueó el

Danubio y se adentró en la provincia de la Panonia Superior. Eran poblaciones desplazadas, comandadas por mercenarios que hacían su redada. Las noticias que nos llegaron informaban que la dirección de los invasores era hacia Aquilea. Esto significaba un peligro evidente para la seguridad de Roma. Me reuní con Lucio Vero y le dije que, esta vez, debíamos viajar juntos. Se escudó de nuevo en el argumento de que él había estado varios años en Partia y que yo debía encargarme de la situación en las provincias del norte. Recalcó, además, no estar de acuerdo con esa guerra pues la consideraba costosa y fatigante. Habló de la peste y de su golpe demoledor a nuestros ejércitos. Era contraproducente emprender una campaña bélica en este momento. «Llevarás la economía del imperio a su ruina», dijo, y remató con que si Antonino viviera estaría en contra de ella. Respondí que su visión de las cosas estaba atravesada por el temor. Esta guerra sería costosa como la de Partia, pero si era aprobada por el senado, nos ayudaría a franquear un peligro más temible.

Desatendiendo esta poca disponibilidad de Vero, comencé a preparar la expedición. Me dirigí a los cuarteles de la guardia pretoriana y hablé sobre lo perentorio de la operación. Prometí privilegios a los militares y a sus descendientes si su participación era decidida. El senado estuvo de acuerdo con el establecimiento de nuevos impuestos para movilizar las legiones. Para entonces, Macrinio Víndex al mando de su caballería había podido detener el paso de los longobardos. Ialio Basio, el gobernador de la Panonia Inferior, tuvo a su cargo negociaciones con varios pueblos del Danubio e igualmente logró controlarlos. Pero las incursiones bárbaras paraban unos días y no demoraban en volverse a dar. Irrumpían marcomanos y cuados para generar problemas en otros lugares. A unos y otros los empujaba el hambre y clamaban por dominios para el sembradío y la cría de animales. Ahora bien, si nosotros los dejábamos entrar pacíficamente se evitarían disturbios mayores. De algún modo, mi presencia en esos territorios era para mirar quiénes debían ingresar a Roma y pagar los respectivos tributos y quienes quedarían allende las riberas fronterizas.

Nombré, con la rapidez exigida por la urgencia, una comitiva de altos militares. El más respetable y experimentado era Furio Victorino. Había acompañado a Lucio Vero en Oriente y conocía bastante bien los dominios germánicos. Era, además, el prefecto del pretorio. Estaban, igualmente, Poncio Leliano, Tulio Tusco y Aufidio Victorino. Leliano tenía la experiencia de haber participado en la guerra contra los partos. Tusco, por su parte, era versado en los asuntos de las tierras adonde nos dirigíamos, pues había sido gobernador de la Panonia Superior. En cuanto a Victorino, uno de mis hombres de más confianza, nos unían el respeto y la admiración por Frontón. Los tres, con Lucio Vero, habíamos compartido al maestro, y Victorino era el esposo de Gratia, su hija.

Llegó el día, pues, en que dejé la toga de la administración civil y me puse el atuendo militar. Un día de primavera, yo tenía cuarenta y siete años, montamos en los caballos y nos encaminamos hacia la región Ilírica. Como el sol que nos iluminaba, íbamos con la seguridad de la victoria. Teníamos el apoyo decidido de las cohortes pretorianas. Dieciséis legiones, ubicadas a lo largo del Rin y del Danubio, nos protegerían. Más de ciento cincuenta mil hombres conformaban nuestra fuerza. Y como antes, cuando Roma había luchado contra la barbarie púnica y oriental, esta vez combatiríamos la del norte, que se presentaba ahora como la más peligrosa.

En las semanas siguientes establecimos los cuarteles en Aquilea. Allí llegaron noticias positivas. La situación estaba controlada en los alrededores de Carnunto. Los invasores habían sido expulsados. Lucio Vero escuchó el informe con alivio y dijo, una vez más, que no valía la pena continuar hasta los extremos de la provincia invadida. Propuso que regresáramos a la capital de inmediato. Había programado en Roma, para los inicios de la primavera, una temporada de banquetes y juegos en el circo. Me opuse rotundamente y lo convencí de que atravesáramos los Alpes y fuéramos a Carnunto. Lucio se contrarió al principio, pero fue reanimándose en el camino. Aprovechó para cazar liebres y jabalíes en algunas de las jornadas. Los días eran tibios y caían lluvias repentinas. El paisaje que divisábamos se manifestaba tan pletórico en bosques, riachuelos y lagunas que no parecía que fuéramos hacia la guerra, sino a las comarcas de oro descritas por Hesiodo. En el trayecto se nos informó, sin embargo, que Furio Victorino, que se había quedado en Aquilea, estaba desaparecido. Con sus tropas había decidido partir en campaña y llevaban varios días sin dar noticias de su rumbo.

Además de dialogar con los cuados y los marcomanos, mi plan consistía en mantenerlos alejados del Danubio y, a través de la creación de un nuevo estamento militar —que denominé Frente de Italia y de los Alpes—, blindar esas zonas de invasiones futuras. Para dirigir este nuevo grupo nombré a Antistio Advento, un militar cubierto de condecoraciones que había servido en Siria. Organizábamos este nuevo frente, que poseía también un carácter diplomático, cuando recibimos la funesta noticia. Furio

Victorino y sus hombres no se habían extraviado. Mientras perseguían una disidencia de longobardos, se detuvieron en la desembocadura de una quebrada sobre el río Po. Allí tuvieron contacto con campesinos apestados. Victorino murió entre los primeros y su tropa fue diezmada por la enfermedad. Algunos supervivientes arribaron a Aquilea y la ciudad se contagió con inusitada rapidez.

Ante la urgencia sanitaria, ordené que Galeno y un cuerpo de médicos que lo asistiera se trasladaran a Aquilea. A Lucio le pareció insensato establecernos en la ciudad donde todo estaba corrompido. Propuso que nos dirigiéramos a Roma. El frío y las lluvias del otoño ya arremetían con insistencia. No podíamos pasar el invierno en Carnunto, pese a que yo lo deseara, ya que este se avizoraba riguroso. Partiríamos con premura hacia Aquilea y al llegar allí sopesaríamos la posibilidad de quedarnos o seguir en dirección a la gran ciudad. La travesía fue ardua por los grandes aguaceros. Los riachuelos, antes apacibles, se habían convertido en caudales indómitos. Debimos sortear, con muchas dificultades, inundaciones y derrumbes. Y al llegar a Aquilea, el frío se recrudeció con las nevadas y las ventiscas. Era imposible, por lo tanto, seguir nuestro camino hacia Roma. A regañadientes, Lucio Vero se encerró en una de las casas hasta que el tiempo mejorara. Y como había ocurrido antes, se negó a estar alerta en medio de la calamidad abatida sobre los soldados.

Galeno venía de Pérgamo. Aprovechó para pasar por Fenicia y Chipre y aprovisionarse de medicamentos. En Aquilea su labor no tenía pausa. Se veía excedido no tanto por su trabajo, sino por la impotencia que sentía frente a la vertiginosa mortandad. Grandes ojeras le llegaban hasta los pómulos y no cesaba de respirar profundo. Cuando me hablaba no se descubría la cara y pedía que yo hiciera lo mismo. Tenía una máscara que le protegía la nariz y la boca. Yo portaba un trapo humedecido que me cubría el rostro. «Es por nuestro bien», decía, «estoy a toda hora en medio de moribundos». Esa vez le conté que había llamado a Arnufis, el sacerdote egipcio. Él había ayudado, años antes en Roma, a enfrentar los estragos de la epidemia. Cuando le dije que Arnufis quería elevar un altar a Isis, Galeno sonrió diciendo: «César, respeto la religiosidad de mis congéneres. Es un terreno donde trato de no meterme, pero debo decir que este flagelo es sordo a cualquier oración». Galeno parecía tener razón porque la peste atacaba con vehemencia, sorda e incontenible.

La nieve volvió a caer. Ningún pájaro cantaba en los aleros de las casas, ni en el interior de los jardines, ni en las veras de los caminos. Los árboles estaban deshojados y al cielo lo cubría un gris tan denso que no permitía que la luz del sol se diseminara. El frío era de una crudeza insólita para los habituales inviernos de Aquilea. Esas jornadas las recuerdo, además, porque se me instaló en los pies una impresión de humedad tan insistente que solo pude desalojarla del todo cuando regresé a Roma. El sueño, por supuesto, no tardó en esfumarse de mis ojos. Galeno temió por mi salud y aumentó la dosis de opio en la medicina cotidiana. Pude dormir mejor, es cierto, pero soñaba con mundos caóticos, abigarrados, sucesivos en los que todas las criaturas morían y nacían otra vez para volver a fenecer. Nuestros soldados sucumbían en un abrir y cerrar de ojos. En medio de días cortos y noches extensas, la peste se movía con una libertad tan impúdica como imparable. Y así como era absurdo usar la espada y la lanza, de nada tampoco sirvieron los escudos.

Para no desfallecer por completo, evocando a Faustina y a mis hijos —como si ellos fueran la materialización de mi única fortuna—, busqué el soporte de alguna consolación. En la biblioteca de la ciudad estaban las de Séneca y ordené que me las trajeran. Volví a leer la que está dirigida a Marcia y dejé que me envolviera con sus palabras. Hay que hacer cara a los embates de la muerte y reconocer que ella nunca es fortuita, ni precipitada, ni injusta. Viene cuando le corresponde sabiendo que nosotros somos su destino desde que nacemos. Quizás es cierto que la dicha más similar al no haber nacido sea morir. No importa cómo ni a qué edad. Se debe aceptar que retornar a nuestro estado primero, después de atravesar la ilusión de los días y las noches, es cumplir con lo establecido. La razón apunta a esa premisa y comprenderla con sosiego equivale a ser sabio. Hay que vivir cada momento, dice Séneca, con la seguridad de que cada evento obedece a la ejecución de unos ciclos naturales determinados por un motor innombrable y eterno.

El filósofo explica que nada permanecerá donde está ahora. El arrasamiento de los hombres y los lugares se dará obligatoriamente. Y habla de una conflagración que todo lo destruirá. Séneca se refiere a mares resecos, a ríos salidos de madre, a pueblos y ciudades devastados. Aunque este panorama de aniquilación general, en el que los astros chocan entre sí y la materia del cosmos arde en el fuego, goza en sus palabras de una esperanza inaudita. ¿Qué quedará de nosotros, espíritus sedientos de longevidad, atrapados en cuerpos perecederos? Solo la alternativa de construir y preservar un orden en el cual tendremos algo por hacer. Cada criatura del universo nace para morir, pensaba yo al escuchar el traquetear de las carretas repletas de cadáveres. Entre el nacimiento y la muerte la naturaleza vuelve sobre sí misma para hacernos creer que avanza cuando, en realidad, está como detenida en una metamorfosis incesante. En la habitación, mirando a través de la ventana, repetía para mí mismo, al modo de un responso, las palabras que Séneca dice a Marcia: «Te aprecio, vida, gracias a la muerte».

Galeno, al ver que la peste no cedía, recomendó que Lucio y yo regresáramos a Roma. Me opuse porque creía que, superado el invierno y la epidemia, podíamos establecernos en Carnunto para resolver la crisis de las invasiones bárbaras. El médico opinó que el riesgo del contagio era mayor. Sería terrible que, aparte de la disminución de los ejércitos, dos Príncipes cayeran en ese combate con un enemigo tan certero. Lucio reaccionó a favor de Galeno, agradeció su consejo y dijo que, a pesar del frío y de la nieve, partiría de inmediato. Tuve que aceptar a regañadientes. Pero antes de salir de Aquilea, organicé un funeral para homenajear a los miles de soldados que habían perecido.

Bajo una tarde cenicienta, las piras levantadas daban la impresión de ser interminables. Se había encontrado un terreno en las afueras de la ciudad. Al lado de los cuerpos, envueltos en mortajas blancas, se colocaron las armas que esta vez no lograron su objetivo. Las mujeres de Aquilea, con generosidad y riesgo, prepararon los cadáveres para la ceremonia. Le pedí a Arnufis que la presidiera. El egipcio dio entonces tres vueltas en torno a las piras. Las ofrendas se habían depositado junto a las antorchas, el incienso y las copas de aceite. Se recitaron las letanías y él esparció sobre mí el agua lustral con un ramo de olivo. La voz de Arnufis medía el rito y le daba sentido a lo que parecía distante de él. La existencia no era más que un deseo transitorio, afianzado en el lenguaje, de enfrentar la muerte. Hubo sentencias de paz y descanso para quienes habían fenecido. Luego sonó una trompeta cuyo sonido ondeó por el espacio. La música cesó y uno de los guardias me pasó la antorcha. Galeno tenía los ojos cerrados y la máscara le cubría el resto del rostro. Arnufis me miró con reverencia, como si yo fuera la figuración de un dios desolado. Recordé, entonces, el final del poema de Lucrecio. En Atenas se había hecho algo similar, siglos atrás. Mientras se prendían las piras, eso escribió el poeta, los familiares de los muertos por la peste gritaban a una sola voz. Los que estábamos ahora en aquel lugar limítrofe éramos, al contrario, espectros silenciosos. Ataviados con prendas que despedían un olor concentrado a orines de niño y de oveja. Estuvimos oyendo la combustión de los leños y constatando que el águila del imperio tenía las alas rotas y que su cuerpo estaba descompuesto. Caía la noche en el horizonte, cuando nuestros ojos se llenaron de un gran humo cuya flama tenía el poder de transformar los cuerpos en cenizas.

# Faustina

Desde que Antonino decidió que lo asistiera en las labores administrativas, no desdeñé el círculo de mi familia. Cualquier pausa que se me ofrecía la aprovechaba para reunirme con ella. Ese amor comprometido, y por tradición familiar y respeto a las instituciones romanas, lo demostrábamos, con Faustina, al ponerles a los hijos los nombres de nuestros antepasados: Lucila, Antonino, Cornificia, Annio, Adriano, Sabina. Roma era, en su núcleo, un grupo de familias cuyos nombres y actos resonaban a lo largo de los años. Yo obedecía, como hombre y ciudadano, a un mandato que buscaba su continuidad. Y todavía lo sigo haciendo con estas palabras que escribo y que, a su manera, erigen un pequeño cerco de llamas ante las nieblas frías que circundan los campamentos de invierno.

Fui comprometido con Faustina cuando ella era una niña. Y nos casamos cuando teníamos trece y veinticuatro años respectivamente. Su padre decidió deshacer mi primer compromiso matrimonial establecido por Adriano y, en aras de garantizarme el poder, me unió a su hija. Para desposarnos esperamos a que ella tuviera la edad legal para hacerlo. Como me había convertido en el hijo adoptivo de Antonino, y Faustina era mi prima, se corría el riesgo de que nuestro matrimonio fuese incestuoso. Pero el César se encargó de clarificar, frente al senado, lo importante que era fortalecer los lazos familiares en aras de preservar la seguridad del imperio.

Antes de la boda, yo había deseado algunos cuerpos. El de aquella esclava vista en el baño. El de Teodoto y el de Benedicta, amigos en la pubertad, a quienes quise poseer a pesar de no haberlos tocado. Con Faustina, sin embargo, conocí el amor. Mirado desde la vejez, el placer sexual es una vivencia que buscan con más ahínco los organismos jóvenes. Incluso, a veces pienso que la cópula, separada de su función procreativa, no es más que un manojo de convulsiones breves. Con los años llega, sin duda, una cierta liberación de las turbulencias del deseo. Pero yo, más que nadie, y esto se lo debo al último conocimiento del amor que tuve con Desideria, mi concubina, no ignoro que una de las formas de la felicidad habita en esos trances en que se imbrican los sentidos con la imaginación.

Llegué al matrimonio acatando una tradición antigua que no solo atañe a Roma, sino a todos los pueblos del orbe. El amor había que vivirlo bajo una jerarquía que abarcaba las decisiones de nuestros padres y las de los dioses. Faustina y yo asumimos el deber de darle, sobre todo, prolongación al poder. Nuestra unión croninuaría a través de una descendencia. Quiero decir que los dos nos acogimos a los ritos y a lo que, detrás de ellos, estaba predestinado. Y es verdad que los hijos que tuvimos fueron esperados, con la dosis de angustia y felicidad otorgada por estos eventos y sabiendo que su supervivencia dependía de la Fortuna. Pero nuestro sentido de la libertad jamás se sintió menoscabado puesto que a los dos nos unía el respeto generado por el amor de nuestras familias.

El primer recuerdo que tengo de Faustina es el de una niña de seis años que buscaba los brazos de su padre para resguardarse, tímida y asustada ante el muchacho que estaba frente a ella y que habría de ser su esposo. Después, al perder el temor, ella se me aproximó con curiosidad. Estiró su mano hacia los vellos que brotaban en mis mejillas y los rozó. «Es suave tu barba», dijo con una pronunciación perfecta. Sonreí y, tomando su pequeña mano, le dije que aún no era barba, sino unos cuantos pelos desorganizados. La niña se me quedó mirando con sus ojos azules y se puso tan feliz que salió, en compañía de una de las siervas, correteando por el jardín. Faustina hablaba el latín con una dicción tan nítida que me encantaba. Tal fascinación me llevó muchas veces a pedirle que me leyera, en las noches, a los poetas y filósofos queridos. ¡Hasta dónde puede llegar el poder de una voz en estas remembranzas tardías! En mi mesa tengo a Lucrecio, que es uno de los pocos autores que releo. Pero no es a él a quien escucho ahora, sino a mi esposa entonar el pasaje en que la diosa, engendradora de todo, promueve una paz universal. Faustina se ha despedido de las dos niñas que teníamos y se recuesta junto a mí. En tanto pasa las manos sobre mi barba, que ya era gruesa y entrecana, y lee: «De ti huyen los vientos, de ti y de tu llegada las nubes del cielo, la industriosa tierra hace crecer para ti las flores, te sonríen las llanuras del mar y el firmamento resplandece sereno con la luz derramada». Venus, en Lucrecio, apacigua las empresas de la guerra. Marte cae en su regazo y se dulcifica vencido por la herida eterna del amor. Pero ahora, cuando Faustina es un puñado de polvo disuelto en las tierras de Capadocia, y el ansia de la paz una frágil palpitación en la extensión de un verso, me pregunto: ¿qué hacer con la guerra?

El matrimonio se realizó según la costumbre. Faustina vestía la túnica blanca, ajustada a la cintura con doble nudo. Los cabellos habían sido divididos en seis mechones tomados con cintas color del azafrán. Sobre ellos se puso un velo del mismo color y encima de la túnica un manto. Los pies blancos y delicados de la virgen resaltaban en las sandalias, que también tenían el matiz del vegetal sagrado. Ella, la noche anterior, había depositado sus muñecas de tela y madera en los lares del altar paterno. Antonino Pío estaba pendiente de que todo se hiciera respetando la antigua usanza. Más tarde, antes de firmar el contrato frente a los testigos, se consultó a los auspicios y ellos señalaron un futuro bendecido por la prole. En los jardines de Lanuvio, se nos sirvió la sopa de harina hecha con espelta y se partió la torta. Domicia Lucila, la mayor entre las mujeres invitadas y que había tenido únicamente un esposo, tomó nuestras manos y las unió.

La cena fue sobria en medio de un agasajo hecho de música de liras, címbalos y flautas. Faustina me miraba desde su velo, sonreía con timidez y tomaba mi mano para apretarla en los momentos en que creía que nadie la observaba. Salimos de Lanuvio a la caída de la tarde y nos dirigimos al Palatino. La primera estrella de la noche resplandecía en el cielo al llegar a Roma. Antes de entrar a la casa, la muchacha se abrazó a su madrastra y representó el drama de no querer alejarse de su primer hogar. Entre quienes estaban allí hubo gestos de nostalgia y lágrimas por la pubertad culminada. Pero cuando Faustina dejó aquellos brazos femeninos, hubo una exclamación de júbilo. Las antorchas de madera de espino blanco poseían un fuego tan intenso como el ansia que se expandía por mi sangre. La música volvió a sonar porque lo suyo era cubrir la noche con los sonidos que hablaban de partidas, de murmuraciones secretas y exhalaciones de dicha. Alguien entonó unas coplas que prometían espantar el mal de ojo y auguraban, una vez más, la fecundidad del hogar. Hasta que llegó el momento de mi participación. Tomé varias monedas, donde estaban tallados los rostros de nosotros dos, y las arrojé a los invitados.

Faustina atravesó, al fin, el umbral de la casa donde ella sería la dueña de todos sus acontecimientos, desde los que trazarían la volatilidad de los sueños hasta aquellos que sostendrían la vigilia de cada día. Había flores y cintas de lana por doquier. De aceite se habían untado las jambas de las puertas y las ventanas. Todo estaba puesto allí para que hubiese una avenencia entre los seres humanos que habitarían la casa y los dioses protectores. Dos de mis amigos, Teodoto y Aufidio Victorino, cargaron en sus brazos a la novia y la entraron sorteando la gran piedra que se había colocado en la puerta. Un poco más allá, en el atrio, estaba el lecho nupcial y Faustina fue conducida a él por la mano de mi madre.

Al casarnos, como he dicho, estábamos dispuestos a la procreación. Pero ambos decidimos esperar para que el amor brotara y se expandiera. Al principio, nos rodeó la reserva. Un gran pudor estimulaba nuestros actos. Aunque, poco a poco, fuimos superándolo. Era el miedo a confrontar la emoción de una realidad sensual desconocida y a entender que estaríamos uno al lado del otro durante muchos años. Los dos teníamos la impresión, confusa por lo demás, de que entrábamos a un recinto que guardaba en su seno un fuego que podía quemarnos o, si demostrábamos inhabilidad en su uso, sumirnos en el hartazgo o en la indiferencia.

La piel de Faustina, con un olor que evocaba el de las floraciones, se me hizo lo más indispensable en esos años. Al recorrerla con mis manos, mi tacto se volvió más sabio y mis ojos contemplaron recodos nunca vistos de un cuerpo. A mí me gustaba verla adormecida después del goce. Sus ojos entrecerrados y las piernas recogidas en las sábanas. Su espalda esculpida por ondulaciones suaves. Había momentos en que las zonas próximas a la cintura se cubrían por una línea de sombra que la hacía más misteriosa y ancha. Pero, de algún flanco, entraba una luz que barría esa oscuridad peregrina y tornaba visibles los poros de Faustina. Yo los veía absorto y no sabía qué me era más grato, si contemplar ese pequeño resplandor o rozarlo con mis dedos.

Las lecturas de los epicúreos, debo decirlo, me ayudaron a comprender mejor el placer de la existencia. Por tal motivo, mi estoicismo no ha sido radical, sino que se ha impregnado de algunos conceptos de aquel jardín griego. Y es que en el epicureísmo hay varios asuntos que me llaman la atención. Los átomos como base configurativa del cosmos y la idea de vacío como ese no lugar de donde surge todo y en donde todo desemboca son suposiciones que sopeso siempre que enfrento el abismo cotidiano del dormir. Pero fue el amor, su parte sensitiva vinculada al otro con el que compartimos, lo que me llevó a pensar con mayor detenimiento en el legado de Epicuro. Aunque cómo olvidar que ese organismo amado es también el territorio de la degradación y la muerte. Faustina había tenido una infancia surcada de enfermedades. Al morir su esposa, Antonino cuidó con esmero a la única hija que había sobrevivido a las demás. Fue la salud de ella una razón suficiente para que no tuviéramos de inmediato el primer hijo. Los médicos la examinaron, a sus quince años, y aconsejaron una espera. Los obedecimos y postergamos por un tiempo las relaciones sexuales. Y cuando comenzaron los embarazos, Faustina demostró una salud inquebrantable y su ánimo no se desmoronó ante el fallecimiento de nuestros hijos. Incluso, fue en la aceptación de esta circunstancia adversa que los dos hallamos en la filosofía una especie de asidero.

Nunca conocí, en realidad, a una persona tan aferrada a la vida como ella. Tuvimos trece hijos y casi todos murieron rápido. Faustina lloraba estas pérdidas y se enlutaba durante días como una noche cerrada y silenciosa. Aunque muy pronto su cuerpo volvía a expresar que lo suyo era la obstinada continuación de los nacimientos. Yo, cómo negarlo, me hundía en un estado de temor por las preñeces y los partos. Pero me llenaba de ilusión por los nuevos seres que, de persistir, llevarían a la posteridad la memoria de nuestros actos. Al suceder esas muertes, Faustina hacía algo que si me atrevo a consignarlo aquí es porque este comportamiento indicaba con amplitud la condición maternal de mi esposa.

La mañana en que murió Annio, Faustina se retiró a una de las habitaciones. Antes me había dicho: «Es mi fruto, Marco, y debo despedirlo». Tomó al niño y lo untó de una tierra humedecida que ella misma había recogido del jardín. La regó por su cara y por su vientre. Enseguida bañó el cadáver con un agua de hierbas fragantes. Luego lo secó con unas telas blancas y se dedicó a oler cada palmo del cuerpo de Annio. Lo aspiraba con largueza, como si buscara en lo ya ido algo que perviviera. Al terminar el acto —y esto que hizo con Annio también lo realizó con los otros retoños que se nos murieron—, susurraba una oración que conservo aún en la memoria: «Tú, hijo mío, irás adonde debes y allá nos encontraremos».

Faustina fue una mujer afectuosa, ajena al aspaviento y al bullicio. Nunca la vi alterada con el comportamiento de los niños. Siempre paciente y amorosa con ellos como lo era conmigo. Podía, en vista de mi condición de príncipe y de mis continuas ausencias, vigilar mi vida íntima para buscar algún amorío o desliz. Pero poseía una seguridad y un respeto hacia nuestro amor que jamás sobrepasó el umbral del decoro. Parecida a su padre y a mi madre, desdeñaba el lujo y, similar a ambos, conservaba un vínculo de respeto por sus antepasados. Los dos, en este sentido, habíamos tenido una educación similar. Sin embargo, es verdad que cuando nuestras hijas debían casarse, y al decidir yo que lo hicieran con hombres dueños no solo de poder sino de sólidos conocimientos filosóficos, Faustina se opuso, a veces con vehemencia, a la consumación de algunos de esos matrimonios. Se inclinaba, como buena madre, a los deseos de sus hijas mayores. En cambio, mi argumento era que los yernos no debían ser personajes provenientes de prosapia ilustre, o ciudadanos sometidos a la petulancia de sus riquezas, sino magistrados distinguidos por la razón, hombres temperantes en su espiritualidad y eximios militares.

A excepción de estas diferencias, que siempre supimos resolver, no hubo nada que estropeara nuestro vínculo. Debo agregar, además, que las determinaciones más trascendentales que llevé al senado, durante la peste en Roma y la sublevación de Avidio Casio en Egipto, las consulté antes con Faustina. Ella era una mujer educada en la cultura griega y participaba en las conversaciones que teníamos con Trásea, Helvidio y Bruto, amigos en el estoicismo. Por ello mismo, y por la confianza que deposité en su talento y su compromiso hacia mí, no hice caso a los chismes que me llegaban provenientes de la plebe o de la envidia de mis enemigos. ¿Cómo podría ser verdad que una mujer de la fidelidad de ella tuviese el desparpajo de buscar amantes en lugares clandestinos? Se decía, en los bajos fondos de la maledicencia, que la emperatriz era disoluta. Que su lascivia voraz nadie, y mucho menos un emperador filósofo y enfermizo, podía saciarla. Que frecuentaba, en altas horas de la noche, los alrededores del circo y las escuelas de gladiadores. Y que, ebria de vino, ordenaba a sus criados que le llevaran a los más apuestos. Una vez, ella me habló del tema. Lo hizo, de entrada, con un sentido del humor que fue suficiente para que nunca más nos introdujéramos en el desatino de esas habladurías. «Yo, que jamás bebo, soy dizque una borracha. Yo, que me la he pasado teniendo hijos y cuidándolos, paso horas y horas solazándome. Solo les falta decir, querido Marco, que tú eres infecundo y que mis hijos son de otros».

Recordar a Faustina es dirigir mi pensamiento hacia quien dispuso que yo fuera su sucesor. Sucesión que, una vez más, debía ser mediada por la unión con la mujer. Antonino Pío, como su hija, jamás me despertó reservas. Al contrario, lo quise como si fuera el sol, el agua y el aire. Era un hombre manso y firme al mismo tiempo. No se vanagloriaba de sus posesiones materiales y sus dones. Amaba el trabajo y la perseverancia moldeaba cada uno de sus comportamientos. Le gustaba madrugar y ver desde su huerto la llegada del alba. Decía que asistir a la diaria diseminación de la luz sobre el mundo era suficiente prueba de que el bien existía. Gobernar, a su juicio, consistía en saber escuchar a todos aquellos que deseaban contribuir en algo a la prosperidad de la comunidad. Esa mezcla de una sociabilidad empática en los asuntos de la administración del imperio y la elementalidad en sus hábitos era uno de los rasgos de su sabiduría. De Antonino admiré su manera de preservar a los amigos así estos fuesen proclives al apasionamiento y al capricho. Muchas veces hablábamos, junto a Faustina, sobre cómo se debía actuar ante los demás. Recomendaba serenidad y autosuficiencia en todo. Rechazaba, por consecuencia, las adulaciones que, como máxima autoridad, muchos querían hacerle. No creo que haya existido otro gobernante de semejante humildad y sobriedad. Y la verdad es que, desde Augusto hasta Adriano, ninguno de los Césares de Roma logró expulsar de sí la vanidad como lo hizo él.

Su disponibilidad hacia los cultos, por lo demás, no fue vacilante. Tampoco cayó en las exageraciones de la superstición. Reconocía que los augures y sus auspicios le otorgaban al ir y venir de las comarcas del imperio un diálogo necesario con los dioses. No olvidaba, empero, que entre los hombres y ellos habita un gran silencio, el misterio recóndito y lo improbable. La privacidad de Antonino giraba en torno a su familia, hacia la cual sentía una gran afección. Pero este sentimiento, ambos lo sabíamos, pertenecía también al dominio de lo perecedero. Enviudó pronto y para dulcificar la viudez escogió una liberta de su círculo doméstico y la convirtió en su concubina. Antonino con nadie fue vulgar y miró con desconfianza las nuevas modas. Estos rechazos los manifestó con tanto tino que en contra suya no se levantó ningún testimonio que lo tildara de pedante o de sofista. Poseía sentido del humor y de la ironía, pero este era moderado y certero. En la alimentación fue frugal y se dedicaba a la caza y a cultivar la tierra. A diferencia de Adriano, no gozaba con las fiestas ni con los excesos. Se acostaba temprano —en esto tampoco dejó de ser un campesino— y pocas veces enfermó, razón por la cual no tuvo necesidad de acudir jamás a los fármacos y a los emplastos. Ante los dolores de cabeza, que le duraban varios días, se recluía en sus villas. Faustina, con el hijo nuestro que más requería de sus cuidados, viajaba para ocuparse de las indisposiciones de su padre. Los dos eran tan afines que en sus diálogos oscilaban entre las impresiones que les suscitaban las pequeñeces del quehacer doméstico y los temas de la historia de Roma o de las políticas del senado. Faustina era vivaz y curiosa y con su padre ese entusiasmo se incrementaba maravillosamente. A ella le fascinaba ver al dirigente de un vasto imperio trajeado con telas hechas por las manos de sus siervos campesinos. Tal rusticidad en el vestir se extendía al uso de los baños, a la decoración de los cuartos, a las comidas y a las bebidas. Sostenido en esta mesura ejemplar, lo sorprendieron la enfermedad y la muerte. Al despedirse de su hija, le pidió que no llorara por su partida. Que más bien, apenas sus cenizas fueran depositadas en el mausoleo, festejara el aire y la luz, los pájaros y los árboles y todo lo que aún tenía el privilegio de persistir en la vida. Faustina obedeció ese consejo y no derramó una sola lágrima por su progenitor.

Pero lloró inconsolablemente en el entierro de Lucio Vero. Por el príncipe ella había sentido un afecto tierno. Y, como pudo, le aconsejó no gastar tantas energías en tantas fiestas y desenfrenos. De hecho, ella misma se sentía agradecida de que en vez de casarse con Lucio, a quien fue comprometida por Adriano en un principio, lo hubiera hecho conmigo. La muerte de Vero sucedió cuando regresábamos de Aquilea a Roma, siguiendo las recomendaciones de Galeno. Lucio se veía contento, como si se le hubiera quitado un peso de encima, al saber que esa desafortunada guerra quedaba atrás con sus tribus indóciles y el frenesí de la epidemia. Creía que, en Roma, como la vez pasada, podría protegerse mejor que en los desolados campamentos militares. Habíamos tomado entonces el camino a Altino, con una nutrida comitiva pretoriana. Allí haríamos una pausa de un día para hacer el último tramo a la ciudad. Vero había escrito al senado comunicando nuestra llegada y solicitando los preparativos de varios juegos. Estaba exhausto de la milicia y necesitaba divertirse para recuperar sus bríos. El juego de los dados, la competencia de los aurigas, los banquetes, las excursiones de la caza lo llamaban con urgencia.

Habría que añadir que, en vez de casarse con quien habría de ser mi esposa, Vero lo hizo con Lucila, la segunda de mis hijas. Fue una resolución también mía porque deseaba que el poder quedara en el seno de nuestras familias. Pero era un matrimonio que la joven esposa debía llevar, aconsejada por su madre, con el propósito de no involucrarse en los asuntos, en gran medida disolutos, del príncipe. Sin embargo, Lucio era cariñoso con nuestra hija y no desatendía sus compromisos con ella desde que los dos habían vivido juntos en Siria. Íbamos, pues, en el carruaje conversando animadamente. Comíamos unas ostras sazonadas con vino y Lucio me hablaba de la afición de Lucila por los collares de perlas. Yo estaba mirando el panorama de los lagos desde la ventanilla. Dije algo sobre el firmamento despejado y el frío que había disminuido. «Regresar a Roma», repuntó Lucio, «es volver adonde están el calor y el bienestar». Y alzó la copa para brindar. Pero, de pronto, me miró con extrañeza y la frente se le contrajo aún más en el entrecejo. Era uno de esos rasgos que le merecían respeto cuando conversaba o hacía sus discursos ante las legiones. Esta vez hubo un gesto de impaciencia. Se pasó la mano sobre sus cabellos dorados y se mesó la larga barba que tenía y que, según nuestro maestro Frontón, lo asemejaba a un bárbaro de Oriente. Alcanzó a pronunciar el nombre de Lucila y algo más que no comprendí. Me incliné para escuchar mejor. Pedí que repitiera la oración pronunciada cuando su gran cuerpo se desgonzó sobre mí. El vino de la copa se derramó en mi vestido. Traté de enderezarlo, en medio de los movimientos del carruaje, pero Vero había perdido el conocimiento. Angustiado, di la orden de parar el carruaje.

En Altino, los médicos trataron de hacerlo regresar a la conciencia. Uno de ellos, Posidipo, efectuó una sangría que no logró ningún efecto. Lucio Vero, mi hermano César, quien había triunfado en Partia, el hombre que recordaba tanto a Nerón por sus inclinaciones al placer, pero que se distanciaba de él porque no albergaba tendencia a la crueldad, murió tres días más tarde a causa de una apoplejía. Afligido por esta muerte repentina, envié las cartas al senado para realizar las ceremonias fúnebres. Lo que parecía ser un retorno feliz a Roma se transformó, de súbito, en jornadas dominadas por el duelo.

El día de su entierro, Faustina se veía consternada. No tenía el suficiente ánimo para consolar a nuestra hija, caída en la viudez y la desgracia tan temprano. Tal vez no sobra aclarar que yo quise y respeté a Lucio Vero como César. Ante los asuntos administrativos imperiales me esmeré en que fuera tan importante y necesario como yo mismo. Para honrarlo, después de su muerte, renuncié a los títulos que ambos compartimos por las victorias que Roma, a través de él, obtuvo en Oriente. Y pedí de inmediato su divinización, que fue aceptada por el senado. Por su apariencia vigorosa, Lucio hacía creer que viviría muchísimo más que quienes lo rodeábamos. Es cierto, sin embargo, que su inclinación a los festines fue deteriorando su cuerpo. En el mausoleo de Adriano, donde también moraban las cenizas de Elio, su padre, depositamos las suyas. El cortejo lo precedíamos con Faustina y Lucila, y mis hijos, Cómodo y Annio, a quienes empezaba a considerar como sucesores en el pode, y yo, quien cargaba la urna con los restos del príncipe. Atrás iban sus hermanas, sus tías, sus libertos más queridos. Más atrás venía el cuerpo senatorial. Terminando el grupo de los deudos iban varios delegados de los aurigas verdes, a quienes él, amante de los juegos y del circo, patrocinó con ahínco. Uno de ellos, que también se veía inconsolable, llevaba la imagen dorada de Alado. El caballo idolatrado al que Lucio le había erigido una tumba en el Vaticano.

# La usurpación

Pasados los funerales de Lucio Vero, fuimos a la villa de Preneste. Era la estación del verano y entre mis propósitos estaba leer los tratados de Cicerón, en especial, el que aborda la vejez. Frontón me lo había recomendado con insistencia en nuestro último intercambio epistolar. Argüía que estaba escrito con la lucidez del maestro, a pesar del optimismo exagerado de su autor frente a esa edad del hombre en la que el cuerpo se estropea y la inteligencia se apaga. Yo quería disfrutar, además, de la frescura de los vientos al lado de mis hijos. Y separarme por unos días de mis funciones públicas que, de regreso a Roma, me habían caído como un fardo. De nuevo enfrentaba ese enjambre de litigantes y jueces, de señores y esclavos, de arrieros, artesanos y prostitutas. Otra vez escuchaba sus quejas por todo tipo de inconvenientes, sus urgencias de dinero y compensación, sus resentimientos y expectativas sin fin. Pero entonces nuestro hijo Annio murió, y sobre este triste evento cayeron noticias alarmantes provenientes del norte.

Hordas marcomanas habían invadido una vez más las tierras de la Panonia Inferior. Esto no me sorprendió de ningún modo. La situación de la peste y la presión de Lucio Vero por volver a Roma habían interrumpido la política de pacificación que yo proponía. Con la cautela requerida, tratando de convencer al senado y a los gobernadores de las provincias involucradas, poniendo condiciones a cada una de las tribus con sus respectivos jefes —no es lo mismo negociar con los costobocos y los cuados que hacerlo con los yázigues y los cótinos—, mi propósito era, y sigue siendo, crear dos nuevas provincias para favorecer la romanización progresiva de los aliados y hasta de los enemigos de Roma. Civilizarlos a como diera lugar porque no había otro camino posible

El sepelio de Annio fue sobrio. No ordené que se realizara un luto oficial, acompañado con pompa militar y discursos de los senadores. Solo estuvimos, en su cremación, los integrantes de la familia con nuestros libertos y esclavos más queridos. Lo hice así porque se estaban celebrando los juegos en honor a Júpiter y resultaba excesivo interrumpir estas fiestas en las que el pueblo sale a las calles y agradece las bienaventuranzas del gran dios. Pero mandé elevar estatuas en memoria de mi hijo y pedí que su nombre estuviera en los cantos de los Salios y que su figura adquiriera el don de proteger a la ciudad. Guardé duelo unos pocos días porque los frentes del norte me reclamaban. Faustina estaba embarazada y esta condición era un apoyo para resistir la partida de Annio. Con premura, y sabiendo que había muerto quien debía ser mi sucesor, organicé la nueva campaña militar. Solicité, para que mi esposa se sintiera más segura, que Galeno dejara Aquilea y estuviese cerca de ella y de nuestros hijos. Mi esperanza, frente a una sucesión futura, ahora estaba depositada en Cómodo. Debía rodearlo entonces de cuidados porque enfermaba con frecuencia. Tosía mucho, dolores de estómago lo aquejaban y no dormía bien a causa de los sueños. Para estos casos, los remedios de Galeno eran efectivos, y solamente cuando vi de nuevo al médico, haciéndome la reverencia en el palacio imperial, resolví partir hacia el norte.

Sin esperar tampoco el término del duelo oficial por la muerte de Lucio Vero, hablé con Faustina y Lucila. Teníamos que concretar el asunto de su nuevo esposo. Claudio Pompeyano era la persona indicada. A la sazón ejercía como gobernador de la Panonia Inferior y sus maniobras castrenses habían rechazado con éxito los ataques de los invasores. Pompeyano provenía de Antioquía y poseía, además del carácter intachable en las labores militares, cualidades humanas estimables. Su conocimiento del estoicismo, el respeto que guardaba por las tradiciones romanas y el interés por la joven viuda significaban una buena carta de presentación. Pero tanto mi hija como su madre recibieron mi recomendación con disgusto.

El padre de Pompeyano era tan solo un caballero romano de Siria, alegó Faustina. ¿Por qué no permitir que el tiempo del duelo transcurriera normalmente para pensar en un pretendiente más joven? Aduje que Pompeyano, como muchos otros, pertenecía a la categoría de hombres que habían ascendido en el orden social gracias a sus propios esfuerzos. Y que, como tal, gozaba de la dignidad requerida para el matrimonio. Yo no quería yernos solo tocados por la riqueza e inexpertos en cuestiones militares. Me interesaban personas cuya espiritualidad fuese inquebrantable y su temperamento sólido y que me ayudaran en las responsabilidades del gobierno. Le dije a Faustina que estaría inmerso pronto en la guerra y prefería solucionar la condición de la viudez de Lucila antes de mi partida. A mi hija, por su parte, Pompeyano le parecía un hombre viejo y aburrido y, con lágrimas en los ojos, me rogó que la dejara quedarse en Roma. A Lucila le repugnaba la idea de vivir en una de las localidades de la Panonia Inferior donde las comodidades de la gran ciudad estaban ausentes. Primero convencí a Faustina de la compostura de Pompeyano. No era un hombre de grandes riquezas, pero su historia personal y sus virtudes suscitaban confianza. Faustina, finalmente, estuvo de acuerdo y se encargó de calmar a Lucila. Logró convencerla, luego de varias conversaciones, de que el matrimonio con Pompeyano era acaso la mejor opción. Y Lucila me abrazó cuando le dije que, mientras durase la campaña en el norte, no estaría junto a su futuro esposo.

En esta nueva expedición se daba, sin embargo, un problema mayor. El ejército había sido diezmado por la peste y debíamos restablecerlo. Con el apoyo del senado, se hizo un reclutamiento urgente entre los esclavos y los gladiadores. Algo similar sucedió en el desastre de Cannas, durante la segunda guerra púnica. En esa ocasión Roma, segura de su poderío, fue vencida por un ejército menos numeroso. Ahora debíamos derrotar a un nuevo contrincante que no era tan versado en las batallas como los cartagineses, pero que sabía de ataques continuos e imprevistos en un relieve desconocido para nuestros soldados. Creamos tropas auxiliares en las provincias de las Panonias, en Macedonia y entre los pueblos germanos que se habían vuelto sedentarios. Y acepté, tras grandes vacilaciones y presionado por la situación, reclutar bandoleros entre los montañeses de Dalmacia y los mercenarios en Dardania.

Para financiar la guerra puse, además, en venta las vajillas de plata y oro, las copas de cristal y mirra, los vestidos de seda que pertenecían a Faustina, los muebles imperiales y la colección de piedras preciosas que había reunido Adriano durante sus correrías. Igualmente, ordené acuñar monedas para justificar las próximas batallas. En una aparecía Roma ataviada de casco y rodeada de lanzas y escudos. En otra, Minerva portaba una jabalina. Marte, en una más, cargaba un trofeo sobre el hombro. Hubo una moneda en la que yo, en traje militar, arengaba a los soldados. Pudimos, por último, crear dos nuevas legiones, la Segunda Pía y la Tercera Concordia, que se ubicaron en las orillas del Danubio para reforzar las que ya estaban allí. Octubre, por fin, llegó. Lucio Vero había muerto, pero me acompañaban Claudio Pompeyano y otros veteranos en las disciplinas bélicas. Entre ellos venían Poncio Leliano y Dasumio Tusco, gobernadores antiguos de la Panonia Superior. La vasta experiencia que tenían en esas geografías inhóspitas me daba seguridad. La guerra, entonces, desde aquellos días y con pocas pausas, habría de moldear mis años. Yo, que aspiraba a quedarme en Roma, o en alguna de mis villas campestres, leyendo libros acerca de los comportamientos del sabio, debía asumir esta labor ingrata. Una guerra más —cuántas no habían existido antes, cuántas no vendrían después— que se me imponía como una obligación estatal y como un mandato de los dioses. De cualquier modo, empezaba a entender que era mi guerra y que, en ella, se me descifraba un destino paradójico. Defender a Roma, por un lado, de las invasiones bárbaras. Por el otro, sentirme contrariado por la forma en que debía hacerlo.

Algo fundamental se había roto en el horizonte del imperio. Ya no poseíamos el amparo provocado por la impresión de que nuestra civilización era indestructible a lo largo de sus territorios. Vivíamos una coyuntura insólita en la que tribus numerosas sembraban el caos en diversos límites del imperio. Ahora resultaba imposible gozar de la estabilidad de la paz dejada por Antonino y no había otra opción que proteger a Roma. Mientras tratábamos de detener a los bárbaros en las proximidades de Sirmio, otras hordas penetraban por sitios diferentes para dirigirse hacia Aquilea. Y las amenazas no solo ocurrían en las provincias de las Panonias. En Dalmacia, en las dos Mesias, en Tracia brotaban más y más tribus invasoras. La embarcación que yo dirigía había entrado definitivamente en un mar turbulento. Claudio Fronto, cuyas empresas nos procuraron una calma relativa, debió asumir el gobierno de las Dacias y la Mesia Superior. Con las cuatro legiones que comandaba intentó parar a los yáziges y sus pueblos aliados. Pero murió en combate con sus soldados. Esas provincias quedaron huérfanas de dirección durante un tiempo y libradas al pillaje de los bárbaros. Lo mismo pasó con Antistio Advento y sus esfuerzos desesperados por bloquear a cuados y a marcomanos. Estos últimos, con el campo a su disposición, entraron por los Alpes Julianos y llegaron hasta las puertas de Aquilea. Los costobocos, por su parte, penetraron en Macedonia y Acaya y alcanzaron Eleusis devastando el sagrado camino y el recinto de sus misterios. Este último episodio me hundió en la perplejidad y el desaliento porque el santuario se había levantado para preservar a la humanidad de sus intemperancias frecuentes. Fue un milagro que Atenas no cayera en manos de los bandidos, como sí sucedió con algunas localidades de sus alrededores que, bajo el gobierno de Antonino, habían vivido en armonía. El origen de estos costobocos, que asociábamos a los sármatas, se situaba en un lugar distante, más allá de las tierras de Dacia, donde los Cárpatos marcaban el fin de nuestra realidad y el inicio de otra completamente desconocida para Roma.

Esta guerra, pues, había iniciado mal. El augur observó algo anómalo en el hígado del animal sacrificado y me vi obligado a seguir sus recomendaciones. Con nosotros estaba Alejandro de Abonutico. Para unos, un falso profeta y un charlatán. Para otros, hombre dotado de un sentido prodigioso de la prestidigitación. Como él, la mayoría de los legionarios creían que ciertos ritos favorecerían el triunfo. Los dioses recomendaban, según Abonutico, arrojar a las aguas del Danubio, como un preámbulo a las batallas, a un par de leones traídos de Egipto. La medida poseía algo de exageración y extravagancia. La guerra, de hecho, es un dominio donde proliferan este tipo de situaciones. Al ver a esas dos fieras encerradas en las jaulas y destinadas, luego de una travesía extenuante, a un fin de ese tipo, recordé la historia de Julio César y los pollos de los oráculos sagrados. Antes de una de las batallas, los pollos habían comido poco, se veían desganados y uno de ellos se había tropezado al andar. Esto era, según los arúspices, un signo inequívoco de lo que le sucedería a Julio César si combatía ese día. Pero el jefe militar cazó unos gorgojos y, a escondidas, los picó y los puso en los comederos de los animales. De tal manera que, al soltarlos a la mañana siguiente, para volver a interpretar las señales, los pollos comieron y demostraron con su piar alborotado que los dioses daban su aprobación. Julio César llevó a cabo su estrategia y ganó la batalla del valle del Rin.

Nosotros, en cambio, soltamos a los leones y estos al verse liberados, en medio de la algazara generalizada de la tropa, trataron de atacar aquí y allá siendo detenidos con lanzas y hachotes. Varios soldados y las personas que se habían encargado de los leones durante la travesía supieron empujarlos hasta la orilla del río. Y, al tocar el agua, los animales se enfurecieron todavía más. Intentaron regresar entre broncos rugidos y lanzando sus poderosas garras al aire. No lo lograron porque el cerco de los soldados era infranqueable. Cuando se dieron cuenta de que lo único que podían hacer era buscar la orilla más cercana, se dirigieron hasta allí nadando. Durante un rato vimos cómo sus melenas pardas iban alejándose sobre la superficie del agua. Al otro lado del río, estaban los bárbaros alineados y atentos a cualquier ataque. Abonutico esperaba quizás que los leones fuesen arrastrados por la corriente, o que se ahogaran para calmar así los espíritus de las aguas y ponerlos de parte nuestra. O que, en el mejor de los casos, atravesaran el río y se perdieran por entre esas praderas gélidas para luego desaparecer. Pero pudo más el instinto de conservación de los animales y llegaron al otro lado, justo donde estaban nuestros enemigos. Cuando tocaron tierra, fueron matados sin vacilación y sus cuerpos descuartizados. Las dos enormes cabezas las clavaron en estacas elevadas y las pusieron para que nosotros las viéramos desde la distancia.

Por varias noches de aquel invierno en Sirmio, me visitó un sueño. Es probable que fuera una consecuencia de los ataques sorpresivos que se daban en los bosques neblinosos que nos rodeaban. Yo no estaba acostumbrado a los rigores de la guerra. Mi vida había sido la de un romano inclinado al estudio de la filosofía, a las reuniones de su familia y, desde mi adopción, a la realización de tareas administrativas que concernían sobre todo a la ciudad de Roma y sus alrededores. Los avatares castrenses no demoraron en indisponerme. Como hacía un frío extremo, la garganta se me inflamó. Una úlcera, que padezco desde la primera juventud, no dejaba que me alimentara normalmente y los ayunos se hicieron frecuentes. Comía una sola vez y en la noche. La triaca, prescrita por Galeno, actuaba siempre como un escudo. Pero la cantidad de opio, concentrada en su fórmula, comenzó a provocarme un adormecimiento que lindaba con el delirio.

En el sueño había dos ciudades. Yo era el rey en cada una de ellas y habitaba un palacio distinto. Sentía orgullo de ser la gran autoridad y poder disfrutar la paz circundante. Pero, de repente, se presentaba la guerra. No iba hacia ella, sino que ella venía hacia mí. El sueño transcurría en la primera de las ciudades, que poseía murallas concéntricas y, como una onda que se expande hacia el firmamento, aumentaban en altura buscando la periferia. El palacio se alzaba en el extremo inferior de la urbe. Era amplio y lo atravesaban largos corredores y salas con altos muros. En algún momento, me veía regentando la segunda ciudad. En esta las murallas semejaban una escala en cuyo último peldaño estaba mi palacio. Sus ventanas inmensas daban al vacío y me prodigaban una impresión de vértigo feliz. Desde las alturas observaba a los mercaderes, a los viajeros, a los mendigos. De pronto, un temor me invadía. Pensaba que ellos podrían ser enemigos o personas portadoras de la peste. Preguntaba, alarmado, por el origen de esas multitudes y desde las almenas inferiores los guardias me transmitían los mensajes. Y aunque muchas veces se trataba de personas inocuas, yo sentía una ansiedad perentoria.

Como acaece en los ámbitos oníricos, de nuevo estaba en la primera de las ciudades. Mis ojos ascendían hasta estrellarse con la muralla más lejana. Angustiado, constataba que un pavoroso ataque iniciaba arriba y que cada uno de mis soldados iba muriendo en la lucha. El enemigo era un regimiento bastarno, o hermunduro, o suevo, o roxolano, o alano, o vándalo, o peucino, o victoval. En el sueño se mezclaban los dos palacios y estos se volvían confusos e interminables. Los bárbaros de un lado y de otro, a su vez, se transformaban en cuadrillas agresivas que ninguna fortaleza podía detener. En ambos palacios, en todo caso, circunstancias como la lluvia, o la aparición de la luna y el arco iris, eran tomadas como funestos presagios frente al porvenir. Mi reino, aquí y allá, resultaba siendo el mismo y quienes me acompañaban poseían rostros idénticos. Pero en la primera ciudad se me atacaba de improviso, me hacían prisionero y ejecutaban a mis hombres. Y en la segunda, observaba cómo desde arriba progresaba la invasión del enemigo y destruían mis tropas. Una lanza, arrojada desde algún lado, encontraba mi pecho y era cuando me despertaba sobresaltado.

Poco a poco, al cabo de los meses y desde diversos frentes, terminamos por cortarles el paso a los invasores. Lo más difícil fue expulsar a los que habían invadido Italia y la región de los Alpes. Claudio Pompeyano, que me acompañó en el primer trayecto hasta Aquilea —después yo me encaminé con el resto de las legiones en dirección a Sirmio—, tuvo como misión enfrentar tribus cuadas y marcomanas. Lo hizo apoyándose en Helvio Pértinax, uno de sus colaboradores que había ganado prestigio por su sentido de la valentía, la equidad y la lealtad. Pompeyano, hombre firme y sobrio, sabía rodearse siempre de militares eficaces en sus acciones. Pértinax era prefecto de la flotilla romana del Rin cuando Pompeyano le ordenó seleccionar a sus mejores soldados y crear una unidad con la que venció a los bárbaros. Vehilio Grato tuvo misiones similares y, gracias a su ímpetu, limpió Macedonia y Acaya de los asaltantes. Pero el precio fue demasiado costoso en víctimas y prisioneros.

Por esta razón, y pese al triunfo y a que yo hubiera recibido una salutación imperial, llegaron críticas acerbas desde el senado. Uno de los que más cuestionó mis acciones fue Avidio Casio. Similar a Lucio Vero, Casio creía que esta guerra era infructuosa y rodeada de despilfarro. De hecho, siguiendo sus propias convicciones, no tardó en levantarse contra mí. Decían esos comentarios que yo, con mis negociaciones continuas, era incapaz de acabar con los bárbaros. Evocaban a Catón y su recomendación de arrasar Cartago y no dejar de ella más que piedras y polvo. Pretendían que yo hiciera algo parecido con los pueblos germanos. Se mofaban de mi ridícula pretensión de civilizarlos. La filosofía y el decoro, argumentaban, no sirven para nada ante ignorantes incorregibles. Alegaban que era injusto otorgarles tierras para sus labores y prometerles la ciudadanía romana. Yo me apoyaba en la consigna de Augusto cuando decía que era mejor dejar vivir estas poblaciones extranjeras bajo nuestra política de seguridad que exterminarlas. Y qué otra cosa podría hacerse frente a miles de hombres que iban a las batallas con sus mujeres y sus hijos sino mostrarles el rostro de la justicia y la paz a través de las negociaciones. Y había otro punto que no se podía soslayar. La mayor parte de estas tierras estaban despobladas y era indispensable tornarlas productivas para el beneficio del imperio.

En esos días pude haber regresado a Roma. Me lo pedían no solo Faustina, sino el senado. Tantos nobles habían muerto en los combates que se hacía preocupante que con el César pasara lo mismo. Muchos de mis amigos próximos, entre ellos Livio Tertulo, me enviaron mensajes aconsejando el regreso. Este último se preguntaba, más triste que indignado, más irónico que sorprendido, qué estaba haciendo un filósofo estoico en lugares donde la ferocidad de la guerra marcaba las jornadas. No entendían cómo, en vez de estar rodeado, en Roma, de hombres elocuentes y educados, podía yo vivir en medio de campamentos inhóspitos. A unos y otros les dije que mi decisión era quedarme. Es verdad que ese mundo, el de las conversaciones filosóficas y las salas atestadas de libros, el de los paseos por el foro y las idas a los teatros de la ciudad, me hacía una falta enorme. El trasiego familiar se me hacía también necesario, pero estaba seguro de que el modo más eficaz de instalar mi política de acuerdos y respetos mutuos era a través de mi palabra. Mostrar, por un lado, las nociones de razón y libertad en estos ámbitos marciales. Por el otro, ofrecer tierras, como un acto de generosidad, a los bárbaros para que las trabajaran. Y hacer todas estas diligencias desde la distancia significaba correr el riesgo de fracasar.

La intensidad de las invasiones y la comunicación conflictiva entre mi mandato y Roma hicieron que emergiera una impresión de inseguridad entre los habitantes de las ciudades atacadas. El caso de Oderzo era traumático. Esta urbe, situada a orillas del Adriático, había sido sitiada y luego saqueada con crueldad. De un momento a otro, comenzaron a llegar solicitudes para que se les permitiera a las poblaciones la construcción de murallas protectoras. Aunque fuera comprensible su temor, no podía permitirse que el pánico se instalara en sitios que no urgían de este tipo de medida. A algunas ciudades, como Salona, se les construyeron fuertes de piedra. Las minas próximas a Aquilea, blanco preferido de los ataques, tuvieron por supuesto una mayor vigilancia. Ya sabíamos con claridad que, entre todas esas tribus, los marcomanos eran el principal obstáculo. Por esta razón, y para enfrentarlos con el rigor exigido, decidí trasladarme a Carnunto. Allí existía una mayor comodidad. Al igual que Sirmio, se trataba de un pueblo que crecía como si fuera una proyección de los campamentos militares establecidos en sus alrededores. En ambas localidades había termales, un acueducto, el circo, el foro y el lugar para las tumbas. Eran como pequeñas copias de Roma. Mi llegada a Carnunto suscitó gran interés y orgullo en sus residentes, que los instaba a hacer mejor las cosas cada día, al creer que la población gozaba de una importancia digna de atraer la atención del César. Tal vez, y debido a la impresión que tuve de cierto solaz, en medio de un paisaje caliginoso y frío, comencé a esbozar en lengua griega mis ejercicios estoicos.

En primera instancia, considero que estos escritos son reflexiones sobre cómo vivir en lugares atravesados por la dureza del clima, la precariedad de las enfermedades y la guerra. Pero también están surcados por los atisbos de la fortuna y la vigilancia de los dioses. Sin duda, acosado por las exigencias de la dura cotidianidad, dejé de darles un orden riguroso. Lo que he esperado de ellos ha sido tan solo la calma y la fortaleza. Mi propósito es condensar al máximo, con la mayor brevedad posible, ajeno a cualquier altisonancia —lejos he colocado los modelos de Frontón y Elio Arístides—, unas indicaciones para comportarse, apoyado en las virtudes del sabio, frente a un panorama de muerte y continua desintegración y transformación de la materia.

Escribía, pues, en las noches y durante el día efectuaba actividades diplomáticas. Recibí, entre varias embajadas, las de tribus que combatíamos. Me acompañaban los traductores y los consejeros de mayor confianza. Allí estaban Aufidio Victorino y Claudio Pompeyano, a quien, luego de sus empresas en Italia, hice venir a mi lado. Rememoro, con una mezcla de simpatía y asombro, una de esas embajadas. La dirigía un chico de doce años al que apodaban el Halcón. Su nombre era Batario y prometió fidelidad a Roma a cambio de armas y dinero. Batario gozaba de una capacidad de mando sugestiva. Su autoridad emanaba de unos ojos que miraban con la misma intensidad que el ave de su apodo. El hecho de ser un jefe a una edad tan precoz obedecía a un talento innato, sin duda, y a la designación de los dioses en los que ellos creían. Con Batario a la cabeza, y sus órdenes dadas a través de una voz grave y fuerte que no correspondía a su edad, pudimos detener a Tarbo, el agresivo jefe de una tribu vecina dominada por el muchacho. Con los cuados, y a través de convenios engorrosos, se instaló la paz que ellos solicitaron. Y los separamos, al menos por unos años, de los marcomanos. El acuerdo consistió en que los cuados nos devolverían a los miles de prisioneros romanos que tenían y nos darían caballos y ganado. Nosotros, como contraparte, les ofrecimos territorios ribereños y nuestra protección.

Un día a Carnunto llegaron noticias desde el otro extremo del imperio. Moros sublevados habían invadido la provincia de la Bética. Desde hacía años no existía allí una guarnición militar que protegiera la provincia. Nombré, presionado siempre por la urgencia, a Aufidio Victorino como gobernador de la Bética y de la Tarraconense. Y lo autoricé para que, con el regimiento establecido en Legión, se ocupara de los moros. Para reforzar sus operaciones, Vehilo Grato, quien había derrotado a los costobocos, fue autorizado a salir de Grecia. Estos dos hombres con sus regimientos lograron controlar las invasiones moras y los obligaron a volver a sus tierras de origen allende el mar.

En uno de esos veranos en que el calor era tan agobiante como el frío en los inviernos, ocurrió el milagro de la lluvia. Alejandro de Abonutico, el profeta, había regresado a Roma, y ahora me acompañaba Arnufis, el egipcio. Con él iba, en un carruaje tapizado con mantas purpúreas, la imagen de Hermes, divinidad del aire, de la lluvia y de los meteoros. Como lo sospechamos, los marcomanos se volvieron a unir a las guerrillas cuadas y, pese a su promesa de devolvernos a los prisioneros que tenían, se negaron a hacerlo. Aquellos habían destronado al rey con quien hubimos de concertar la paz y pusieron a otro que se empecinó en combatirnos. De ciertas zonas había sido difícil expulsarlos y atravesaban el río con frecuencia hasta llegar a nuestros campamentos.

Durante los días más calurosos, con varios destacamentos de las legiones nos lanzamos a perseguir a un grupo numeroso de cuados. Convencidos de que los venceríamos si llegábamos a un enfrentamiento directo y a campo abierto, nos dimos cuenta de la trampa tendida. Llevábamos mucho tiempo sin encontrar fuentes de agua para abrevar los caballos y aliviar la sed de los soldados. Aplastados por el cansancio, fuimos rodeados por los cuados en las estribaciones de una arboleda. Arremetían de pronto y nos golpeaban. Se retiraban de inmediato para emprender después otro ataque más feroz. Pértinax, quien estaba al frente de las tropas, dio la orden de mantener las posiciones, los escudos apretados como una sola coraza, mientras llegaban los refuerzos. Pero estos estaban distantes y entendimos que, en cuestión de horas, seríamos aniquilados por el enemigo. Pensé en Quintilio Varo, en la alternativa de una derrota que me llevara al suicidio para conservar la honorabilidad romana. Entonces, me acerqué, desesperado, al carruaje de Arnufis y le pedí que oráramos. Cuando terminamos, oteamos el cielo. Las nubes, de súbito, se pusieron negras y un trueno retumbó entre los árboles. La lluvia no tardó en desgajarse y se convirtió en un inmenso ser de prolíficos dedos. Todos dirigimos nuestras caras hacia arriba. Los soldados acudieron a los escudos y a los cascos y bebían a grandes tragos. Algunos brindaban como si estuvieran departiendo un vino milagroso. Los caballos daban coces sobre la tierra y, felices, sumergían sus cabezas en los recipientes improvisados. Varios de ellos les lamían el rostro a sus jinetes, que se carcajeaban como niños. Y estos devolvían besos y caricias a los belfos, a las crines, a las colas. Entonces los cuados atacaron con más potencia y la batalla adquirió un viso singular. Nuestros soldados saciaban su sed y, al mismo tiempo, luchaban valientemente contra los bárbaros. El agua se teñía de sangre o esta se volvía menos roja. Y no se sabía bien cuál líquido se imponía al otro. Lo cierto es que, si no hubieran caído la lluvia y los rayos sobre los bárbaros, nosotros, más preocupados por aprovisionarnos de agua, habríamos sido exterminados con facilidad. La lluvia ya era una divinidad implacable, de rostro adusto y barba larga cuyos cabellos semejaban riachuelos salidos de madre. Cayó tanta agua del cielo que, por último, el enemigo tuvo que retirarse.

Días después vinieron las acometidas fulgurantes de los yázigues. Conformaban grupos que conocían el terreno por donde deambulaban como fantasmas. Atacaban con sorpresa los lugares más quebrados para retirarse también intempestivamente. Me desplacé de nuevo a Sirmio, presionado por estos asaltos, e instalé allí los cuarteles de invierno. Recuerdo que cerca de nuestro campamento, a partir de unas refriegas en las orillas congeladas del río Sava, se produjo la captura del rey Ariogeso. Este último era cuado y había decidido violar el pacto de no agresión que habíamos firmado y apoyar los propósitos de los yázigues. Mi consejo de amigos me propuso decapitarlo por traición. Pero, amparado en la clemencia que me despiertan los condenados, lo envié a Alejandría bajo estricta vigilancia. Allí gozaría de los derechos que un rey prisionero tiene bajo las órdenes de la ley romana. A estas alturas de la guerra ya sabíamos que los ataques de los bárbaros eran continuos y realizados desde pequeños regimientos. Por ello mismo, nos pareció pertinente fragmentar las legiones y convertirlas en destacamentos especiales cuyos avances se asemejaron a los de ellos.

La guerra siguió su curso en pequeñas dosis y con una intensidad menor. Transcurrían semanas sin combates y me daba la impresión de que vivíamos en una zona helada y densa y de que estábamos paralizados en una expectativa que nos mantenía en un estado de adormecido estupor. A veces, cuando salía a caminar por las vías del campamento, las tiendas, rodeadas de neblina, me parecían proyecciones de mi aliento. Habría asegurado que habitábamos un paraje del infierno y que yo era el dios que había favorecido ese interregno maldito. Pero las escaramuzas volvían de nuevo. Y comprendía que no habíamos muerto, ni habitábamos ningún Hades, sino que vivíamos la única realidad que nos correspondía. En medio de ese letargo de nieve y bruma, un día recibí la visita de Herodes Ático. Y fue como si, a través de él, regresara a mi verdadero entorno.

Ático era ya un hombre viejo. Había decidido visitarme en Sirmio porque, una vez más, su prestigio corría el riesgo de mancharse en un proceso judicial que le habían entablado en Atenas. Residía en esa ciudad y era uno de sus habitantes más eximios. Su cultura lo hacía sobresalir y sus discursos se caracterizaban por la sobriedad y la eficacia en las argumentaciones. Apoyaba como pocos la enseñanza en su entorno de la filosofía de Zenón, Cleantes y Crisipo, y su benevolencia se difundía a través de la construcción de estadios, acueductos, termas y odeones. Ático era uno de esos griegos que poseía dos poderes notables: el del dinero y el de la elocuencia. A lo largo de los años los había manejado con gran sentido de la respetabilidad. No solo era un orador plausible, sino que su enseñanza suscitaba siempre la loa. Fue mi maestro de retórica griega en los años en que viví en casa de Catilio Severo. Y en esa adolescencia mía ponderé tanto su inteligencia que me pareció digna de imitar.

A pesar del uso de sus dineros familiares —había heredado una fortuna que provenía de su abuelo— y la costumbre de intervenir en procesos ciudadanos que no le atañían, Ático terminó enemistado con sectores privilegiados de Atenas. Frontón se había encargado, años antes, de un juicio por el caprichoso manejo que Ático le dio al testamento de su padre. Este les había dejado el patrimonio económico de una mina a sus siervos. El hijo, al darse cuenta de la gran cantidad de dinero involucrada y de que su propia herencia se veía disminuida con esta repartición generosa, decidió no implementar el testamento tal como estaba indicado. Alegó que no se podía otorgar la herencia de un ciudadano romano, como lo había sido su padre, a esclavos carentes de cualquier ciudadanía. Cuando este proceso llegó a mi conocimiento me sentí contrariado. Sabía del riguroso concepto de justicia en Frontón, pero también era mi deber proteger a Ático. Ambos habían sido mis guías y no quería que se diera una trifulca entre ellos. Sopesé el asunto y aconsejé a Frontón la indulgencia. Permitir una condena para Ático habría sido atentar contra esa nobleza griega que, al apoyar el mandato de Antonino Pío, representaba una hermandad sólida entre nuestros pueblos.

Ahora había una nueva denuncia contra él. Quienes no le perdonaron su intervención en el testamento paternal se reunieron en torno a los hermanos Quintilio, eficaces administradores de mi mandato en Grecia, jóvenes cultos y refinados. Estos se encargaban de los asuntos de Acaya, de Macedonia y del Epiro. Yo mismo los había elegido porque su trabajo era idóneo. Pero Ático, que no desconocía el poder que le otorgaba su rango social, se había atrevido a enfrentarlos. Se burló de ellos con expresiones impúdicas. La animosidad no tardó en rebosarse y los hermanos declararon tirano a Ático en las celebraciones de los cultos religiosos. Decían que elevaba monumentos, en Atenas y en Delfos, desatendiendo las ordenanzas de los delegados escogidos para ello. Sus músicos tocaban repertorios inoportunos. Los Quintilio se quejaban, en particular, de que los rituales píticos no eran dignos de los cantos e instrumentos impuestos por Ático. Y como las relaciones entre ellos se habían deteriorado extremadamente, decidieron ir hasta Sirmio. He aquí entonces que me tocaba escucharlos para resolver un conflicto que, si bien es cierto marcaba una pausa en mis embajadas militares y me liberaba un poco del agobio de la guerra, me llenaba de amargura.

Ático se radicó en uno de los suburbios de Sirmio. Vino acompañado por uno de sus libertos y sus dos hijas gemelas que se encargaban de cocinarle. Eran dos muchachas bellas y en edad de matrimonio, a las que mi amigo quería como si fueran sus propias hijas. En la víspera de nuestra primera audiencia sucedió la tragedia. Un rayo cayó sobre la casa donde se habían alojado y mató a las dos jóvenes. Atribulado, Ático llegó al tribunal alegando un complot que los atenienses preparaban contra él. En medio de su abatimiento, se pronunció contra mí. «Haces caso a estos jóvenes engreídos y maledicentes y así agradeces mi apoyo en los días en que eras mi discípulo y la hospitalidad que ofrecí a Lucio Vero cuando me lo encomendaste en su misión a Partia». A mi lado estaba Baseo Rufo, el prefecto del pretorio y reemplazo de Furio Victorino. Rufo, que había sido centurión y alto dignatario ecuestre, cuando escuchó estos reproches exigió respeto y lo amenazó con la espada. Ático levantó los hombros y dijo: «Un anciano como yo no teme la muerte». Y se despojó de su atavío para que el arma le atravesara el pecho. Yo levanté la mano en dirección a Rufo y no dije nada. Enseguida, Ático abandonó la sala mesándose su barba blanca y larga.

Después entraron los hermanos Quintilio. Escuché cómo le reprochaban su comportamiento a mi viejo maestro, como si fuera un forajido de baja estofa. Sus acciones eran volubles, sin duda, y con estas daba un apoyo desmesurado a sus libertos. Estos últimos, entre los cuales estaba el padre de las mujeres carbonizadas, habían cometido actos de violencia y tenían que ser castigados —eso solicitaban los Quintilio—, como debía serlo también su señor. En algún momento, uno de los hermanos se refirió a las hieles amargas que provocaba el comportamiento de Herodes Ático. Yo suspiré hondo y con otro gesto de la mano pedí silencio. Les pregunté a los Quintilio y a sus acompañantes si conocían los estragos de la peste. Les dije que había visto morir a miles soldados por la enfermedad y a otros tantos que se habían sacrificado defendiendo los estandartes de Roma. Les recordé que llevaba años, alejado de las comodidades de palacio, enfrentando las invasiones bárbaras. Les inquirí si entendían lo que significaba proteger un imperio de sus amenazas más letales. «Y ahora», precisé, «tengo que dirimir un asunto del que surgen más que todo mezquindades personales». Hubo un silencio y ninguno de los miembros de esa delegación se atrevió a hablar. Tenían la cabeza baja y se tomaban entre sí las manos. «Si hay una hiel amarga», dije, «es la que ustedes destilan contra un hombre que representa no solo el honor de Atenas, sino de toda Grecia. Herodes Ático es un fruto de esa gran cultura que ha sabido nutrirnos y de la cual este imperio que gobernamos proviene en una buena parte». De pronto, la voz se me quebró en medio de una tos que me hizo lagrimear. Pero no me dejé llevar por la indignación. Con tono sosegado decreté que a los libertos concernidos en el proceso se les impusieran penas leves, menos a quien acompañaba a Ático. Ese pobre hombre, huérfano repentinamente de sus hijas, merecía un consuelo y no un castigo. Les ordené a los Quintilio regresar a Atenas y ser condescendientes con Herodes. Y a este le aconsejé que se retirara a una de sus villas en el Epiro, mientras las turbulencias en Atenas se atenuaban. En tanto fuera el César, se lo prometí, nada le pasaría a su persona.

Faustina había llegado a Sirmio, días antes, acompañada de Lucila, quien venía a reunirse con Claudio Pompeyano, y de Aurelia Sabina, la menor de nuestras hijas. Una primavera de vientos agitados se había instalado en la ciudad. Las travesuras de la niña, su correteo alegre y la forma en que hablaba el latín, que tanto me recordaba a su madre cuando la conocí, tuvieron el poder de refrescarme el ánimo. Y no solo a mí, sino a Herodes Ático, con quien Aurelia había jugado a las adivinanzas y de quien se había despedido acariciándole la barba que le llegaba hasta el vientre. Hacía poco, por lo demás, habían sido enviados a Britania, en calidad de prisioneros, más de cinco mil soldados marcomanos y cuados para que ayudaran a proteger las fronteras más lejanas y estuviesen alejados de la probabilidad de una sublevación en sus tierras de origen.

Una cierta impresión de victoria ondeaba, y yo veía la paz más o menos consolidada en estos territorios. Pero, de súbito, llegó la noticia desde Capadocia. Avidio Casio se había declarado emperador de Roma. Quedé simplemente atónito. Uno de mis hombres más leales, bajo cuya autoridad estaba la provincia de Egipto, y en quien había depositado toda mi confianza como amigo, se atrevía a usurpar el poder. La noticia venía con detalles inquietantes. Todas las legiones de Oriente lo acataban, menos las que dirigía Marcio Vero, en la propia Capadocia. De hecho, de este militar procedía la oficialidad del despacho y allí me anunciaba su lealtad incondicional.

Recordé una conversación con Lucio Vero en la que, por primera vez, se me había prevenido frente a Avidio Casio. Un hombre demasiado ambicioso, comentó mi hermano, ante el cual se debía guardar cautela. Casio nos trataba con menosprecio en sus círculos privados. A mí me llamaba viejecilla filósofa y a Lucio, depravado y lujurioso. Él era, es verdad, un dirigente de mano dura y de estrategias severas. Las tropas que comandó fueron alejadas de la disipación y el lujo gracias a su dirección. La disciplina rigurosa que exigía era paradigmática. Y no me cabe duda de que si la expedición a Partia, dirigida por Lucio Vero, resultó victoriosa fue gracias a la intervención de Casio. Pero ¿qué había ocurrido para que se levantara contra mí?

Como habría de confirmarme Livio Tertulo en una de sus cartas, para Avidio Casio yo personificaba una de las desventuras de Roma. Un príncipe que ponía en cargos jerárquicos a hombres que los merecían más por su virtuosismo que por su experiencia militar le parecía sinónimo de decadencia. Roma se había cimentado siempre en la figura del guerrero y no en la del filósofo. Un verdadero mandatario debía erradicar, por lo tanto, la filosofía de sus legiones militares. Y si esta quisiera intervenir, que lo hiciera como un remedio de las dolencias espirituales y consentido en la privacidad. Casio descendía, en realidad, de una tradición que miraba con desdén a Séneca aconsejando a Nerón, y a mí apoyándome en maestros que se habían fundamentado, a su vez, en Epicteto y en Musonio Rufo. Roma, era su opinión, urgía de individuos capaces de dirigir con sus armas la pujanza de un Estado. Pero entonces ¿cómo separar el pensamiento del poder político? ¿Cómo negar que la filosofía, en esa larga senda que une a Grecia con Roma, había superado el aposento familiar para ir ascendiendo hasta el control de los asuntos públicos? Es más, lo que me ha llevado a la cima del imperio —asumir el poder con la convicción y el respeto exigidos— es saber que tengo de mi lado a la razón. Creo en ella y en su injerencia frente a la construcción de nuestro presente. Roma y su discernimiento de la criatura humana han sido ante todo la lenta y progresiva elaboración de un modelo en el que política y filosofía han de abrazarse. Por ello es lógico, propio de su avanzar en el tiempo, que hombres razonables o militares sensatos, y no payasos megalómanos y sedientos de violencia, sean quienes controlen las riendas de la administración del imperio.

A Casio le dijeron que yo había muerto. La precariedad de mi salud era la obvia causante de ese rumor. Yo era, para muchos, un anciano y mi organismo no soportaba bien las contingencias de la guerra. Ese fallecimiento hipotético y la posibilidad de que el mando cayera en una persona ajena a la tradición militar romana —Avidio despreciaba a Claudio Pompeyano y a Aufidio Victorino y los tomaba también como estoicos decrépitos— lo llevaron a declararse emperador. Pero a los pocos días fue informado de la falsedad del rumor y no quiso echarse para atrás. Deploro que su ceguera lo haya conducido a esa actitud que, para algunos de sus amigos, era un acto de locura. Algunas ciudades de Oriente, sin embargo, lo aclamaron. Mintió, por supuesto, al decir que tenía el soporte de las legiones de las Panonias, pues era yo quien las mandaba y había sido celebrado por ellas. Egipto, la gran reserva del trigo que alimentaba a Roma, estaba también bajo su control y el prefecto Calvisio Estasiano le dio su respaldo. Muchos temieron que Casio se aprovechara de esta circunstancia para ejercer un soborno económico sobre la capital. Con todo, el primer obstáculo que se le atravesó a Avidio Casio fue Marcio Vero. Desde Capadocia, este le negó el apoyo como gobernador y con él estuvieron los soldados de sus legiones. Luego de unos cuantos días del entusiasmo y la embriaguez que suelen acompañar a las usurpaciones, el plan de Casio se derrumbó.

Las legiones que lo apoyaron no eran suficientes para enfrentar las que, a lo largo y ancho del imperio, estaban a mi favor. Casio tenía las tres legiones de Egipto y los regimientos de Antioquía y Alejandría. En esta última, nombró incluso a uno de sus hijos como máxima autoridad. Yo, en cambio, disponía de dieciséis regimientos militares. Britania, Hispania y Numidia estaban conmigo. La guardia pretoriana me había jurado fidelidad. El senado me apoyó y declaró a Casio enemigo público ordenando que sus bienes fueran confiscados. Esta declaración oficial originó en los habitantes de Roma el miedo a una represalia por parte del sublevado. Previendo lo peor, envié a Vetio Sabiniano, que era el gobernador de la Panonia Inferior, acompañado de una fuerza especial que supo resguardar a la gran ciudad.

El levantamiento de Casio hubo de acelerar las gestiones de la sucesión de Cómodo. Fue como si me diera cuenta —Faustina en sus cartas me lo había planteado— de la proximidad de mi muerte y de que ella y mis hijos podrían quedar al azar de una decisión fatídica tomada por el senado o cualquier general deseoso de dirigir el imperio. Con Faustina conversamos varias veces sobre este asunto. Se presentaba, por un lado, la adopción del mejor, como se había hecho desde Nerva y de la cual yo me había beneficiado. Y, por el otro, estaba la costumbre implantada por los Julios y los Claudios para que la potestad se trasladara a través de lazos familiares cercanos. Cómodo no tenía todavía la edad para garantizar la sucesión. Era necesario que portara la toga viril y nombrarlo príncipe de la juventud. De este modo, se legitimaría su futuro como César y haría posible la tranquilidad de Faustina.

Mi hijo llegó a Sirmio a inicios de julio para participar en las respectivas ceremonias. Aproveché para introducirlo en los ejercicios militares y lo llevé conmigo a algunas expediciones a los puestos fronterizos. A Cómodo lo subyugaban los combates hasta el delirio. Por su carácter veleidoso yo temía que, siendo el César, cayera en los comportamientos de Calígula y Nerón. Su inclinación a la brutalidad, su altanería frente a los esclavos y su inocultable lascivia hacia las mujeres me hacían dudar de mi decisión. Pero Faustina, obrando como madre, estaba a su favor y consideraba que siendo Cómodo mi sucesor nuestra familia estaría protegida en caso de que yo muriera.

El proyecto de viajar a Egipto empezó a delinearse con claridad. Dejábamos la frontera iliria pacificada. El sabor de la victoria era unánime, pero mi propósito de fundar las dos provincias se postergaba. Era una victoria con cierto sabor a derrota. Incluso con los yázigues, intrigantes y caprichosos, habíamos establecido un acuerdo de paz que duró unos cuantos años. En verdad, con la sublevación de Casio, debo reconocer que ese acuerdo se hizo con prisa. Lo indispensable ahora era dirigir la atención hacia Oriente. Algunos reyes bárbaros, con quienes la paz se había entablado, propusieron darme su apoyo. Pero me negué diciendo que este era un problema que solo dos romanos, Casio y yo, podían resolver. Mi intención era invitar al sublevado para que discutiéramos. Si sus argumentos eran válidos, yo estaba dispuesto a cederle el trono. Lo mejor, en todo caso, era evitar una guerra civil y tener en cuenta el bien del Estado.

Estábamos preparando la expedición, cuando nos enteramos de su ajusticiamiento. Un centurión llamado Antonio lo había acuchillado. Marcio Vero tenía ya el control de las tropas de Siria y me preguntaba, en uno de sus mensajes, sobre la correspondencia dejada por el rebelde.

Personas de alto rango iban y venían por las cartas y su responsabilidad resultaba evidente. Marcio mencionaba una conspiración en la que varios senadores apoyaban a Casio. El nombre de Faustina aparecía en varios documentos. Le pedí a Marcio que quemara esa correspondencia, a excepción de los mensajes que involucraban a mi esposa, y que hablaríamos en Capadocia. Yo no quería inflamar más los espíritus. Al contrario, mi pretensión consistía en devolver las aguas a su cauce normal. Las invasiones que se habían volcado sobre las provincias del norte eran más que suficientes. Ni los dioses, ni los hombres, además, les habían otorgado a Casio y a sus seguidores la razón. Yo seguía siendo, a los ojos de todos, el regente supremo de Roma. ¿Qué podía temer? Consideré en mis cartas enviadas al senado, y en mis alocuciones a los soldados en Sirmio, que Casio, siendo un militar ejemplar, se había extraviado. Y prometí no ensañarme ni con su persona, ni con su familia, ni con su memoria. En la intimidad, no lo insulté, tampoco lo injurié. El poder de Casio, o más bien su sueño, duró tres meses y seis días. Fue precario y frágil. Una mera convulsión ajena a los destinos excelsos.

Debo precisar que me opuse a la muerte de los senadores que lo apoyaron. Como sucedió en el mandato de Antonino Pío, no permití que el mío se manchara de sangre patricia. A aquellos se les sancionó con el exilio y algunos de sus bienes fueron confiscados. Faustina había insistido en que debía castigarse con dureza a quienes osaron levantarse desde Egipto. Pero Casio había sido un senador intachable y su participación en la guerra contra los partos fue más que loable. Hasta antes de su insubordinación, nada en su comportamiento inspiraba el reproche. «Tu deber es perseguir con energía a los rebeldes», insistía Faustina. «No permitas que los traidores se conviertan en opresores falaces en cuyas manos podríamos caer las personas cercanas a ti. No seas indulgente con quienes no lo han sido contigo. Sé ejemplar en la punición». Los argumentos de Faustina, lo sé, se encaminaban a salvaguardar el futuro familiar. Y yo sentía que no encajaba del todo esta actitud con la de una mujer que, según la documentación que guardaba Marcio, había apoyado la usurpación. Era evidente que, con semejantes recomendaciones, Faustina se protegía y mantenía su fidelidad hacia mí. Pero hasta que no viese los pergaminos aludidos por Marcio y tuviese una mayor apreciación del asunto, había decidido guardar prudencia y no dejarme llevar por impresiones precipitadas. Había jurado, pues, no condenar a muerte a ningún senador bajo mi gobierno y, por tal razón, Avidio tampoco habría sido condenado. Por la distancia que nos separaba, me fue imposible detener el castigo que le impusieron desde Roma. Y estaba dispuesto no solo a perdonar a los miembros de su familia, sino que me negué a que se les confiscaran sus bienes y fuesen desterrados. En una misiva dirigida al senado pregunté qué sentido tenía juzgar a personas que no habían cometido ningún crimen. Todos ellos debían vivir bajo la protección del Estado. Permití, por lo tanto, que disfrutaran del patrimonio dejado por su padre, que gozaran del oro y la plata y de los vestidos honorables, y que sus desplazamientos estuviesen rodeados de la libertad y el respeto. Era la clemencia lo que debía prevalecer, puesto que esa y no otra era la virtud más alta de la ley romana.

Pero Casio también fue decapitado. Quisieron que yo viera su cabeza metida en un canasto. Me negué a recibirla. Hacerlo era emparentarme, en el desprecio y el bochorno, con quienes habían celebrado, años antes, una mutilación similar y su posterior espectáculo ofrecido al vulgo. Porque evoqué a Fulvia, la mujer de Marco Antonio, cargando en otra cesta la cabeza y las manos de Cicerón como un grotesco botín de la victoria. Me avergoncé de nuevo ante un Marco Antonio que había aplaudido la acción de su mujer, empantanado de orgullo y vengado por fin de las injurias que Cicerón le endilgó. Fulvia, delante de un gentío hipnotizado en la contemplación del horror, les mostró sus horquillas de oro y luego las hundió en la lengua del que fue el más grande orador de Roma. Con repugnancia, y como si estuviera ya ahíto de sangre, ordené a los mensajeros que, donde estuviesen, enterraran la cabeza de Casio. Y que le dieran el trato no de vil traidor, sino el de un hombre que, simplemente, se había equivocado.

# Viaje a Oriente

El primer tramo lo hicimos por tierra. Bordear el río Sava desde Sirmio significaba prolongar la llegada a Singiduno. Tomamos un camino que unía directamente ambas ciudades. Una luz persistente se difundía por entre los bosques y las llanuras que atravesábamos. Faustina solicitaba que se aminorara el paso para mirar el paisaje con más calma. Me agradecía, tomándome de la mano, estas pausas que eran de pura esencia contemplativa. Observábamos el mundo, tocado por el estío, para que entrara en nuestros cuerpos como un bálsamo nutricio. Mi esposa había llegado a Sirmio con los achaques de la gota —las manos le temblaban, sentía desvanecimientos continuos y arremetidas febriles— y ambos sabíamos que el viaje que emprendíamos podía ser el último. Pero Sotéridas nos acompañaba. Traía con él un recetario terapéutico, el *Dioscórides*, con yerbas, zumos y otras sustancias que nos daban confianza. Mi esposa seguía sus consejos confesándome que tomaba las palabras del médico como si fueran un oráculo. Se aferraba a esa mezcla de ensalmo y razón, de temor y certeza, que ha rodeado el quehacer de quienes nos curan. Mientras nos aproximábamos a Singiduno, el horizonte, sobre todo en las mañanas, se ataviaba de un vasto azul. Y era como si ese color hubiera sido puesto allí por un dios munífico para decirnos que nosotros también éramos partícipes del milagro de la luz.

Singiduno se levantaba en la desembocadura del Sava en el Danubio. Era una de esas ciudades que solo son comprensibles a través de las aguas. Sus casas, sus vías, sus templos y habitantes eran el reflejo de los dos torrentes abrazados. La claridad que nos circundaba era de tal índole que las noches transcurrían sin convencernos de que lo suyo fueran las tinieblas. Se veían tantas estrellas que esa misma claridad, similar a la de un espejo inconmensurable, se despedazaba en miles de fulgores. Faustina suponía que una promesa ideal para nuestros itinerarios terrestres era poder convertirse en uno de esos cuerpos luminosos, ubicados en la bóveda celeste para una observación perpleja. Por otra parte, en compañía de Cómodo vimos el desfile de la legión Flavia Félix, fundada por Vespasiano. El chico se emocionó tanto al presenciar el célebre león que marcaba los estandartes que uno de los generales le obsequió una réplica para que la conservara como un recuerdo de esa estancia. Aunque de esos días en Sindiguno es el eco de una conversación con Sotéridas lo que he guardado en la memoria.

El médico pertenecía al círculo de Galeno. Era también griego y ejercía su oficio consciente de que guardaba en su inteligencia el compendio de todos los conocimientos. Ante él me gustaba acudir a la sentencia de Terencio: «Nada de lo humano me es ajeno». En varias ocasiones, hablé con Sotéridas sobre la naturaleza y, en especial, sobre aquella que nos trató con tanta benignidad en el primer tramo de ese viaje. Faustina se unía a nuestros diálogos, pero terminaba adormeciéndose por la acción de los medicamentos. Fue durante un crepúsculo, oteando desde una de las terrazas del palacio el cruce de los dos ríos, que el médico se refirió al alma. Acaso lo hizo empujado por el panorama que teníamos al frente, en el que se difuminaban los rayos de la luz solar. Sobre la zona en que confluían los dos cauces caía uno que se dividía, por la intermediación de una nube, en franjas numerosas. Mirar esos pedazos resplandecientes era entender que todo lo visible poseía el disfraz de una ilusión portentosa. Faustina tenía los ojos entrecerrados mientras oía la voz grave del médico. Respiraba con pesadez, su mano en la mía, y yo podía sentir el pálpito lento de su corazón. «El alma», decía Sotéridas, «puede poseer la apariencia de esos fajos luminosos que ahora observamos. Así lo suponen, en cierta medida, los atomistas. Algunos de ellos hacen la comparación —y el médico aprovechaba para mirar a Faustina— con entreabrir los ojos ante una celosía delgada por donde transitan las partículas de la luz. El efecto es propio de la ensoñación. Y el símil doméstico podría hacernos pensar que se trata de un juego. Qué otra realidad del mundo puede estar más compenetrada con el sueño y el juego que el alma. Sueño y geometría para que establezcamos un abanico lúdico de interpretaciones. Recuerden que los átomos que conforman el alma, según Demócrito, son perfectamente esféricos y poseen la consistencia del fuego. Pero el alma, siendo una expresión de la materia, podría ser de esencia húmeda como el agua más prístina, o caliente como la flama más pura, o etérea como el céfiro más transparente». Mientras Sotéridas hacía esta enumeración, yo rememoraba a Tales, a Heráclito, a Parménides para quienes el alma poseía una esencia natural y divina. Y si les creyéramos sus hipótesis, supondríamos que el universo entero es un territorio infinito el cual los dioses han impregnado con almas húmedas, ígneas y volátiles.

«Ahora bien», proseguía el médico, «el alma parece ser, a pesar de su delicuescencia, lo más potente que tenemos. El cuerpo funciona a partir de un sistema de órganos y arterias, de piel, huesos y fluidos que nos favorecen con las delicias propias de la contingencia; y con las sensaciones más infaustas, si se degrada o se malogra. Sin el alma, los organismos serían como monigotes». Y Sotéridas daba ejemplos de cómo esta partícula inasible ejercía su señorío sobre los órganos, la mente y el espíritu. El alma, que no se veía, dominaba entonces la arquitectura visible del organismo del animal y del hombre. De hecho, el cuerpo, así fuese motivo de tantas alabanzas, poseía una inevitable caducidad. Lo atractivo era que podía estudiárselo a través de premisas más o menos verificables. Frente al alma, por contra, todo era suposición y devaneo. El cuerpo nos unía a los animales, mientras que en el alma habitaba una parcela diminuta de la eternidad. Debido a esto, y teniendo en cuenta que envejecemos y morimos, nos acogemos al alma para guardar la esperanza de que existiremos por siempre. Faustina abrió los ojos en ese instante, atraída quizás por la palabra esperanza.

Lo dicho por el médico me remitió a las opiniones de Galeno sobre el alma. Pero fue a Homero, en realidad, a quien mencioné. Hablé de mis lecturas guiadas por Alejandro, el gramático. De esos primeros descubrimientos de la *Ilíada* y la *Odisea*. De cómo me adentré en las comarcas lejanas descritas por Heródoto. De los hallazgos que me prodigó Píndaro. Y le hice a Sotéridas un recorrido de mis consideraciones sobre el alma. En la *Ilíada* ella es aliento. Vaho que sale por la boca y las heridas que provocan la muerte de los guerreros para huir hacia el submundo. Virgilio recoge, en la *Eneida*, esta concepción y los pasajes más conmovedores de su canto a los orígenes de Roma son aquellos que se refieren a esa circunstancia que rodea a guerreros de anatomías fornidas que, de un momento a otro, sienten que el alma, como un soplo deleznable, huye de la sangre y del dolor. Sospecho que, de mis primeros atisbos a Homero, he sacado mis conclusiones sobre el alma. Para ello también me ayudaron las interpretaciones de Aristóteles. Estas últimas pretenden ser objetivas y estar fundadas en la experiencia investigadora. En el fondo, sin embargo, son patrimonio de la más pura especulación. Que el alma se mueve o no se mueve. Si ella es armonía o se desplaza a través de ondas circulares. Si lo que le atañe es la traslación, la alteración, la corrupción, el crecimiento. Si es una entidad o una entelequia. Tal camino es como una bruma fascinante que ansía, una y otra vez, la sistematicidad del conocimiento.

Aunque frente a Galeno, las interpretaciones se tornan un poco más precisas. Él dice que el alma es tripartita. La primera de ellas reside en el cerebro. La segunda, en el corazón. La tercera, en el hígado. Pero en ocasiones aventuro que, si las almas perduran, es porque el aire les da cabida en el cosmos. De la misma manera que la tierra es capaz de contener los cuerpos que mueren en ella, y transformarlos y disolverlos para que resurjan a la vida otros más, sucede algo parecido con el ciclo de las almas. Ellas se metamorfosean, se dispersan, se inflaman por la razón generatriz del universo dejando el sitio que ocuparon para que otras vengan. Con todo, el alma para mí no es más que un sueño, un vaho, un delirio. Y tan irrealizable es fijar el alma por el pensamiento como lo es estos rayos de luz que vemos ahora por nuestros ojos. «La cuestión que me inquieta», le dije a Sotéridas, «es si eso que llamamos alma, y que ilustramos a través de los elementos que integran el mundo (el agua, el aire, el fuego o lo indefinido), muere con el cuerpo. O si sobrevive para reencarnarse en un ciclo tumultuoso de existencias que jamás concluye. Creer, mejor dicho, si al alma le corresponde la mutación permanente en otra cosa. O si, más bien, su destino sea disolverse en un todo que es como una inmensa nada».

En Singiduno el ejército que iba con nosotros aumentó con los soldados de la legión que acampaban en las afueras de la ciudad. En varias embarcaciones, una de ellas acondicionada para nuestra comodidad, comenzamos a navegar el río Danubio. Nos acompañaban los oficiales Helvio Pértinax, Valerio Maximiano, Arrio Antonino, Baseo Rufo y Claudio Pompeyano. Eran mis hombres de mayor confianza y, apoyado en ellos, habíamos logrado detener a los bárbaros. Era verdad, por otra parte, que Oriente estaba controlado. Pero resultaba crucial mi presencia y la de mi familia en esas provincias para que hubiera una certeza en los habitantes de que el poder de Roma no los olvidaba. Y aunque lo de Avidio Casio había sido una escaramuza sin mayor futuro, había que visitar esas ciudades que lo habían apoyado para demostrarlo. No quería castigar con la represión a nadie, sino dialogar con los nuevos legados y gobernadores para demostrarles mi confianza.

Además, guardaba la ilusión de que, luego de enfrentar la guerra y la peste, mi mandato pudiese entrar en una pausa y que la posibilidad de un imperio en paz fuese todavía posible. Aprovechando esta suerte de interregno, quería visitar también Alejandría y su gran biblioteca. Y, de regreso a Roma, pasar unas semanas en Atenas donde podría iniciarme en los misterios de Eleusis. Las tres ciudades representaban los pilares sobre los que nuestra civilización se arraigaba para buscar en el futuro su máxima elongación. Animado por el viaje, comencé a organizar encuentros con algunas personas que vivían en esa parte del mundo donde la luz griega se expandía vigorosamente. Nuestro paso por el Danubio fue calmo. Estuvo acompasado por mañanas en que el calor era tibio y por atardeceres que, sostenidos en una languidez mansa, conducían a noches cuyo frescor lo sacudían los pequeños oleajes del río. En los pueblos en que nos detuvimos para hacer un saludo a los campamentos encargados de velar por la seguridad de estas zonas, se notaba la impronta de las expediciones militares de Trajano. Cómodo se entusiasmaba cuando percibía que esos paisajes que contemplábamos desde las naves pertenecían a las Dacias que nuestro antecesor había creado para Roma no hacía mucho tiempo. Un ambiente de equilibrio social reinaba por doquier. Desde muchas orillas los pescadores y sus mujeres se inclinaban con respeto ante nuestro paso. Niños semidesnudos correteaban tratando de alcanzarnos. Gritaban levantando las manos y nos deseaban buena continuación en medio de sus alharacas. En algunos parajes, veíamos a los soldados que nos hacían su salve en medio de los elevados estandartes. Y, sabiendo que era un gesto de respeto y gratitud, oíamos, cortados por la distancia y el viento, los sones de las tubas y los tambores.

Pero era el Danubio, trajeado de verde y azul y bordeado por bosques pletóricos, lo que llamaba la atención de Faustina. Mi esposa pedía que la llevara, al inicio del alba, a la proa del birreme donde íbamos. Yo sabía que ella deseaba fusionarse con la anchura serena del cauce que, en esas horas, pertenecía más a la penumbra que a la claridad.

Los remeros todavía no comenzaban su labor y las embarcaciones estaban ancladas en una quietud que las aguas estremecían levemente. Poder contemplar los amaneceres le parecía a Faustina como la última gratificación que la vida le obsequiaba. Yo permanecía junto a ella con la mirada puesta en ese punto en que el pequeño resplandor del día iniciaba su labor triunfal de expulsar la oscuridad. Al llegar a Novas, Sotéridas dijo que la debilidad de Faustina se había acentuado. Se refirió a su pulso y sus cualidades —el tamaño, la fuerza, la velocidad, la frecuencia, la lisura y el ritmo— y dijo que todas ellas querían detenerse. Los remedios que le impartía la mantenían sedada. En ellos se le introducía la adormidera y el beleño. Con mayor frecuencia, por tal razón, mi esposa perdía la noción de las cosas. No sabía muy bien con quién conversaba y mezclaba las identidades. Sotéridas, ante mi inquietud, contestó que era preferible asistir a ese delirio postrero que al sufrimiento ocasionado por los dolores. Consulté la alternativa de enviarla con Lucila y Aurelia Sabina a Roma. Sotéridas diagnosticó que moriría en cualquiera de los dos caminos. «Nos dejará en cuestión de días, príncipe. Pero lo mejor es que muera a tu lado», aconsejó el médico. En uno de sus momentos lúcidos, le pregunté a ella cuál era su deseo y no vaciló en responder. «Quiero morir cerca de ti», dijo, «y de nuestros hijos».

Una urbe fantasmagórica era Novas. Indicada para recibir a la muerte en sus callejas sin nadie. El Danubio corría a su lado y era el lazo más irrefutable que poseía con el mundo. Ubicada en la Mesia Inferior, con un muelle donde el cauce del río era reposado y cuyas embarcaciones parecían levitar, la ciudad nos invitaba a quedarnos para que Faustina viviera sus últimos días. El extraño sosiego de Novas, eso explicó su gobernante, actuaba como una emanación del carácter de sus residentes. Evitaban el saludo en medio de sus diligencias esporádicas y hablaban poco entre ellos. En vista de esta condición ensimismada, recorrí su perímetro sin necesidad de protección militar. Y disfruté, lo confieso, cuando concluía que yo era el único morador de sus coordenadas. A veces creía que la única prueba de la existencia de esas angostas calles y sus casas amontonadas eran mis propios pasos. Su resonancia me resultaba tan poco audible que hasta dudaba de que yo mismo las estuviese recorriendo. Hubo una mejoría repentina en la salud de Faustina y decidimos continuar el camino hacia Bizancio.

En un cruce de caminos, en las afueras de Novas, nos esperaban los carros llenos de víveres para el abastecimiento. Los esclavos habían cargado el trigo, el vino y el vinagre, el queso, el tocino y la sal, las lentejas y el chícharo, las aves y los mamíferos, las frutas y las verduras para garantizar nuestra sobrevivencia. Eran hombres y mujeres que hacían sus labores, semidesnudos por la intensidad del calor. Antes de partir, escucharon mis palabras. Ellas fueron traducidas a su lengua y, por mandato de sus capataces, cada vez que yo terminaba una oración se inclinaban con respeto sumiso. Les hice comprender que de su trabajo dependía el bienestar de nuestro viaje y que merecían nuestra gratitud. Y es que, en determinados tramos, surgían estas postas de vituallas en las que cada pueblo o aldea reunía la comida para quienes gobernábamos y los ejércitos que nos acompañaban. Por ello, consciente del esfuerzo de los esclavos, y de la gran ayuda recibida, me encargaba de que fuesen retribuidos adecuadamente.

Los campos de Tracia se veían tapizados por una gama de verdes interrumpidos por franjas de flores cuyo color era una mezcla de violetas y naranjados vivaces. Aquí y allá, protegiendo las tierras fértiles y como una lisonja a una naturaleza copiosa de alimentos, se erguían los grandes falos. A algunos, hechos de madera, los coronaban sombreros y vestidos con mantas y estaban pintarrajeados con ojos, narices y bocas. Otros aludían a Príapo, que hasta esos parajes había llegado con su miembro desmesurado. Todos salvaguardaban los sembradíos de las plagas, los insectos y los ladrones. Cómodo se reía ante los espantapájaros y no podía evitar hacer algún comentario soez sobre el tamaño de sus virilidades y el dolor y la dicha que podrían provocar en quien recibiera sus embates.

En verdad, no había mayor afán en nuestro periplo. El ritmo de los carruajes era parsimonioso porque la salud de Faustina lo requería. La llegada del frío y las lluvias no nos presionaba. Íbamos hacia Oriente y esto nos imponía otro ritmo. Si Avidio Casio estuviese vivo y su plan de tomarse el poder planeara aún sobre las provincias situadas más allá de Bizancio, las agitaciones de una expedición militar serían el estímulo de cada día. Pero el imperio estaba sumido en una pausa plácida que me llenaba de energías renovadas. Nos dirigíamos hacia las tierras donde el sol prevalecía como una dádiva. En el Ilírico persistían los cielos nublados. En Oriente, en cambio, se diseminaba una luz que decía cómo era el abrazo entre el inicio y el fin de toda empresa humana.

En varias ocasiones me había preguntado qué significaba ir a la cuna de las civilizaciones. De algunas de ellas sabía por las relaciones de Heródoto, cuyos ojos supieron beber los misterios de aquellas poblaciones arcanas. Durante mis actividades administrativas, junto a Antonino, recibía noticias diarias desde esos márgenes bárbaros. Eran distintos, en la valoración romana, los que habitaban Oriente comparados con quienes vivían en el norte. Con los primeros, había nacido la escritura a través de signos fijados en tablas, piedras y arcilla endurecida. De allá surgieron los primeros dioses y procedían también las primeras imágenes que los hombres tramaron de ellos. En Oriente habían nacido las elucubraciones más perennes sobre el cosmos y el rol que nosotros ocupamos en él. Alguien había dicho, en uno de los libros que leí en la biblioteca Palatina, que viajar a Oriente era como volver a casa. Y volver a casa era aproximarse a la patria. Y la patria, en el sentido más alto, significaba poder vislumbrar una determinada claridad. Porque cuando no se está en Roma y, al contrario, estamos sometidos a los vaivenes del traslado producidos por las guerras, la patria se transforma en nostalgia. En un deseo jamás colmado de encontrar el primero o el último hogar.

Antes de llegar a Bizancio, se presentó un incidente. Bordeábamos un caserío con su respectivo riachuelo. Varias muchachas se bañaban, desnudas, en una de las orillas. Cómodo, que iba en uno de los últimos carros, al verlas ordenó parar. Pidió que lo llevaran donde ellas. Con varios soldados se acercó para observar la fugitiva y deslumbrante desnudez. Se había sentido atraído por una de las campesinas y quiso tenerla para su disfrute. Las demás se vistieron y corrieron por entre los árboles en dirección de sus cabañas. La escogida por mi hijo fue atrapada. Pero, en vez de tranquilizarse, la chica se encolerizó y se puso a gritar. Como los soldados la sostuvieron por los brazos, pataleó como una fiera salvaje. Cómodo, excitado por el escándalo, se aproximó para tocarla. La joven reaccionó golpeándolo en la cara con la pierna. Mi hijo se paralizó de rabia ante la ofensa. Enrojecido —así me lo describieron los soldados testigos—, pidió un puñal. Y, lanzándose sobre la muchacha, le tasajeó la cara.

Al enterarme de los hechos, decidí que Cómodo no continuaría con nosotros. Su comportamiento, le dije, era indigno de su condición. Me daba vergüenza de él y no dejaba de pensar en la desgracia de la aldeana. Él se justificó en la agresión recibida y recalcó que se trataba de una simple esclava. Ante esta respuesta dije que, desde el gobierno de Adriano, quienes castigaban injustamente a sus esclavos podían recibir una condena. «Pero ella no es mi esclava y me golpeó», respondió con altivez. «Además, soy tu heredero». «Peor aún», repliqué. «Te has comportado no como un príncipe honorable, sino como un vulgar mercenario. Por no ser tuya, debiste respetarla y pensar en su dueño». Mi hija Lucila intervino ante mi decisión de separarnos de Cómodo y me pidió que recapacitara. Recordó que Faustina prefería a Cómodo por encima de todos los demás. Y como sabía que Faustina moriría pronto, terminé aceptando el consejo. Con el ánimo contrariado, dejé que mi hijo siguiera con nosotros.

En Bizancio mi ánimo ya se había tranquilizado y aproveché para hablar con Cómodo y referirme a los menesteres del poder que le aguardaban en el futuro. Le dije que un regente no podía dejarse llevar por las emociones. La lascivia, la codicia, la arrogancia eran los enemigos más temibles del que dirigía una comunidad. Quien gobernaba debía poner un dique a sus instintos. Lo suyo tenía que fundarse en la razón y no someterse a las intempestivas exigencias del placer. Cómodo oía mis palabras y afirmaba con la cabeza. Me prometió ser más respetuoso y servicial con quienes lo rodeaban. Pero en sus gestos planeaba un aire de evidente presunción. Los días fueron estupendos en Bizancio por varias razones. Faustina, cuando pensábamos que estaría a toda hora decaída y adormecida, quiso ir a bañarse en la Propóntide. Las aguas de este mar poseían el privilegio de separar o comunicar dos mundos. Sé que hay zonas fronterizas que gozan de esta misma condición. Y que casi todas ellas generan sobresalto porque marcan la división entre la sapiencia y la ignorancia. Parajes diferentes que representan la guerra, el peligro, la enfermedad. Bizancio, su mar y sus costas, sus callejas y cielos, en los días de nuestra visita, significaron otra cosa. La ciudad, sin duda, acusaba una separación geográfica. Pero en ella no había rechazo, ni repudio. Yo percibía, más bien, una continuidad prodigiosa y la apertura de un gran misterio que los hombres, de un lado y de otro del mundo, se daban a descifrar.

Mis ojos, en las coordenadas de Bizancio, se dedicaron sobre todo a mirar. Y lo hicieron despojados de cualquier intención de desciframiento. Las horas pasaban en medio de un arrobamiento estremecido por la luz. Miraba, repito, sabiendo que mi mente dejaba de intervenir. Quizás más adelante, en las comarcas de Asia, aparecerían relieves donde no hubiera nada para ver y, en cambio, todo fuese favorable a la interpretación. Bizancio, con su mar y el juego de los matices celestiales, se erigía como el dominio de una visibilidad que repelía cualquier conato de reflexión. Los pájaros, revoloteando en torno a las embarcaciones, eran resplandores alados que cantaban. Las embarcaciones emergían, aquí y allá, como proyecciones radiantes que flotaban sobre una lámina compacta así estuviese forjada de agua. Las nubes, semejantes a sólidos bastiones, fluían en las alturas. Las casas con sus fachadas, los aljibes y las fuentes de las zonas que visité eran puros receptáculos de ese ir y venir de la opacidad a la transparencia y de esta a un más allá inefable.

Nada había más real que este diálogo de tintes desplegado entre una ciudad, su entorno y sus habitantes. De súbito, ante mis ojos sedientos, los haces esplendentes se escurrían, se diluían, se difuminaban. Lo que se presentaba, por ejemplo, como un azul de esforzada intensidad, se tornaba gris, violeta, verde para transitar a naranjados evanescentes. Hasta que más tarde, antes de que la noche esparciera su negrura, surgía una tonalidad hecha de una gama de rojos efusivos. El crepúsculo se iba trajeando de colores y yo anhelaba su no término, pese a que todo se fundiría en las tinieblas. «¿Y esta luz por qué no la tenemos en Roma?», me preguntó una vez Aurelia Sabina. Estábamos contemplando la apoteosis del horizonte, delimitada por el mar y los montes de Bitinia. Le tomé la mano y le acaricié los cabellos. «En Roma tenemos otras luces», dije. «Pero esta es la que hace de Bizancio la ciudad más inolvidable de todas». «¿Tú ya la conocías, padre?», preguntó. «No, solo ahora los dioses me regalan esta luz. Pero tú, que eres una niña, siéntete privilegiada al recibir un agasajo de tales dimensiones».

Aunque Aurelia Sabina se había encantado muchísimo más con los gatos. Bizancio estaba tan llena de ellos que se decía que eran sus verdaderos anfitriones. En cualquier paraje asomaban sus cuerpos elásticos y sus ojos enigmáticos. Se ubicaban en las aceras, en los jardines, debajo de las ruedas de los coches y encima de las carretas y las literas. Estaban recostados sobre los costales en los mercados, junto a las columnas de mármol que circundaban los templos, en las puertas y ventanas de las casas. No eran huraños o escurridizos. Al contrario, permitían que las manos de los transeúntes los acariciaran. ¿Desde cuándo los gatos se habían adueñado de la ciudad? Decían que Bizancio, por ser paso obligatorio de las embarcaciones que navegaban del Mar Nuestro al Ponto Euxino, había recibido tanto a los marineros como a sus gatos. Otros contaban que Bizancio era la depositaria de estos animales provenientes de Egipto donde seguían siendo venerados como divinidades misteriosas.

Por esta razón, los gatos se respetaban, y quien osara golpearlos o matarlos recibía una amonestación o una condena. Esta consistía en adoptar y cuidar con esmero otro gato hasta su muerte. O ayudar en el mantenimiento de un santuario, levantado en su honor y ubicado en una de las playas colindantes. Allí fuimos una tarde con Faustina y Aurelia Sabina. La curiosidad por ver el templo en cuya entrada había varias estatuas de gatos en diferentes posiciones —apoyados en las patas traseras, recostados boca arriba, erizados los lomos y en posición de ataque— nos llevó a conversar con uno de los sacerdotes que se ocupaba de los ritos. El hombre nos habló de los poderes de estos animales. Protegían el hogar. Cuidaban a las mujeres de las enfermedades. Eran los guardianes del parto y del crecimiento de los bebés. Velaban por el buen desempeño de los ámbitos domésticos y estimulaban la fertilidad. Faustina me hizo un comentario que me hizo sonreír. «¡Qué tal si hubiéramos tenido gatos en casa!». Y en medio de las explicaciones de los rituales, supimos que en una casa próxima había una hembra que había dado a luz a una camada de siete gaticos. La gente hablaba de un milagro de la naturaleza. Aurelia Sabina se emocionó tanto que nos pidió, a través de brincos y ruegos mimosos, verlos. Faustina respiró profundo y aceptó. Nos dirigimos entonces a la cabaña. Y los pescadores se sintieron sorprendidos al ver que una comitiva imperial, encabezada por una niña saltarina y dicharachera, les solicitaba ver a la gata con sus críos.

Días más tarde, mientras cruzábamos la Propóntide, Faustina, que seguía de muy buen ánimo, recordó una frase de Sócrates. «Vivimos alrededor de un mar como ranas que merodean una charca». Ante su ocurrencia respondí que bien valía la pena emocionarse porque las ranas, que éramos nosotros, estábamos cruzando por fin la charca. Las colinas de Bitinia y Capadocia, con sus valles anchurosos, nos fueron dando una bienvenida venturosa. En la medida en que pasábamos por los poblados, en que veíamos los templos y los sembradíos, yo percibía cómo Grecia era el agua y Roma la que dejaba, a través de su lecho, que continuara la conjunción de sus formas de asumir el universo. La lengua griega, en los territorios que atravesábamos, fue reemplazando a la latina. Y era grato el encuentro con aquella lengua que había modelado mi temprana curiosidad por lo pretérito y las conversaciones con mis maestros de filosofía que me ayudaban tanto a entender mejor el presente.

A pesar del encuentro con las raíces de Roma —desde estos parajes había huido Eneas con los suyos para fundar una civilización de la que yo era uno de sus baluartes— la salud de Faustina se agravó. Esto sobrevino después de un momento especial que compartimos en familia. Había un manantial de aguas calientes en las afueras de Tania.

Faustina, obedeciendo los consejos de su médico, aceptó tomar un baño. En la noche anterior me había contado su último sueño. Alguien tocaba la puerta del recinto donde ella yacía en un triclinio atiborrado de cojines que, sin embargo, no le otorgaban ninguna comodidad. Faustina pedía a sus sirvientas, ante la insistencia de los toques, que se encargaran del visitante. De pronto, comprendía que estaba sola. Se levantaba y, al abrir, una fuerte corriente de agua entraba para llevársela.

Le preguntamos si deseaba entrar al manantial. Se negó porque le daba dificultad caminar. Pero nos solicitó que la sentáramos en una silla. Tenía una túnica blanca y sus cabellos entrecanos estaban recogidos con hebillas de piedras preciosas. Toda ella era debilidad y temblor. Entre Lucila, Cómodo y yo la cargamos y la acomodamos. Faustina estuvo mirando cómo el agua caliente surgía en ciertos puntos y exhalaba densos vapores. El olor azufrado se mezclaba con el aroma floral del brebaje que Sotéridas había preparado para ella. Con voz cansada, Faustina nos pidió a cada uno de nosotros echarle agua. Ella había engendrado a trece hijos a lo largo de los años y su cuerpo demostraba la dimensión de esa tarea. Ambos estábamos envejecidos —a mí me dolían los pies, frecuentes eran las molestias estomacales, el sueño lo atrapaba gracias al opio que había en mi poción nocturna—, pero Faustina había llegado a su término. Su vientre estaba sesgado de estrías y los senos se veían caídos y exhaustos. Fui el primero en bañarla. Le tomé las manos y se las mojé. Lucila le derramó agua en el pelo y en el cuello y con sus dedos le humedeció las cejas y las pestañas. Luego Cómodo lo hizo sobre la espalda. Aurelia Sabina, con un trapo blanco, le limpió las piernas. Mientras le besaba los pies, Faustina cantaba unos versos de Lucrecio que sus hijos acompañaban a modo de susurro.

En Halala, al borde del monte Tauro, mi esposa falleció. Sus últimos días los pasó hundida en un sueño plácido. Gracias a los medicamentos de Sotéridas, su respiración y los otros signos vitales fueron desvaneciéndose. Hasta que, durante unos instantes, antes de la partida definitiva, abrió los ojos. Miró su derredor como si quisiera bebérselo del todo e hizo un esfuerzo supremo para llamarme. El médico me dijo que me acercara. Tomé la mano de Faustina y, como si estuviera arrullándola, pronuncié el nombre de sus padres. Y enseguida el de cada uno de los hijos que tuvimos. Acaso así ella podría sentirse más acompañada en el paso que iba a dar. Se me quebraba la voz, pero volvía con rapidez al tono ronco y sereno. Detrás de mí estaban Lucila, Cómodo y Sabina. Sus cuerpos se veían tan juntos, al lado del lecho, que parecían hacer un cerco para enfrentar el viaje hacia la disolución en el todo que emprendería su madre. Ella les otorgó una última mirada. Pero no habló ni hizo ningún gesto con la boca. Todos le besamos la frente. Sabina, diciendo que la amaba sobre todas las cosas, le acarició los cabellos. Entonces Faustina cerró los ojos y nosotros la contemplamos en medio de un silencio sacudido por llantos leves. Los resuellos se fueron tornando menos regulares hasta que el rostro buscó un soporte en el aire para agarrarse. Faustina abrió la boca como si estuviera asfixiándose y emitió un último estertor. Luego su cuerpo se desmadejó, y el poco color, el mínimo brillo, la energía que aún había conservado en sus facciones se evaporaron.

Realizamos las ceremonias fúnebres correspondientes a su condición de emperatriz. Los altos mandos militares que me rodeaban se inclinaron ante el cadáver. Los habitantes se congregaron y, en una procesión, homenajearon su memoria. Después los soldados hicieron su parada y las tubas sonaron mientras se consumía el cuerpo en el túmulo funerario. Pasadas las exequias, dispuse que, en adelante, el nuevo nombre de la pequeña ciudad fuera Faustinópolis. Escribí al senado pidiendo que se levantara una estatua de Faustina y fuese depositada en el templo de Venus. Los senadores aprobaron enseguida su deificación y Faustina tuvo los atributos de Juno y Ceres. En las monedas se acuñó su efigie y su nombre y se recordó de nuevo su fertilidad. Incluso, se creó una corporación para que sus sacerdotisas, llamadas Faustinianas, se dirigieran al altar en compañía de quienes se casaban. Esta misma congregación debería ocuparse también de niñas abandonadas por sus padres. La posición de Faustina, su papel de madre, mujer y esposa del César merecían ser celebrados. Y me ocupé de estas gestiones no para ocultar las habladurías que el populacho había tejido sobre ella. Celebré la vida de Faustina no solo porque Roma es la ciudad donde recordamos a nuestros muertos con las estatuas que les levantamos, sino porque sabía que, como mujer, había cumplido la misión que los dioses le encomendaron.

A los días siguientes, atravesamos el Tauro y llegamos a Siria. Allí me esperaba Marcio Vero. Agradecí, con un beso, la fidelidad de este militar. Había sido uno de los hombres esenciales en la campaña de Partia que comandó Lucio Vero y, además, me había respaldado cuando Avidio Casio tomó el poder. Por Marcio me enteré de la suerte de los familiares del usurpador. Meciano, su hijo mayor, había sido asesinado al finalizar el levantamiento. A Heliodoro, otro de sus descendientes, se le castigó con el destierro. Pero a Alejandría, la hija, y a su esposo, Drunciano, debido a mi intermediación, se les concedió libertad de movimiento y no padecieron ninguna represalia. Lo que más me interesaba, sin embargo, era ver los documentos que Marcio conservaba. La mayor parte de las cartas fueron destruidas por órdenes mías porque mi intención, repito, no era atizar la hoguera de las retaliaciones. Nos reunimos entonces en el palacio de Laodicea. Allí habían vivido, durante un breve período, Lucio Vero y Lucila en los años de la guerra contra Vologeso IV. Mi hija recordó, nostálgica, la compañía de quien había sido su primer esposo y evocó los banquetes y las fiestas que tuvo a su lado.

Faustina aparecía, en efecto, entre las personas de la nobleza vinculadas al proyecto de Avidio Casio. Había una epístola en la que mi esposa había puesto su sello. «Si Marco Aurelio ha muerto, como dicen los mensajes que llegan a Roma, te doy mi apoyo para que seas el nuevo César». Supuse que el temor de Faustina no era tanto su suerte, como la de nuestros hijos. Si ella hubiera manifestado oposición ante el nuevo gobernante, tal vez habría sido aniquilada por los hombres de Casio. Había, pues, una actitud de defensa comprensible en el comportamiento de Faustina. Ahora bien, no era necio suponer un matrimonio entre ambos para que el imperio no se resquebrajara. Marcio opinaba que se trataba de una maniobra política que involucraba a miembros de mi círculo más íntimo. Tomó el papiro con cuidado y después de observarlo consideró falso el sello. Podía ser cierta esta interpretación. Pero dedicarme a comprobarla me ocasionaba de antemano una gran fatiga. Acciones de esa índole conducían al resentimiento y aumentaban el encono. Lo cierto era que Faustina estaba muerta y yo no encontraba motivo alguno para repudiarla. Había sido una esposa afectuosa. Su fidelidad hacia mí tenía la misma dimensión que la mía hacia ella. Marcio, dándose cuenta de que yo quería estar solo, se inclinó y salió. Había varias cartas en las que Flavio Calvisio, a quien yo había nombrado gobernador de Egipto, daba su apoyo sin vacilación a Casio. Para muchos, incluso para Marcio, ese gesto merecía la muerte del gobernador. Pero tampoco valía la pena un castigo así. Decidí que no le quitaran sus propiedades, sino que fuera relegado a una isla con las comodidades que su rango social le otorgaba. En la habitación había fuego para calentar el frío del invierno, que comenzaba ya a insinuarse. Fui arrojando a las flamas, uno tras otro, los papiros. Apenas guardé uno que Herodes Ático le había enviado a Avidio Casio al enterarse de su rebelión. Era una sola frase que decía: «¡Te has vuelto loco!».

Antes de tomar el camino a Menfis, envié a Claudio Pompeyano con mis hijos a Alejandría. Yo necesitaba estar liberado de los compromisos familiares por unos días. Lucila, con la muerte de su madre, me había pedido el confort de una ciudad. Aurelia Sabina lloraba continuamente. Su hermana le decía, para consolarla, que Faustina vivía ahora con los dioses, atenta a que su niña adorada continuara con sus deberes. «Ella te cuida desde donde está, Aurelia», le susurraba yo en las noches antes de dormirla, «y jamás te abandonará». Me conmovía ver que mi pequeña hija empezaba a conocer las grandes pérdidas tan temprano. Con todo, el único camino que tenía era aceptar la muerte, y no como una tragedia, sino como un acto normal de la naturaleza. Con palabras suaves, pero no exentas de gravedad, traté de fortalecer a Sabina en esos días. Le dije que el tiempo limaba, como la más grande de las medicinas, el dolor de las ausencias. Que la muerte no era más que una continuación de la vida. Que la bondad de nuestros actos nos sería recompensada en ese gran después que nos esperaba. Pero ¿cómo explicarle a la niña que existíamos para confrontar la extinción del fuego que nos mantiene encendidos e iniciar la partida hacia otro lugar y proseguir el interminable ciclo de las metamorfosis? Lo más indicado para ella era susurrarle, como si fuera una canción de cuna, que su madre compartía con los dioses el don de la inmortalidad.

A la visión de los sembradíos sucedió la del río Nilo que arrojaba sus inundaciones sobre los valles. Los guías de la comitiva decían que ese limo —ora color rojizo, ora amarillo— lo recibían los nativos en una actitud en la que confluían el agradecimiento y la aprensión. Avistar las orillas del río, donde pacían los bueyes y las vacas y sobrevolaban los ibis y los escarabajos, era remitirse a la historia de hombres que habían vivido allí durante miles de años y no cesaban, a través de sus monumentos forjados con el granito y el basalto, de conjurar la muerte. Me explicaban también sobre el cruce fragoroso entre los dioses faraónicos y el de ese único dios que insuflaba la fe de los judíos. Habían ocurrido plagas atroces enviadas por esa divinidad castigadora y, en las proximidades de Alejandría, el mar había sido abierto por un gran mago llamado Moisés, para que el pueblo que conducía pudiese cruzar las aguas y buscar la tierra prometida. Y entre los egipcios arcanos y los judíos intolerantes, los griegos habían llegado a estas tierras para describir con pasmo aquello que para los hombres de aquí resultaba normal y cotidiano. Luego arribaría Roma, con su justicia administrativa y sus propósitos de establecer una paz universal, para manejar los destinos de estos hombres.

Aunque era cierto que el pueblo judío había dejado su huella en las leyendas, el testimonio irrebatible del pasado lo representaban las tumbas de los faraones. Por sí mismas, las pirámides eran la confirmación de ese enclaustramiento misterioso de Egipto. Expresaban, tan categóricas como inescrutables, que sus grandes regentes poseían un contacto directo con lo divino. Y lo divino ondeaba en el arriba porque esos monumentos funerarios apuntaban hacia el cielo. Visité el conjunto de ellas, en las inmediaciones de Menfis, salvaguardadas por la Esfinge. El desierto se extendía hasta la lejanía observada por el animal con cabeza humana y cuerpo de león. Su mirada penetrante, la posición erguida, sus poderosas patas alargadas hacían pensar que todas las tormentas de la intemperie serían sorteadas por la condición de lo sagrado.

Sobre un camello, protegido del sol por un manto en el que estaban bordados los rostros de algunas divinidades egipcias, observé la esfinge. Exhalaba un mutismo bajo el cual se escondía una civilización meditabunda. Aquí había empezado todo, o al menos eso que sería digno de recordarse. La esfinge condensaba el espacio arenoso que la rodeaba, y lo suyo tenía que ver con la sucesión imparable de los días, la mutación de las estaciones y los fulgores del cosmos. Pero de lo que hablaba, a quienes procedíamos de Grecia y Roma, era del hombre y su anhelo por descifrar los enigmas circundantes. Sin embargo, mientras fueran respondidas cada una de sus preguntas acerca de sí mismo y la naturaleza, persistía en cada ser humano una porción ineludible de tragedia. Edipo siempre ha sido el ejemplo de tal situación. Su historia y la de su familia originan una mezcla de compasión y horror. Sí, Edipo refleja una faz terrible. Cómo negar, empero, que lo suyo también era la curiosidad incansable y la decisión firme de asumir las grandes pruebas de la vida. Una y otra vez el hombre se veía zarandeado por su historia familiar y social, corroboraba la destrucción de sus más queridas pertenencias, él mismo se sentía sometido a la devastación de su cuerpo y a la de su entorno geográfico. Con todo, volvía a erguirse para mirar, como lo hacía la esfinge de Menfis, el futuro con una calma desafiante.

Después fui a Alejandría, donde convergía el conocimiento con mayor plenitud, para pasar allí el invierno. Acaso este fue uno de los motivos por los cuales fui clemente hacia ella, a pesar de que sus autoridades se habían plegado a los designios sediciosos de Avidio Casio. En las calles anchas y trazadas en ángulo recto, los vientos marinos circulaban con soltura. Caminé por la vía Canóptica y vi las grandes fachadas de los templos. En los bazares se alborotaban muchedumbres de diferentes partes del mundo. Alejandría era inmensa y populosa y pronta siempre a la revuelta. En realidad, parecía un gran mercado donde se hablaban el púnico y el libio, el licaonio y el frigio, el capadocio y el siríaco. Aproveché, por supuesto, su geografía estratégica para fortificar los lazos de paz con los reyes partos. Todas las embajadas fueron recibidas en el museo de la gran biblioteca. Y no lo hice con las comitivas armadas que me ofrecía la legión establecida allí, sino trajeado con el manto de los estoicos.

La biblioteca databa del reinado de los primeros Ptolomeos. De esa época quedaban cosas valiosas. En los pasillos y jardines, por ejemplo, sobresalían las estatuas. Las de las musas amparaban la gran entrada del museo.

Las de Atenea y Serapis, y las de Venus e Isis convivían en sus nichos respectivos con reposada suntuosidad. Conversé con los maestros filósofos y al intercambiar nuestras maneras de comprender el universo y sus criaturas había discusión y debate, pero no insulto y amenaza. La biblioteca de Alejandría seguía siendo el receptáculo de la libre curiosidad de los hombres. Roma, por ello mismo, la respetaba por encima de todas las urbes. Hablé con algunos cristianos —se denominaban gnósticos y se identificaban con una cruz que hacían en el aire delante de sus rostros— y constaté que sus especulaciones se nutrían de mitologías mesopotámicas y conceptos griegos. Fueron ellos quienes me explicaron que la suya era una religión genuina y no una superstición de judíos iletrados. Y me sentí conmovido al ver que los historiadores y los geógrafos dialogaban con los matemáticos y los astrónomos, y los médicos con los geómetras y estos con los músicos y los gramáticos. ¿De qué otro modo, concluía yo, se puede preservar nuestra herencia si no es a través de un diálogo donde prime el respeto?

En la biblioteca, llena de columnas vigorosas y fuentes acogedoras, no existía el silencio. Había siempre un corretear de pasos y un rumor de voces que leían. Esa murmuración acompasada se propalaba por el ámbito y, en ocasiones, parecía ser ella y no el viento lo que estremecía las llamas de las antorchas. Los libros se sacaban de los anaqueles para enrollarse y desenrollarse, como si ese movimiento quisiese reproducir el de las olas del mar que llegaban hasta los muros de los recintos. Pero, entre todas aquellas voces que escuché, recuerdo la del ciego vagabundo. Mi primera impresión de ese encuentro fue paradójica. De un lado, estaba el asombro ante lo dicho. Del otro, esa suerte de conmiseración provocada por el personaje que estuvo parado delante de mí por un par de horas. Tenía más de ochenta años y viajaba por las comarcas del imperio desde hacía años. Lo guiaba, tomándolo del brazo, una mujer delgada cuyo origen se ubicaba en la tierra más extrema. Allá donde residen los hombres de piel amarilla y de donde provenían el marfil y el caparazón de la tortuga. La mujer era mucho más joven que él. «Somos compañeros de ruta», dijeron con un fuerte acento latino, «y la edad no importa para quienes se aman». La voz de la muchacha era un susurro a veces difícil de entender. La del anciano sonaba como una queja risueña. A cada instante, cuando escuchaba o hablaba, este entornaba los ojos. Decía ver de la realidad visible como una irradiación ambarina. Por este motivo —y esto lo matizaba con algo de humor— no era un ciego, sino un alucinado. Nuestro encuentro fue en una de las pequeñas salas que daban al mar. Yo había decidido recibirlo porque me dijeron que provenía de Ucubi, el pueblo donde también había nacido uno de mis ancestros. Y porque sus palabras significaban la gran novedad entre los eruditos de Alejandría.

El viejo solicitó hablar de pie, apoyado en un bastón de pino que tenía. Su compañera se sentó cuando él le soltó la mano. «Príncipe», dijo como si recitara un poema, «lo primero es que no hay una cosa que no sea una letra de la escritura indescifrable cuyo libro es el tiempo. Tú eres el que organiza el mundo y quien filosofa sobre él. Yo, tan solo soy un poeta que sueña. La tierra, tú puedes constatarlo más que nadie, es el reino de la locura y la crueldad. Pero a hombres de mi especie se les ha concedido el don de la imaginación». Su latín era tembloroso y el ritmo de las declinaciones se atoraba, a veces, en la tartamudez. «Perdona mi elucubración», continuó. «No es pedantería hispánica, ni mucho menos arrogancia personal. Se trata de una simple constatación de mi oficio. Como los árboles se expresan a través de sus follajes y los ríos por su cauce y los pájaros en el vuelo, yo soy, ante ti, el compendio de los libros que he leído».

El anciano habló durante un rato y su mujer no aprobaba ni afirmaba nada. Solo lo miraba envuelta en una admiración beata. Había, en una pequeña mesa, un vino para escanciar y algunas olivas y dátiles para comer. En un par de ocasiones, bebimos con parquedad de lo uno y comimos de lo otro. La voz de él era como una cantinela melancólica que esparcía algo de estoicismo. Pedía a los dioses, verbigracia, que sus días merecieran el olvido. Que su nombre fuera nadie como el que había tenido Ulises.

Recalcó una vez más, no sé si adulándome o compadeciéndome, que lo suyo no era dirigir un imperio vasto y convulso, sino escribir un solo verso que pudiera perdurar en el porvenir. Estimaba del todo secundario que él o yo o su esposa fuéramos el autor del poema sobre la guerra de Troya o el de los orígenes de Roma. Un capricho que no dependía de nosotros que los tres —se refería siempre a la mujer— estuviéramos en Alejandría hablando, o que lo hubiéramos hecho en un sitio hoy sembrado de ruinas, o lo hiciéramos en alguna ciudad aún no fundada del planeta.

Insistió en que si existíamos era gracias a la lengua. Esa lengua, por los vaivenes azarosos de la historia, era el latín. Pero bien podría ser otra, el griego o el egipcio, o alguna de las que pululaban a lo largo y ancho del mundo. Creía que su único privilegio eran las palabras y que ellas podían salvarlo. Al escuchar esta conclusión, pensé que entre Frontón y este anciano triste el coloquio se hubiera llenado de entusiasmo con sus disquisiciones sobre el lenguaje. El uno creía en su poder pedagógico y, por ende, político. El otro le endilgaba una especie de mistificación literaria. Citó a un maestro suyo, un germano cuyo nombre me era desconocido. Dijo que los hombres no creábamos el lenguaje, sino que este nos forjaba a cada instante. Señalaba que la mayor aspiración de los idiomas no era tejer una maraña confusa o lograr una homogeneidad aplastante, sino fundirse en el silencio. Y ponía como ejemplo, para materializar su discurso, la construcción del zigurat llamado Babel y el final abandono y dispersión de sus constructores y habitantes. Dios, concluyó, impone a sus criaturas la algarabía de los significados, pero él mismo es la total ausencia de sentido. Esas ideas, en primera instancia, parecían ser el fruto de un desvarío. Pero si se sopesaban con cuidado resultaban siendo la emanación de una inteligencia tan racional como juguetona. En alguna parte de su soliloquio, hizo una pausa. Volvió a entornar los ojos y estiró la mano para que la mujer se la tomara y la acariciara. Enseguida, el murmullo de las olas del mar, atravesado por un enjambre incomprensible de voces que leían, llegó hasta nosotros.

Acabada su intervención, recordé que me habían ponderado su memoria. Contaban que recitaba de inicio a fin, y en sus respectivas lenguas, la *Ilíada* y la *Eneida*. Que reconocía la autoría de cualquier verso que se le leyera. Y que repetía las mismas palabras que se le dijeran o leyeran. Sin embargo, no me interesaba propiciar un espectáculo similar al que muchos daban en los teatros de las ciudades de Oriente. Ya tendría ocasión, en mi regreso a Roma, para escuchar a los acróbatas del verbo. Me contaron, asimismo, que el hombre hablaba muchas lenguas y que había leído en otras tantas hasta gastarse los ojos. El anciano señalaba, y en esto también fue insistente, que su patria más que un relieve geográfico o un conglomerado de provincias eran los libros. Pero lo más llamativo, por estar nimbada de asfixia angustiante, fue su manera de concebir el universo. Este lo asumía al modo de un intrincado asunto literario y la biblioteca, como su metáfora más elevada. Esa biblioteca era el reflejo del cosmos. La conformaban galerías hexagonales dueñas de anaqueles que contenían libros infinitos. En ellos se explicaba, con perfección desesperada, y también en idiomas infinitos, un caos que lo envolvía todo simultáneamente. Pero en tal laberinto habitaba una rara entidad divina. Los hombres, es decir los lectores, la buscaban en los libros en los que había variedad, repetición y asombro por la novedad y un fanatismo sumiso hacia lo leído. Al describir esas coordenadas, el viejo lo hizo con el arrebato de los poetas. Se me hizo entonces más comprensible la divisa de Platón de expulsar a este tipo de personajes de su república. Y es que no había nada que enlazara la representación de un orden social armónico con lo descrito por aquel errante de Hispania. El meollo de su planteamiento, en cambio, lindaba con una idea totalizante de la literatura. Y esta totalidad, reunida en repisas interminables, no suscitaba mayor regocijo.

Cuando terminó, el hombre trastabilló y buscó el apoyo de la mujer. Ella lo tranquilizó y lo elogió en una lengua de la que percibí ciertas resonancias latinas. Le dije que si los libros generaban este tipo de moradas, estaban lejos de proyectarse como una protección, un albor o una esperanza. Eran, más bien, recintos de la enajenación, el delirio y los tormentos del escepticismo. «He querido transmitirte», respondió el anciano para justificarse, «y convendrás que en ello hay algo de la filosofía que practicas, que los hombres añoran encontrar la verdad y jamás la hallan. Y si creen encontrarla, indican caminos que resultan tan escabrosos como inútiles». «De todas maneras», repliqué, «al escucharte se tendrían motivos suficientes para desconfiar de los libros que tanto ensalzas». Luego guardamos silencio y yo permití, sucedida la respetuosa despedida, que salieran de la sala. Las últimas imágenes que guardo de ambos es la de él, en el pasillo sombrío, acercándose al cabello de la mujer y aspirándolo largamente. Y la de los dos buscando a tientas la última de las puertas.

En Alejandría, cuando iba acabando el invierno, dejé a Lucila y a Pompeyano y les pedí que se encargaran de Aurelia Sabina. Al nombrar al esposo de mi hija como uno de los gobernadores de Siria, zona de la que era oriundo y que conocía como la palma de su mano, yo realizaba un acto de confianza en esta región que había apoyado la sublevación de Casio. No quería provocar ningún distanciamiento con los sirios. Mi política, por el contrario, era favorecer los lazos de amistad entre Roma y estas provincias lejanas donde la herencia griega era ostensible. Ordené entonces que en Antioquía —ciudad que se había entusiasmado más que todas con el proyecto de Avidio porque él la había regentado durante varios años— se levantara la prohibición de los juegos y que el circo volviera a su ritmo habitual de espectáculos. También permití que, como urbe libre, las asambleas del senado ejercieran de nuevo sus funciones. El hecho mismo de ir a un sitio y a otro para asistir a las paradas militares y a los homenajes que los legados y gobernadores me hacían era prueba de que se aceptaba el proceder del poder imperial. Aunque más que mostrarme como el jefe máximo de las legiones romanas y el supremo pontífice, quería hacerlo ante los habitantes como si fuera un amigo protector, alguien que hablaba como ellos el griego, que respetaba sus costumbres y trataba de cumplir del mejor modo sus deberes políticos.

Dispuse, asimismo, que Cómodo partiera para Atenas acompañado de Sotéridas, mientras yo terminaba mi recorrido por la provincia de Asia. Allá él me esperaría para que participáramos en los misterios de la diosa Ceres, durante las ceremonias del otoño. En Sirmio había sopesado la posibilidad de iniciarme. Eran desde hacía siglos los ritos más importantes de Grecia y yo, que me sabía tan griego como romano, debía entrar en el templo para comprender mejor el inicio y el fin de los ciclos vitales de la naturaleza. Guardaba la esperanza de que esa iniciación despertara en mi hijo un interés más hondo por el aspecto sagrado que como dirigentes del imperio debíamos mantener. Le escribí entonces a Ático para que se ocupara de lo indispensable para nuestra iniciación pidiéndole, además, que fuera mi acompañante en la peregrinación de Atenas a Eleusis.

La última parada en Oriente fue Esmirna. La primavera era generosa en brisas tibias y los follajes de los árboles daban su bienvenida a la estación de los florecimientos. La ciudad de la mirra, y también de Homero, me pareció subyugante. Se proclamaba ella misma como la más bella, la más esplendorosa, el ornamento más excelso de Jonia. Al mismo tiempo que recorría sus vías anchas y sus plazas pavimentadas con baldosas de mármol, mis sentidos buscaban las emanaciones de la planta. Me daba cuenta de que estas, con su aroma seco y amaderado, volvían venerable el ágora y bullicioso el puerto. A Esmirna, desde las playas hasta las pendientes del monte Pagus, la impregnaba ese olor que estimulaba las atracciones de los cuerpos enamorados y acompañaba a quienes se aproximaban a la muerte. Y no exagero si digo que, envuelto en las fragancias de la mirra, suponía que las fisonomías vistas en las personas con quienes me cruzaba en las caminatas eran las mismas que Homero describía en la *Ilíada*. Esmirna se recogía sobre sí y, rodeada de montes azules, se entregaba al Egeo sin reclamos. Como si las aguas del mar fueran la única destinación de sus palpitaciones diarias. Esta unión me resultaba una forma más acogedora de abrazar literatura y realidad que aquella que el poeta de Hispania me había recitado en la biblioteca de Alejandría. Sabía, por lo demás, que en Esmirna vivía el célebre Elio Arístides. Desde mis clases con Frontón quería conocerlo. Arístides era uno de esos hombres que encarnaban con su elocuencia el carácter de un pueblo. Años antes había estado en Roma, cuando Antonino Pío era el César y su verbo pasaba por su período más espléndido. Pero, por ocupaciones administrativas en poblaciones contiguas a la capital, yo no había podido escucharlo.

Solicité a los hermanos Quintilio que me acompañaran. Depositaba mi confianza en ellos pese al tropiezo que se había suscitado con Herodes Ático. En Esmirna fueron los Quintilio quienes se encargaron de buscar a Arístides. Habían trascurrido tres días desde nuestro arribo y el sofista seguía ausente. Al presentarse, este explicó que mi llegada lo había sorprendido en plena actividad meditativa. Meditaciones que, según él, no podía interrumpir bajo ningún pretexto. Su suficiencia me pareció proporcional a su estatura. Quiero decir que era uno de esos hombres bajos que se creían gigantes. Su talento en la oratoria le había merecido la admiración de todos. Esmirna lo adoraba como si fuera un dios. Pero Arístides era soberbio y su jactancia garrafal. Como muchos sofistas hablaba de las ciudades en actitud de superioridad, y de los príncipes y los dioses como si fueran sus iguales. Lo indignaba que, como si fuera una figura circense, se le propusiera cualquier tema para que se explayara en la facundia. «Lo mío», se justificaba así, «no es improvisar, sino medir las palabras, calcular sus sentidos, recoger los datos sobre el tema determinado, y luego escribir. Por eso mis discursos», argüía, «deben ser leídos ya que es en la escritura donde halla la palabra su mejor acabamiento».

Le expresé mi interés en escucharlo. Ese era, entre otros, el motivo de mi visita a Esmirna. Al oírme, se paró con firmeza. Fijó los ojos en un sitio lejano y se pasó las manos por sus cabellos incipientes. «César», dijo, «no esperes de mí de algo parecido a lo que oíste en Tarso». Comprendí que Arístides se había enterado de mi reciente visita a esa ciudad. Allí vivía Hermógenes, un muchacho de quince años, también venerado por las multitudes. Cuando me dijeron que era un portento de la improvisación, quise negarme a escucharlo. En realidad, sospechaba de la emulación sofística. Desde los días de la enseñanza de Rústico, sentía recelo de los artificios lingüísticos, del ornato y de la ostentación de la palabra. La tendencia a inflar el elogio hasta volverlo melifluo. El hallazgo convertido en fórmula. Pero sabía que ser orador era una de las grandes distinciones y el anhelo de muchos porque garantizaba fama. No oír a Hermógenes hubiera significado irrespetar una larga tradición. Para esas gentes de Oriente, que se sabían los genuinos depositarios del saber griego, hablar bien en público representaba una de las formas más elevadas del poder.

En el teatro se congregó la población de Tarso. Querían homenajearme con aquel talento precoz. Hermógenes era delgado y de tez pálida. Su cuerpo metido en un atuendo ancho parecía una brizna al viento. Pero abrió la boca y una cascada sonora se regó por todas partes. Las gentes exclamaron su pasmo y aplaudieron. Lo primero que hizo el orador fue recitar el último canto de la *Ilíada*. Me conmovió percibir el silencio que guardaban las personas congregadas. Pendientes de lo sucedido en la tienda donde Príamo y Aquiles se habían encontrado para condolerse. Como si en esa entrevista estuviesen condensadas las dos actitudes esenciales de la bondad humana: la del perdón y la de la reconciliación. Me impresionó todavía más contrastar la manera en que un muchacho declamaba con tono apropiado pasajes en los que la vejez y la muerte, el dolor y la memoria, se mezclan para sanar las heridas dejadas por una guerra tortuosa. Pasadas las primeras ovaciones, Hermógenes mostró su pericia en el dominio de la improvisación. Le propusieron un encomio sobre el César. Le pidieron que homenajeara a Tarso a partir de la belleza y abnegación de sus mujeres. Y como también querían reírse, surgió el tema de la picadura del mosquito. Entonces comprobé lo que ya sabía. La oratoria que se volvía entretenimiento. Oraciones sonoras que terminaban desvaneciéndose como una pompa de jabón.

Arístides opinaba que sofistas de este tipo terminaban en bufonerías. «Vomitan, no recitan», decía. Lo suyo —yo me daría cuenta de ello al día siguiente— pretendía otra cosa. Y era cierto. Si había solicitado que Arístides actuara delante de mí, lo hice porque su verbo era meticuloso y ajeno a los alambiques y a la prosopopeya cansina. Sabía que era un hombre de salud frágil. Había visitado a muchos médicos para procurar alivio a sus males de la digestión y al asma que padecía desde la juventud. Lo aquejaban el hígado y el páncreas. La cabeza le dolía con frecuencia. La peste lo había tocado y pudo sobrevivir. Muchos de sus esclavos y familiares, de organismos más pujantes que el suyo, no soportaron esa epidemia que aún no hemos podido erradicar del imperio. Galeno acostumbraba a decir que en Arístides había un alma vigorosa en un cuerpo débil. Pero el sofista se encomendaba, como un buen estoico, a sus sueños, en los que Esculapio le sugería cómo aliviar sus malestares.

Al otro día llegó el sofista con sus discípulos. Yo no quería realizar un acto multitudinario que desembocara en una fiesta. Los asiáticos eran proclives a ellas. Hasta Arístides entendía esos festejos como si fueran un fuego que no debía extinguirse jamás. Supuse la felicidad de Nerón, tan amigo de las coronas y las adulaciones, si en vez de la mía hubiera sido su persona la homenajeada en estas provincias. Lo encomiable, sin embargo, que veía en esta multiplicación de funciones asiáticas era que no gustaban demasiado del estrépito y la monotonía brutal de los juegos circenses romanos. Lo que hacían allí, y en esto manifestaban su procedencia admirable, eran los juegos de la música y los concursos poéticos en los que el virtuosismo de las oraciones descollaba.

En Esmirna, lo confieso, comenzaba a instalarse en mí el cansancio ante tantos homenajes. Sin embargo, acepté que los seguidores de Arístides y las autoridades de la ciudad se reunieran en torno al espectáculo. «¿Pueden aplaudir ante mi discurso, César?», preguntó. «Eso depende de ti», respondí. Arístides era más o menos de mi edad. Tenía la frente amplia y una barba prieta le cubría la piel como un musgo. Esa vez había decidido dejar no solo su brazo, sino el pecho al descubierto que, a diferencia del rostro y los brazos, era lampiño debido a una depilación excesiva. En el recinto, en esas horas de la noche, había grandes velones. Esencias orientales, quemadas en recipientes de bronce, hacían figuras de humo en un aire en el que la embriagante mirra se insinuaba. «Roma», comenzó Arístides, «es la dueña de nuestra existencia. Pero Grecia es su maestra». Las hojas de papiro, en las que había escrito su discurso, las sostenía una de sus manos. Noté que esa mano —Arístides era un hombre curtido en las intervenciones públicas— temblaba. Aunque su voz y sus gestos no denotaban ningún temor. Al contrario, al empezar a declamar reconocí que lo suyo poseía brío y claridad. A partir de unas pocas oraciones, pulidas y certeras, el discurso sobre la grandeza de Roma levantó el vuelo. Arístides quiso recitar de memoria lo escrito hacía años en honor del imperio. Había retocado algunos fragmentos de lo que, según muchos, era la loa más encumbrada a Roma. «Lo he perfeccionado aprovechando tu visita, César», me había dicho, «y deseo leerlo». El discurso, en tanto avanzaba, se sostenía en la amplitud de sus períodos. Brotaron como de un manantial —el de la historia, la filosofía y la poesía— la riqueza de las comparaciones y la distinción del vocabulario. Y, al final, como el águila que se posa en el ramaje del árbol que la acoge, deduje una vez más que la ambición de toda palabra, pese a su aspiración por permanecer, era hundirse en la mudez.

Arístides se apoyaba en el encomio. Roma se erigía como la única, la primera, la mejor. «Todo converge en ella», aseveró. «El comercio, la agricultura y la minería. Las artes que existen o han existido están en Roma. Los navíos del mundo llegan a Ostia y de allá salen. Si algo no hay en la gran ciudad es porque no existe». Según Arístides, el ejército y los templos, las murallas y los talleres, las fuentes y las escuelas eran sinónimos de armonía y buena salud. Roma, entre todas las ciudades del mundo, brillaba de gracia como un jardín munífico. Los romanos éramos tratados con admiración y en las comparaciones con los otros reinos salíamos airosos. Pero si poseíamos grandeza era porque las ideas griegas nos alimentaban. Incluso, podría afirmarse que las referencias literarias, a las que acudía el orador, se resumían en una que recuerdo muy bien. La sentencia de Homero de que la tierra debía ser un bien común para todos, Roma, a juicio del sofista, era quien la había concretado en la realidad.

Como príncipe, sería el primero en agradecer a Arístides su ditirambo. Pero como filósofo, le hubiera aconsejado matizar la exaltación. Es verdad que el ser humano ocupa un lugar principal en el mundo y su función es darle un equilibrio procedente de la sabiduría de los dioses. Habrá que admirar el emprendimiento de cada día de estas hormigas que enfrentan todas las dificultades. Reconozco, además, que Roma ha representado a lo largo de los siglos ese impulso vital y siempre renovado. Y consciente de mis funciones administrativas, me he movido en esta dirección. Es decir, estoy seguro de que somos una comunidad cuyo propósito esencial, de quienes la conformamos, es salvaguardarla.

Como lo dijo Arístides, Roma educaba a los bárbaros. Con nuestro gobierno, el caos, la confusión y la inseguridad de antes se habían transformado en orden. Las provincias que yo estaba recorriendo habían salido, gracias a la pacificación de Augusto, de sus guerras confusas y destructivas. Nuestro régimen político, defensor de la justicia y la libertad, había logrado que una civilización se diseminara por estas tierras asiáticas como una bienaventuranza. Las fábricas de lana y lino proliferaban aquí y allá. Los productos de la tierra salían de los grandes puertos del Egeo. Concurrían en las ciudades multitudes de litigantes, agentes de gobierno, magistrados, artesanos, músicos, adivinos, comerciantes y esclavos, contribuyendo cada uno a la movilidad de la región. Eso era cierto y digno de celebrar. Pero cómo pasar por alto la distancia que hay entre un discurso y el entorno que traduce. Arístides ensalzaba la paz y la obediencia de todos los que vivían bajo el amparo de Roma. Pero en este, y desde la muerte de Antonino Pío, abundaban la guerra y la desobediencia. Mucho había cambiado, en efecto, desde que mi antecesor había escuchado este flamante discurso. Ahora que lo escuchaba yo en Esmirna, el imperio era golpeado por las invasiones de los bárbaros que buscaban entrar a sus dominios por todas partes. Había una crisis económica en el erario a causa no solo de las guerras incesantes que se hacían contra esos pueblos, sino que, además, la peste se había extendido y la tierra se veía sometida a las inundaciones, las sequías, los fríos extremos, y los grandes incendios que afectaban los bosques y las selvas.

Como los demás espectadores, escuché fascinado a Arístides. Cantaba a nuestro poderío e inteligencia porque habíamos construido un parangón único en la historia de los pueblos. Un modelo que otorgaba la ciudadanía a los vencidos para transmitirles la clemencia, la piedad, el alto sentido de nuestras leyes. Sin embargo, ante el pasaje donde se refería a las murallas —Roma las ha puesto no en su ciudad, sino alrededor del imperio— recordé mi sueño en que estas se levantaban hasta el infinito para detener invasiones de inmigrantes igualmente interminables. Algo de ese sueño, lo sé, se vincula con la pesadilla de la biblioteca que me fue descrita en Alejandría. Y ahora, que he apurado mis últimos años yendo y viniendo por estos dominios fronterizos del Ilírico, evoco ese elogio y en mis labios se dibuja el guiño del escepticismo. Similar, sin duda, al que el viejo de Ucubi trazó después de darle mi opinión sobre su relato.

Después, estando en Roma, recibí la noticia del terremoto que había arrasado Esmirna. De la magnificencia conocida durante mi estadía quedaban desolación y llanto de hombres y mujeres sin hogar y de niños que eran rescatados de entre los escombros. Esta vez, Arístides escribió una epístola en nombre de los habitantes de su ciudad. Lo suyo era una lamentación, pero también la esperanza que la humanidad manifiesta cuando la adversidad llega. «Y estas calles agrietadas», decía. «Y estos edificios derrumbados. Y el palacio donde una vez mi voz te honró, César, hoy caídos por la crudeza de la tierra». Pero Arístides se refería a esos mismos niños que habían sobrevivido y que con gestos tiernos demostraban nuestra resistencia ante los peores desastres. Confieso que derramé lágrimas leyendo las palabras escritas por quien una vez más había sobrevivido a lo peor. Concluí que tanto él como el viejo de Alejandría y yo mismo éramos figuras perecederas que, a través de lo que hacíamos y escribíamos, tratábamos de no desfallecer ante los designios duros de la naturaleza. Resultaba digno de admiración escuchar al poeta y al sofista enaltecer con sus palabras las labores de los hombres: Arístides, a través de su oratoria brillante, el ciego apoyado en sus ficciones tristes y caóticas. Conservando el eco de las palabras del uno y del otro, ordené que la reconstrucción de Esmirna se hiciese lo más pronto posible.

# Los misterios

Es difícil separar a Atenas de los misterios en que fui iniciado. Visto desde estos cuarteles de invierno, me parece como si el entramado de la ciudad, con sus calles angostas y sucias y sus templos amplios y populosos, tuviese una correspondencia con el lugar del culto. Sería mejor afirmar que Atenas se convirtió en un pasadizo capaz de conducirme a Eleusis. Allí donde supe de la fragilidad y la angustia, y también de la perennidad y el renacimiento. El mandato de los sacerdotes de Deméter ha sido guardar silencio sobre lo que los iniciados presencian durante la noche y los primeros atisbos del alba. Hay que callar, bajo pena de castigo, sobre las visiones del inframundo que se disparan, como un venablo místico, hacia lo innombrable. Acaso me arriesgaré a la transgresión o a la imprudencia dando estas impresiones que no son, en el fondo, más que vaguedad. De esto que escribo, en todo caso, nada quedará y alguien, tal vez mi hija Lucila o Claudio Pompeyano o alguno de sus descendientes, sabrá algún día arrojarlo al fuego o lo dejará a la merced del tiempo.

De Deméter, que los romanos denominamos Ceres, solo puedo decir que ella es la tierra y por ello la homenajeamos continuamente. La religión la asume como la fuerza femenina que rige el cosmos y accedemos a su soberanía, o creemos hacerlo, a través de una razón que es limitada para entrar en los enigmas más hondos del paso por la vida y la muerte. La tierra es la madre y nosotros partimos de su matriz para llegar al padre etéreo. Pero qué es la una y qué el otro. Tal vez los rostros, multiformes y vertiginosos, simultáneos y sucesivos, concentrados y dilatados, de una misma fuente.

Transcurría el mes de septiembre cuando llegué a Atenas. Al principio, me ocupé de las escuelas filosóficas que, desde los decretos panhelénicos de Adriano, se habían fortalecido allí. Ambos estábamos convencidos de que una de las principales labores de Roma era esparcir los frutos griegos, sustentados en su filosofía y sus mitos, por toda la extensión del imperio. Visitar las cuatro escuelas y ver cómo enseñaban a Platón, a Aristóteles, a Zenón y a Epicuro fue sentir —como lo dijo Pericles alguna vez— que los hombres de Atenas estaban abiertos a la inmensa variedad del mundo. Y digo hombres porque sus calles y recintos del pensamiento estaban llenas de ellos. Mientras que las mujeres, pese a que las leyes romanas les otorgan ciertos derechos, seguían siendo dominadas en ese territorio. Eran, en su mayoría, esclavas o prostitutas. Algunas de estas últimas, más que las señoras de las casas respetables —y esa era una hablilla que iba y venía por la ciudad—, gozaban de un buen conocimiento de los conceptos filosóficos que sabían discutir con sus clientes.

Mi encuentro con Herodes Ático fue emotivo. Me invitó a conocer las diferentes construcciones que había obsequiado a Atenas. Era una de las pruebas irrefutables de su honorabilidad. Aprovechó una de nuestras citas privadas para quejarse del complot que seguía generándose en su contra. Ahora se rumoraba que Ático había causado la muerte de Regila, su esposa. Mi maestro estaba, más que indignado, adolorido por esos rumores. No dejaba de reprochar hasta dónde llegaba la bajeza de sus enemigos.

¿Cómo provocar la muerte de mi mujer, me preguntaba, si yo mismo he consagrado a los dioses sus joyas, sus atuendos, sus adornos más preciados? De haberlo hecho, habría atraído sobre mí un castigo ejemplar. La voz de Ático temblaba hasta el llanto mientras me detallaba las atenciones con que había rodeado a Regila en sus últimos días.

Aconsejé no hacer caso a las maledicencias. Le recordé, no para aumentar su amargura, sino para que entendiera que la condición del chisme era diseminarse por todas partes, lo que decían de mí y de Faustina. Los amores clandestinos y frenéticos de ella con gladiadores y mi incapacidad de controlar tales excesos. Para preservarlo de las calumnias y demostrar que creía en su inocencia, insistí en que fuera mi padrino en los misterios mayores. Para hacerlo, tanto él como yo debíamos estar lejos de los crímenes y, en este rumbo, guardar la compostura frente a los derramamientos injustos de la sangre. En cuanto a mí, el peso de la guerra contra los bárbaros me lanzaba a buscar algo que poseyera perfiles de purificación. En realidad, en Atenas me había llegado una gran extenuación. No solo por el largo viaje a Oriente, sino también porque sentía que mi cuerpo no albergaba el mismo vigor de antes. Cargado de las fatigas del imperio, ya empezaba a divisar la muerte. A pesar de que una especie de rejuvenecimiento inesperado me esperaba en Roma.

Hice el camino desde Atenas a pie y en compañía de Cómodo. Rechacé la litera de los nobles y pedí que se nos considerara como a corrientes peregrinos. Tomamos la vía Sacra en dirección al estrecho puente de las afueras que daba sobre el río Cefiso. Ático se nos unió temprano y nos mezclamos con la multitud. Había gente adinerada, libertos y esclavos. Los mercaderes, los guerreros, los poetas y las hetairas se juntaban sin ninguna objeción. Las jerarquías sociales desaparecían ante la diosa que nos aguardaba en el templo que ella misma había indicado cómo construir. Pero no demoró en saberse que el César y su hijo iban entre la muchedumbre. La gente, al distinguirnos, empezó a inclinarse ante nosotros. Se formaron tumultos en los que se vitoreaba mi nombre. Un poco abochornado porque esto no era un batallón, ni un circo, ni una asamblea del senado, solicité que nos situaran en la parte delantera de la procesión.

Todo fue calmándose, por fortuna, y se elevaron las invocaciones a Iaco, cuya estatua precedía nuestros pasos. Se le pedía que supiera conducirnos por la buena senda hacia el templo de Eleusis. Como el sol quemaba ese día, yo caminaba protegido por un sombrero arcadio. Tenía una túnica y un manto y unas sandalias de cuero cuyas tiras se amarraban a los dedos y al tobillo. También llevaba, para enfrentar la noche venidera, una piel de oveja. Cómodo hacía el trayecto más como un paseo que como un rito religioso. Éramos tan diferentes ante estos ritos. A su edad, yo habría participado en Eleusis con la reverencia y el respeto apropiados por los cultos iniciáticos. Pero Cómodo, en este sentido, era un adolescente despreocupado.

Los peregrinos marchaban elevando los cantos a la diosa de la tierra y a su hija acompañados con instrumentos musicales. Se evocaba a Perséfone salpicando de violetas y orquídeas el pasto. En la palabra cantada se erigían los colores de los azafranes, los narcisos y las rosas. En ocasiones, por ciertos tramos, se esparcían pétalos de esas flores y las manos de unos y otros buscaban atrapar en el aire las tenues superficies. Los más ancianos y enfermos iban montados en bueyes y en mulas. No había cerdos entre los animales que nos acompañaban, pero se sabía que los seleccionados para los sacrificios habían salido al amanecer con los sacerdotes encargados de la iniciación. Al llegar al puente, se produjo algo que llamó la atención de Cómodo. El muchacho, separándose de nosotros y atraído por el vocerío, tomó la dirección del río. Era un espacio forjado para que quien quisiera se pusiera una máscara y se burlara de cualquiera a partir de sus características físicas. La vieja comedia reclamaba su lugar y expresaba que hasta en las prácticas religiosas más arcaicas ella tenía su función. Grecia entera, como había escrito Juvenal, era sobre todo comediante. Cómodo se reía a carcajadas, no tanto por las mofas, pues muchos de los juegos de palabras se escapaban de su comprensión, sino por las morisquetas que se hacían. Había risotadas por las grandes orejas, por las bocas desdentadas, por las narices llenas de granos, por las miradas exorbitantes o bizcas, por las panzas enormes y los senos diminutos y las caderas secas. Hasta la elegancia de unos y la sobriedad de otros, la morosidad de aquel y la displicencia del de más allá eran causa de la socarronería. De Cómodo, luego me contó, se burlaron por sus ojos que compararon con el color del gargajo, por su pelo que parecía el de una niña mimada y no el de un príncipe futuro, por su bozo tan incipiente que daba grima. Pero había que reírse y no hacer caso a ningún tipo de categoría. Como si ese gesto irreverente, en que nadie se salvaba del sarcasmo, fuera indispensable en un trayecto hacia ese final en el cual cada quien hallaría una liberación.

Antes del mediodía, bordeamos una ciénaga de aguas salobres y se empezaron a notar los trabajos de la restauración. Yo mismo, desde que los costobocos habían sembrado la destrucción en estos parajes, ordené reconstruir no solo el templo afectado, sino el camino por donde íbamos. El viento acariciaba los pastos como si fueran las cabelleras largas de las dos diosas. Ambas habían gozado del reencuentro durante los días de más luz y pronto, así era el mandato del Olimpo, tendrían que separarse para que una de ellas se hundiera en las cavernas más hondas del infierno y la otra se quedara rodeada de la oscuridad invernal. Era el precio exigido para que la tierra y sus criaturas viviesen el requerido ciclo de las estaciones.

Llegamos a un llano que, por un lado, estaba sesgado por un bosque de encinas y, por el otro, poseía terrenos aptos para el cultivo. Los ranchos que encontrábamos se veían engalanados con ofrendas florales. De ellos salían los campesinos vistiendo sus mejores atuendos, que eran rústicos y a la vez limpios. Ellos también se habían enterado de que el César iba entre el gentío y sacaban botijas de agua, vino y miel e higos secos para ofrecérmelos. Se aprovechó la sombra de los árboles y se satisfizo el hambre. Los peregrinos traían queso de cabra, pan y frutas. Algunos fueron a la orilla del río a abrevar las bestias. Otros hicieron la siesta. Yo fui invitado para que viera cómo un grupo de personas hacían ramilletes de amapolas. Su intención era depositarlas, más tarde, en el pozo donde, según la leyenda, Deméter había llorado la desaparición de su hija. Una de las muchachas, de pelo corto y ojos de una oscuridad radiante, me ofreció uno de los manojos carmesíes. Le agradecí y olí las flores. Supe, casi al instante, que ella poseía algo que me atraía con fuerza. La vi caminar con levedad y brotó una imagen de la infancia. Supuse, conturbado, que como esa muchacha pudo haber sido la criada griega que me amamantó durante mis primeros meses. Después de darme su saludo respetuoso, la vi alejarse y perderse entre la multitud. Mi corazón se regocijó con ternura. Más adelante, divisé unos olivares. Sus contornos me parecieron una pequeña noche que antecedía a la inmensa que me esperaba en el templo. La procesión descendió, sin ninguna premura, por los recovecos del camino. Caía la tarde cuando llegamos al pie de un cerro. Como una calmada revelación, y luego de dar un viraje, apareció el mar con sus playas solitarias y extensas. Pensé en una tablilla aún sin escribir. O sobre la que se había escrito, una y otra vez, la misma historia de una muchedumbre que ofrecía su pálpito anual a las potencias remotas de la naturaleza. Los que quisieron se bañaron y tomaron un último descanso. Cómodo se desnudó y fue a correr para después zambullirse en las aguas frías. Me quedé mirándolo, con mis pies tocando el agua. Recordé que a Faustina le gustaba ver, desde la arena, cómo sus hijos jugaban con el ir y venir de las olas. Y volví a encontrarme con la mirada de mi esposa que agradecía el último baño que le habíamos otorgado.

El Telesferión se levantaba en un punto equidistante entre el mar y el cerro. Lo circundaban álamos y laureles a cuyos pies florecían las anémonas, la manzanilla y la menta. A su alrededor estaban los campos de trigo y cebada de donde se extraía el brebaje de la iniciación. La renovación del templo había consistido en devolverle su antigua fachada. Se levantaban las cuatro columnas dóricas, hieráticas y venerables. La madera de los pinos dialogaba serenamente con el ladrillo y el mármol. Confirmando así que Roma había asimilado, para consolidar su potente equilibrio, los antiguos misterios de la madre tierra.

Junto al pozo, donde Deméter se había lamentado por la desaparición de su hija, se depositaron las ofrendas. Hubo danzas y cantos hasta que la noche fue cayendo. Noté que la mujer de las amapolas se separó de su grupo y, con otras más, ingresó al templo por una de las puertas. Me despedí de Cómodo y Ático. Ambos me esperarían a la mañana siguiente para regresar a Atenas. Mi hijo no tenía aún la edad para asistir a esta fase de los misterios. Y Ático ya había sido iniciado. Fuimos entrando entonces, en pequeños grupos, al templo. Las puertas no eran monumentales, pero testificaban el principio de una experiencia que habría de ser tan intensa como emotiva. El lugar estaba alumbrado por teas sucesivas cuyo fuego poseía una consistencia espesa. Miré esas llamas como si ellas poseyeran la revelación de lo ignoto.

Al llegar al recinto de la ceremonia central, sopesé su penumbra. En ella había un olor a tierra húmeda atravesada de efluvios vegetales. De varios cirios, ubicados en puntos contiguos, salía una luz vaga. La sala tenía varias gradas y allí, guiados por las sacerdotisas, empezamos a sentarnos. Por su movimiento distinguí a la muchacha de las amapolas que me tomó de la mano y me condujo al sitio que me correspondía. Dijo algo en griego, una fórmula tan remota como el fuego que nos alumbraba, y su voz me llenó de una tranquila tibieza.

No debíamos hablar. Pero, en medio del silencio, se percibía la expectante respiración de la gente. No sé si era mi corazón el que prevalecía, pero creía escuchar hasta el fluir de la sangre que corría por las venas de los concurrentes. De súbito, comenzaron los ensalmos. Eran en falsete. Música, susurrante y oculta, ajena a la distinción sexual. El canto remitía al viento, al crepitar de la leña, a la caída de la lluvia, al movimiento de las más recónditas partículas de la tierra. Poco a poco, aquella especie de imitación de los elementos que integraban la naturaleza fue adquiriendo un sentido. Comprendíamos que se nos contaba el llanto de la madre por la búsqueda infructuosa de su hija y el descenso de esta al reino de las tinieblas. Los personajes, surgidos de los sonidos, se fueron configurando en el recinto. Se trataba, eso concluí, de una teatralización cargada de sombras zigzagueantes. Pero estas eran difíciles de captar porque acontecían velozmente en medio de los resplandores de la penumbra. Una gran figura surgió y se difuminó casi que de inmediato. Podría ser Deméter o Perséfone. Pasé un rato sin poder distinguir quiénes iban y venían por nuestro derredor. Eran como emanaciones de otro mundo. Reflejos de los muertos que brotaban de las grietas ubicadas en los muros.

La música no se interrumpía. Ella marcaba cada fase en este preludio del descenso hacia la muerte. Detrás de mí, apareció de repente el hierofante. Era majestuoso. Su túnica, al caminar, se extendía como un tejido colosal cuya función remitía a la protección. Recordé el efecto que me causó la primera vez que fui al circo de Roma y miré hacia lo alto. Algo de la amplitud de esa tela que protegía de la lluvia y de los rayos solares poseía el traje del sacerdote. Pero cuando escuché el tono cavernoso de su sortilegio, mi veneración perpleja se transformó en temor. Poco antes, otras siluetas fantasmagóricas habían sacado de los cestos, que llevaban en sus cabezas, algo que deduje eran frutas y flores. El hierofante sostenía, en cambio, espigas de trigo. Pasó a mi lado y me tocó la cara con una de ellas. Sacudido por la refulgencia que se desprendía de una de las teas, vi que él desgajó las espigas en varios cálices. Las mujeres que lo rodeaban mezclaron en una vasija lo que portaban en los canastos. Por último, mientras se iban pronunciando más responsos, el primer oficiante revolvió la bebida con un cucharón. Fui el primero en tomarla. La copa de plata tenía grabada una escena. Una mujer —acaso fuera Deméter— atravesaba un sembradío. Pensé en lo dicho por Elio Arístides y Herodes Ático. El secreto del brebaje eran las pequeñas excrecencias que se adherían a las espigas. Habían sido recogidas y tratadas, con sumo respeto y procurando que esto permaneciera en secreto, por muchas generaciones de sacerdotes. Tal había sido la decisión de Deméter cuando enseñó a Triptólemo, miles de años atrás, las minucias de su culto. Las excrecencias de los granos gozaban del origen de las criaturas prodigiosas. El orador de Esmirna me dijo que los rayos del cielo las engendraban en los campos. «Es la luz cósmica materializada en la tierra, Príncipe. El singular resurgir de la vida provocado por un mundo de frío, moho y putrefacción. Pero son solo esos hongos los que abren los ojos del espíritu para lanzarlo a la totalidad».

Antes de beber, dimos gracias a las potencias de la tierra y solicitamos permiso a Deméter para conocer su abismal secreto. El sonido de un tambor se esparció por el recinto y, tomado el zumo, un calor se me fue expandiendo por la cabeza. Después comencé a escuchar, con impresionante claridad, el fluir del viento. Me pregunté cómo podía darse eso si estábamos separados del afuera. A no ser que, por las fisuras de donde había visto salir las sombras humanas, entrara una brisa y ella dejara una huella rumorosa. Miré hacia las grietas, estiré el brazo y no sentí movimiento alguno del aire. Enseguida, con igual nitidez, escuché el cauce de un riachuelo. Y oí una voz que de nuevo cantaba y se hacía polifónica. Ella fue, por un instante, murmullo y, por otro, estridencia y, por otro más, grito.

Estaba invadido por esas sonoridades, cuando empezaron la náusea, el mareo, el sudor frío. Se fue extendiendo por mis extremidades una plúmbea impresión de fatiga. El cuerpo entero me pesaba. La respiración se me hizo lenta y me sentí sin fuerzas. Alguien se dio cuenta de lo que me estaba ocurriendo y me ofreció la mano para llevarme adonde había una estera. Al recostarme, empecé a temblar. Las manos del sacerdote me cubrieron con la piel de oveja y su voz me prodigó algo de sosiego. «Primero ha de ser el malestar para que luego surja la placidez», escuché. Quise dormir y me extendí. Pero, al cerrar los ojos, fue como si una piedra desmesurada se me instalara en el pecho. «Respira», me dijo la voz. «Respira profundo y tu agonía se irá aplacando», me aconsejaron. Las inspiraciones y exhalaciones fueron, poco a poco, desintegrando aquella laja que quería aplastarme. ¿Qué era?, me pregunté. ¿Una representación del imperio que gobernaba? ¿El agotamiento que, desde hacía unos días, me acompañaba para ponerles una delimitación a mis designios? Entonces, sin saber la respuesta, las grietas del muro más próximo atrajeron mi atención. Tramaban una abertura por donde yo cabía. Creí levantarme y caminar hacia ella. Alguien me hablaba. Al principio, su voz era un susurro, pero cuando se convirtió en un clamor estrepitoso caí en la hondura de la grieta.

¿Cuánto tiempo estuve en esa travesía? No sé decirlo, ni tampoco de qué dimensión fueron mis terrores. En todo caso, pasé por comarcas devastadas cuyas criaturas tenían el poder de confundirse. Cambiaban de forma con rapidez, aunque es verdad que conservaban algo que las emparentaba con una boca, un brazo, un vientre o un tórax. Ignoro si hablaron conmigo, o si yo dije alguna palabra para apaciguar su desgracia. Supuse que si echaba sobre ellos tres puñados de tierra podría darles el enterramiento que pedían. Eran seres que deambulaban en las tinieblas y cuyos cuerpos masacrados nunca habían tenido una honra fúnebre. No inquirí si ese humo, ese fango o ese fuego procedían de guerras o pestes u otras calamidades similares. Por un momento, al verificar la extensión sin límite de esos territorios sospeché que no saldría jamás de allí. La voz de antes, sin embargo, volvió a decir que primero debía sumergirme en la turbulencia para acceder luego a la transparencia.

Otro sonido fue emitido e hizo saltar en pedazos los reinos de espanto por donde transitaba. Algo se movió dentro de mí. Como si se hubieran presentado un estremecimiento del cuerpo y una expansión de la mente. Antes de suceder el traslado vertiginoso, merodeé territorios puros y hermosos. Aunque ¿qué era la pureza y qué la belleza? Ni lo dicho por Platón, ni por los discípulos de Pitágoras, ni siquiera la poesía declamada en los odeones del mundo, ni siquiera la música, que era la expresión suprema de todas las artes, podían rozar el núcleo verdadero de estas condiciones. La pureza y lo bello actuaban como estímulo en los hombres para lanzarlos a la búsqueda de lo indescifrable. Porque todo eso que procurábamos para definirnos y definir lo otro, a lo largo de tantas generaciones, no eran más que artimañas hechas para encantar a quienes leían, escuchaban o veían. Pero ahí estaban esas praderas sin fin forjadas con lo etéreo que permanecían como un espejismo. Yo no las caminaba ni las sobrevolaba. Quiero decir que no miraba esos sitios como si fueran paisajes. Porque sabía que en ellos no había que buscar significado alguno. Yo era tan solo una parte de esas llanuras de luz ajenas del todo a la noción de sentido. Y no me sentía magnánimo. Ni como hombre, ni como el designado por la providencia. La comprobación de ser una criatura de la naturaleza ni siquiera me cabía en la percepción. Y fue al pensar en la naturaleza, cuando comprendí que no estaba hecho de mi usual materia. La piel y los huesos, los tejidos y los líquidos no me concernían. Y, sin asomo de perplejidad, sucedió el desprendimiento.

Una fuerza descomunal me separó de mí. O tal vez me condujo a todo lo que yo había sido en la tierra. Al alga y al caracol que fui. Al pez y a la lagartija. A la serpiente y al pájaro. A la gacela y al simio. Y no me sentía atribulado por esas metamorfosis incesantes. Dejaba que ocurrieran porque cada vez era menos yo y más ellos y porque no era capaz de hacer nada para impedirlo. De pronto, ese yo mío se despedazó. Pasé así quizás miles de años o unos poquísimos instantes. Pero antes de fusionarme en la totalidad, un punto diminuto me atrajo. Lo circundaba una cantidad inmensurable de fulgores. Y a todos ellos los insuflaba una oscuridad inabarcable. Una voz, tal vez la que me había orientado hasta allí, dijo: «Mira donde has nacido y has muerto tantas veces». En ese punto, apenas distinguible, estaba la vida nutrida por la tierra, el agua, el aire y el fuego. Y la divinidad ubicua que la contenía. Y también los pueblos enlazados y repelidos una y otra vez por las contingencias del odio y el amor.

De pronto, la caída se produjo y abrí los ojos. Paulatinamente fui instalándome en la realidad que conocía. El alba entraba como un calmo raudal por entre los resquicios del templo. Los pájaros acudían a mis oídos con la bienaventuranza de su canto. Había regresado y me sentía feliz de poder hacerlo. No había muerto o si lo estuve poseía la fortuna de estar de nuevo en la tierra. Acompañada por una flauta, sonó una endecha. Es Orfeo, pensé. Y también soy bienvenido por él. Un gallo cantó varias veces en uno de los ranchos vecinos del Telesferión. Al salir del templo, tenía en la mirada más discernimiento, estaba más sereno y el corazón palpitaba con una mayor convicción. Todo aquello que presenciaba ya lo había presenciado antes, pero era como si me estuviera sucediendo por primera vez. Asistía a una comunicación plena con los seres y las cosas que me circundaban. Sobre la hoja de un arbusto vi una gota de rocío. La palpé con uno de mis dedos. Como las aves y los árboles, como una calle populosa de Atenas, como el olor de la mirra en Esmirna o una estatua en Roma presidiendo un templo, esa gota era única y crucial. Miré hacia arriba y el pecho se me dilató. Y un verso, leído no sé cuándo ni dónde, modeló mi boca: «La gratitud es el mismo cielo».

# La efímera tregua

¿He conocido la paz? ¿Mi mandato ha podido respirar esa condición anhelada? Más todavía, ¿la humanidad, para avanzar en su historia, debe buscar una paz universal o, al contrario, la guerra es necesaria para que sus pueblos logren lo que necesitan? Iba tratando de responder a esas preguntas mientras nos aproximábamos a Roma por la vía Apia. Me era inevitable, sin duda, evocar a Livio Tertulo. Con él había tenido una larga conversación al respecto y al lugar que ocupa Roma en esta confluencia permanente de guerra y paz que la ha movido siempre. En aras de nuestra vieja amistad, y debido a su enfermedad, terminé aceptando la invitación a visitarlo. Y lo hice antes de volver a las provincias del norte.

El trayecto de Atenas a Brindisi había sido temerario. Una tempestad repentina zarandeó las embarcaciones como si ellas fueran frágiles briznas. La nuestra, donde veníamos Cómodo y yo, fue arrojada hacia los acantilados. Los truenos arremetían llenando el mundo de pavor. Pero, gracias a la destreza de los nautas y al esfuerzo de los remeros, no hubo ninguna tragedia. Mi hijo vomitaba y lloraba y yo lo protegía con mis brazos, creyendo ambos que íbamos a perecer. Superado el incidente, aprobé la decisión de que se acuñasen monedas para agradecer la protección de Neptuno.

Observaba la imagen del dios de los mares en una de las monedas, con su tridente en las manos, cuando volví a pensar en la paz. Entre tanto la vía Apia se llenaba de carruajes y transeúntes. Hice un balance de lo que había durado la paz en estos casi veinte años que llevo dirigiendo el imperio. Tan solo dos de ellos, concluí, fueron ajenos a la guerra. Los pocos meses que hubo luego del triunfo de la expedición a Partia, comandada por Lucio Vero. Los otros que continuaron a la usurpación de Avidio Casio. Los días de vacaciones en un balneario de Etruria donde me paseé por las playas sintiendo el bienestar mío y el de mi familia. Breve tiempo al que habría que agregar los días que pasé junto a Desideria.

Tras ocho años de ausencia regresaba a Roma. Las gentes en la vía mostraban en sus rostros las premuras de sus tareas diarias. Uno que otro perro, saliendo de su casa de campo, ladraba a los caballos y a las ruedas de los carros. Cómodo los azuzaba aún más moviéndoles en el aire el estuche de su espada. Yo percibía en el viento de la tarde una fragancia vegetal ansiosa de fecundación. Lo cual me hacía pensar que no era el otoño lo que encontrábamos en Roma, sino una extraviada primavera. Por momentos, se infiltraba el olor de la leña quemada y una impresión de comodidad me envolvía. Pero sabía que me esperaba un pesado trajín de gestiones administrativas y de homenajes porque, más que antes, mi figura representaba la grandeza del Estado. Había vencido no solo a los germanos y a los sármatas, sino que, ante la usurpación de Casio, pude mantener el equilibrio del imperio. Era indispensable promover el bien común en esa suerte de ciudadela que gobernaba. Ahora que residiría de nuevo en la capital, había que mantener la serenidad. Demostrar, en cada acto, una voluntad de discreción y no caer en la actitud del arrogante. De este modo, Roma aspiraría de mejor manera a esa armonía colectiva fundada en la paz y la prosperidad que yo pretendía.

La proximidad de la urbe se percibía por la agitación de las gentes a lo largo de la vía y por los monumentos fúnebres que se levantaban a su lado. La carretera se había construido, siglos atrás, para comunicar a Roma con el puerto de Brindisi y, en este sentido, garantizar un mejor vínculo con los pueblos de Italia. Pero desde que la ciudad comenzó a definirse a partir de sus prolongaciones lejanas, se fueron edificando aquellos inmensos nichos de la muerte. Indicando con ello que cada paso dado por la Roma de los vivos se daba sin jamás olvidar la de los muertos. Los carros de la comitiva imperial iban deslizándose sobre la superficie pavimentada de la vía y era tan grato como increíble no padecer los sobresaltos ocasionados por las piedras. No había otro indicio más infalible de la proximidad de Roma. Aquí y allá altísimos pinos susurraban con sus ramajes la mejor letanía a esos hombres y mujeres que tanto habían hecho por el bienestar de la república y el imperio. Atardecía cuando di la orden de detenernos para visitar el mausoleo de Séneca.

Vestido con una toga blanca descendí del carruaje. La portaba desde nuestra llegada a Brindisi. Atrás había quedado el pesado uniforme militar. Manifestaba, con la prenda civil, que me correspondía ahora mantener encendida la llama de la paz. Y no solo la vestía yo, sino todos los que me acompañaban. Por tal razón, sentía respeto por la memoria de Séneca. Él y Burro, desde sus puestos senatoriales, administraron el imperio dejando que el adolescente Nerón se dedicara a sus caprichos que estaban aún lejos de la extravagancia y el crimen. La pretensión de Séneca, al ser guía del futuro príncipe, apuntaba a una dirección plausible: educar en la filosofía al mayor dirigente del imperio. El obstáculo mayor fue la personalidad de Nerón. Este se creyó un artista elegido por los dioses que podía pasar por encima de las leyes que rigen una sociedad. Cuando Séneca constató que su discípulo se había descarriado era demasiado tarde. Decidió, entre abrumado y avergonzado, retirarse de la política y vivir en el solaz que le prodigaban su enorme fortuna y el estoicismo.

Con todo, a pesar de sus cartas a Lucilio y sus consolaciones, que he leído siempre con admiración, Séneca cargó sobre sus espaldas el peso de la complicidad en el matricidio cometido por Nerón. El filósofo justificó esa muerte ante el senado y esto oscureció su imagen. Más tarde, en una red de conspiraciones que se hicieron en contra del César, Séneca recibió la orden de suicidarse. Murió en medio de una prolongada agonía. Se abrió las venas de sus extremidades y su propia sangre derramada no lo mató. Entonces acudió a la cicuta y luego a la asfixia provocada por un baño caliente que él, sabiéndose asmático, solicitó.

Rodeé el monumento fúnebre. Cómodo prefirió quedarse en el carruaje jugando a los dados. La tumba era sencilla. Debajo del nombre había sido tallada en mármol la imagen del escritor con un punzón y unas tablillas. La barba desgreñada y las facciones abotagadas del rostro pronunciaban la vejez. Séneca leía algo ante un pequeño grupo de personas que lo escuchaban. Hice una reverencia y entré. Al lado del sarcófago, varias hachas estaban encendidas. El filósofo ya no existía, me dije, pero su palabra todavía perduraba entre nosotros.

Entramos a la ciudad casi de noche. Las calles se veían atareadas y, a pesar de la orden de darnos paso, avanzábamos con lentitud. Los soldados separaban a los transeúntes que se aglomeraban en las esquinas. Cómodo, asomado por la ventana, describía con bromas el gentío que iba viendo. Estábamos contentos de poder vivir de nuevo un crepúsculo bullicioso de Roma. Bordeamos el Circo Máximo y, en sus alrededores, vimos a las prostitutas, en su mayoría de origen sirio, semidesnudas y tocadas con gorros de colores. Unas, vitoreándonos, se inclinaban ante nuestras literas. Otras nos lanzaban pétalos de flores. Con la mano yo iba agradeciendo aquí y allá. Pero con los gestos de aquel recibimiento popular, nos llegaban también los olores nauseabundos. La acumulación de las basuras en las esquinas, las heces de los animales y las aguas puercas de los retretes que se arrojaban desde las ventanas y las puertas se mezclaban hasta tal punto que nos obligaban a taparnos la nariz. Cómodo me miró y, en algún momento, con un gesto sonriente, me dijo: «Padre, bienvenido a Roma».

Roma era, sin duda, la cochambre de sus callejas y el estropicio de sus ínsulas. La oferta y la demanda de las tiendas y los mercados. Los gritos de placer y dolor dados por quienes pedían ser depilados, desde el ano hasta los sobacos, en los baños públicos. Y las voces de quienes, en los foros, enaltecían la opulencia del imperio o, al contrario, fustigaban su depravación. Sabía que Roma no podía ser ella misma si no se hundía cada jornada en el clamor. Y que ella alcanzaba la apoteosis de su esencia en las ovaciones del circo y las carreras de caballos. Pero, en medio de este frenesí permanente, no faltaba quien ansiase el sosiego. ¿Cuántas veces yo mismo no había refunfuñado contra la barahúnda de la urbe? En el inicio de las mañanas cuando las gentes de los tribunales que yo presidía se desbordaban en gritos y vociferaciones. O cuando el tránsito nocturno de los coches y las literas se incrementaba hasta tal punto que la comitiva del príncipe también debía detenerse. Y no me cabía duda de que, así estuviera de acuerdo con Séneca frente al silencio interior buscado por el sabio, era también necesario acompañarse de los tapones de cera para los oídos y evitar así el canto atronador de las sirenas.

Al instalarme en el Palatino, me sentí otra vez incómodo. Como las ventanas estaban cerradas ordené que se abrieran para que la luz buscara las paredes, los muebles y los objetos. Ante la ampulosidad reinante, dispuse que los servicios y las atenciones fuesen sobrios y que ningún motivo justificara el despilfarro. Estaba cansado por el viaje y desde hacía unos días me acometían frecuentes incomodidades estomacales. Mandé entonces a llamar a Galeno. El médico se había radicado en la ciudad y no existía otra persona mejor calificada para que estuviese al tanto de mi salud y la de mi hijo. Yo debía asegurar, en esta dirección y con la mayor rapidez posible, la sucesión de Cómodo. Hice lo indispensable para que el senado aceptara su nombramiento como cónsul. Frente a la condición de su edad —mi hijo habría de ser el cónsul más joven en la historia de Roma—, los magistrados no tuvieron objeción alguna. Aproveché, por último, en la celebración del triunfo que querían hacerme por las victorias de las guerras, para acompañarme de mi hijo. Y fue allí, delante de los romanos reunidos en el circo, cuando lo designé como próximo César.

Estaba, asimismo, el asunto de los matrimonios de mis hijos. Aurelia Sabina y el mismo Cómodo, los menores, debían comprometerse y para ello busqué las alianzas más beneficiosas. Mi hijo se casó con Brutia Crispina, descendiente del acaudalado Cayo Presente. A Aurelia, que aún era niña, la comprometí con Antistio Burro, un senador de origen africano. Algo que me conmovió hasta la alegría fue ver al hijo que Lucila había tenido de Claudio Pompeyano. Era un bebé de cabellos rubios y ojos azules cuyos destellos me recordaron a Annio, mi hijo. No fue una sorpresa cuando, a los pocos días de mi llegada, recibí la petición de Fabia. Había sido mi primera prometida en los días en que Adriano me adoptó. Era la hija de Ceyonio y la hermana de Lucio Vero y una de las matronas más honorables de Roma. Poseía riqueza y prestigio. Ella pensaba, como muchos de quienes la rodeaban, que lo más indicado era establecer un matrimonio entre los dos. Calculé varios días la propuesta. Sentía afecto por esta mujer que había estado destinada a ser mi esposa hasta que la voluntad de Antonino Pío me comprometió con Faustina. Fabia conservaba la belleza de su juventud en el rostro, era una inteligente conversadora y tenía un don del humor cotidiano del cual estaban excluidos el tedio y la tristeza. Pero yo no la amaba y me resultaba engorroso ponerla al frente de las responsabilidades que tenía con mis hijos. Su presencia, además, podía entorpecer la sucesión de Cómodo porque yo sabía de las pretensiones políticas de uno de sus hijos. En realidad, no estaba interesado en aumentar mi patrimonio económico. Creía que lo mío no me pertenecía del todo, sino que era propiedad del senado y del pueblo romano.

El día en que ofrecí las ocho monedas, por mis ocho años de ausencia, a cada ciudadano y perdoné las deudas públicas debidas al Estado, pronuncié un discurso para ponderar al pueblo. Ese mismo día también envié el mensaje a Fabia. En términos afectuosos, y sin preámbulos, rechacé su ofrecimiento. Incluso, buscando apaciguar su decepción, le informé que su hijo, Plauto Quintilio, sería nombrado cónsul junto a Cómodo. Era una muestra de la confianza que me suscitaba su familia en los asuntos de mi administración. Pero también le expresé mi deseo de que la sucesión cayera en Cómodo. Fabia guardó un silencio quizás más penoso para ella que para mí. El pueblo, por su parte, me ovacionó una vez más. Les parecía un César generoso con los humildes y desfavorecidos. Ahora que estaba lejos de las conmociones de la vida militar y cerca de las necesidades de la gente, entendía que debía ocuparme de lo fundamental. En primer lugar, a Roma y a los pueblos de Italia había que proveerlos con la alimentación exigida. El trigo que venía de Egipto, las olivas y el aceite de África e Hispania, la pimienta, el comino y la canela de la India, los higos de Siria y las ciruelas de Damasco se debían transportar con la rapidez exigida desde los puertos lejanos hasta Ostia.

Había que mejorar, igualmente, las redes de aprovisionamiento para evitar cualquier hambruna. A las vías que llegaban a la ciudad se les dio un mantenimiento especial. Ciertos tramos de la vía Apia estaban mal cuidados. Resultaba esencial, además, que las instituciones tuvieran una relación armónica con los transportadores y los comerciantes. Siendo de importancia básica el suministro del agua, decreté que los acueductos fuesen revisados. Ellos, desde el mandato de Trajano, no se habían restaurado. Uno de los problemas más espinosos era el de los transportadores marinos. Sus actividades pecuniarias no dependían del Estado y se tornaban cada vez más caprichosas y tendientes a la corrupción. Intenté por todos los medios del respeto, amparado por algunos edictos que habíamos elaborado con Lucio Vero, que cumpliesen con sus obligaciones y lo hicieran por el servicio a Roma y no por el elevadísimo precio que solicitaban. De hecho, algunos de estos magnates de la navegación prometían un buen transporte siempre y cuando se les perdonaran las cargas públicas que debían pagar. Pero con estos últimos decidí ser firme e infranqueable.

Los sectores más populosos de la ciudad corrían graves riesgos por la proliferación de los incendios. Una casa ardía y, similar a la epidemia, las llamas no demoraban en devorar el vecindario. Las medidas de seguridad se incrementaron y se adiestró a los funcionarios de la prefectura que vigilaban para que atendieran a los afectados. Se trataba de una labor de educación entre un tipo de habitante que, como los transportadores marinos, solo buscaba su beneficio propio. Esto ocurría, sobre todo, en lo que tenía que ver con las construcciones más precarias. Los materiales eran deleznables por lo que las viviendas de cuatro o más pisos, levantadas en medio de una improvisación torpe, se venían abajo. El problema era verificar, por un lado, el lamentable estado de esas construcciones para repararlas. Y, por el otro, dar con el paradero de propietarios ávidos que, por ganar el dinero de los urgidos, los metían en cualquier cubil sin pensar en su seguridad.

Aproveché para fortalecer, siguiendo el ejemplo de los príncipes que me han precedido, la asistencia pública. Ella alcanzó, bajo mi supervisión, una altura no lograda antes en Roma. Aumenté las cajas de socorro para que se ocuparan de la juventud descarriada y desprotegida. A los más débiles, socialmente hablando, traté de ampararlos. Establecí, incluso, un fondo para los entierros de los ciudadanos más pobres. Y, consciente de que los deberes del Estado hacia la sociedad civil debían incrementarse, ordené que los padres hiciesen un registro civil del nacimiento de sus hijos.

Fue por esos días en que trataba de resolver los apremios del pueblo romano cuando cité a uno de los administradores de Faustina. Era un liberto de origen griego, de voz ronca y afable. Me informó sobre lo concerniente a las propiedades de mi esposa. Fue exacto en la explicación de las obligaciones cumplidas por las Faustinianas en los ritos matrimoniales. Le pedí, a propósito, que organizara un homenaje a la memoria de mi esposa tanto en el senado como en el templo donde se erigiera su estatua y que las sacerdotisas fueran quienes comandaran el evento. Era fundamental que se realizara esta ceremonia para que mi familia sintiese que se clausuraba el círculo fúnebre que Faustina merecía. El hombre iba a retirarse, pero le pedí que cenáramos juntos. Como yo, él se alimentaba con frugalidad. Comimos unas lechugas aderezadas con aceite de oliva, pedazos de atún coronados con hojas de ruda y una copa de vino caliente que acompañamos con pan. Nos recostamos luego en los triclinios y hablamos sobre su familia y las propiedades que poseía en el Viminal, sector de la ciudad donde estaban establecidos los inmigrantes griegos. En algún momento, hablando en su lengua y mirándolo a los ojos, le pregunté por su hija.

Desideria, así se llamaba, poseía ese encanto femenino que, a lo largo de mi vida y en muy pocas ocasiones, ha sabido estimular mi imaginación. La vez en que volví a verla fue entre la nueva servidumbre del palacio que se me presentó. Antes había formado parte de las criadas que sirvieron a Faustina y a mis hijas mayores. Después le otorgaron la manumisión al padre y a la hija. Y ambos, por supuesto, siguieron prestando sus servicios a mi esposa. Por su comportamiento sin tacha, el primero fue ascendiendo hasta convertirse en uno de sus mayordomos de mayor confiabilidad. En esos días me gustaba ver el caminar y el porte de Desideria. Su mirada, gris y enigmática, al cruzarse con la mía me provocaba una ligera inquietud. Su voz, con el acento de la lengua griega involucrado en el latín, me era grata. Pero por aquel tiempo ella era una adolescente y su figura sigilosa no lograba aún conmoverme.

El padre de Desideria se sintió sorprendido frente a mi solicitud. Me atreví a contarle que había rechazado la oferta de Fabia. No quería casarme de nuevo, dije. Más bien, como lo había hecho mi padre, Antonino Pío, deseaba tener una concubina. Si él lo aceptaba, su hija podría serlo. Para mi sorpresa, el hombre no se sonrojó, ni su voz se quebró. Miré las manos huesudas y lampiñas y tampoco expresaron emoción alguna. Dijo que era un gran honor para él y los suyos que yo considerara a Desideria. «Si ella te acepta, príncipe, vendrá cuando lo requieras». Incliné la cabeza para afirmar y agradecí su compañía.

Empecé entonces a sentirme envuelto en una inquietud continua. Era el temor hacia una parte del amor que desconocía. Yo era el César y esta circunstancia me ha otorgado los máximos dones. Desde el de ser un intermediario entre los dioses y los hombres hasta el de decidir quién podría acostarse conmigo. Pero no ignoraba que también era un hombre viejo y con achaques físicos insoslayables. Desideria, por contra, era una liberta y gozaba todavía del don de la juventud. En todo caso, la temeridad me embargaba. No se trataba de la presunción del que se sabe capaz de enfrentarlo todo. Era algo semejante a la emoción de quien está al pie de un barranco y desea saltarlo sin saber muy bien de su éxito o fracaso. Ni siquiera al tener los bríos de la adolescencia y la primera juventud me había sentido así. Recordaba aquellos momentos en que vi a esa mujer desnuda cantar en el baño. Cerraba los ojos y evocaba a Benedicta, la muchacha a la que había deseado con pasión, pero a quien no toqué. Y me llegaban, a ramalazos, los anhelos de un cuerpo que, en varias épocas, me hicieron sentir apasionado hasta la enajenación y que, gracias a mi voluntad, pude sortear.

Al iniciar nuestra convivencia, Desideria había franqueado la edad adulta. No tenía hijos ni compromisos amorosos con nadie. Era instruida y cordial, como su padre, y cumplía, con una seguridad sobria y tranquila, los deberes domésticos. Cuando estuvo a mi lado, se ocupó de mi alimentación, del baño y de mi atavío. Velaba por que los medicamentos estuviesen a la hora y en el sitio indicado. Le pedí que, frente a mis hijos, tomara una distancia prudente. Desideria era una mujer de pocas palabras. No se trataba, por supuesto, de timidez o de vacilación alguna. Porque al hablar sobre los asuntos que me preocupaban —los procesos judiciales llevados a diario, el crecimiento vertiginoso de la secta cristiana, la situación que atravesaban los esclavos— su voz era firme y atinada la manera en que transmitía su pensamiento. El criterio de Catón, el viejo, de que la mujer era un ser ligero y voluble, sin fundamento y apto para el disparate, en Desideria se caía de inmediato.

Tenía las cejas unidas en el entrecejo. Sus ojos eran grandes y almendrados y gustaba ornar sus pestañas con un leve hollín. Al detenerme en ellos, yo recordaba a la primera cierva que había visto en uno de los bosques de la puericia, y me sentía más atraído y mi anhelo se volvía aún más apremiante. El cuerpo de Desideria era lo que más me enardecía. Su vientre y los muslos estaban hechos de redondeces tersas. Mis manos acariciaban su pubis minuciosamente depilado e iban a las nalgas que, con apenas rozarlas, me provocaban estornudos imparables. Yo lo hacía, al principio, un poco abochornado. Después ambos sabíamos que mis estornudos eran un preámbulo del gozo y terminábamos por reírnos cuando sucedían. Y es que cohabitar con Desideria fue como la necesidad de tomar agua porque yo, en realidad, estaba sediento. Y lo más sorprendente, teniendo en cuenta mi edad y mis achaques, fue que pude saciar esa sed.

Ella mantenía su cabello lacio cogido durante las labores cotidianas. Pero cuando buscábamos el lecho, se lo soltaba y permitía que se extendiera, como si fuera un manto negro por sus espaldas o sesgara el dominio de los senos. Estos eran dueños de una consistencia sólida y estaban coronados por areolas del color de las fresas. Cuántas veces los besé como si en ellos calmara una avidez que guardaba desde mi temprana juventud. Con Desideria, he de confesarlo, di rienda suelta a mi ansia de un cuerpo no para fecundarlo, a la manera de un poderoso padre de familia, sino simplemente para degustarlo.

Sería presumido afirmar que Desideria tuvo satisfacciones de la misma índole que las mías. Entre una mujer y un hombre, ya lo decía Tiresias —que fue lo uno y lo otro—, hay diferencias abismales. Ellas ahondan en el placer con mayor complejidad que nosotros. Van y vienen de tal modo por los recodos del éxtasis que, si no fuera por el rápido ritmo que identifica a sus amantes, vivirían extraviadas en él. Entre Desideria y yo se levantaba, sin embargo, una comunicación en la que nos sentíamos colmados. Para realizarla no había mayores fórmulas. Eran encuentros que se desarrollaban con soltura. Ella hacía todo lo que le pedía desde un principio. Pero es verdad que, ofrecida mi confianza, su capacidad de entrega se hizo más espontánea. Su rostro en los instantes supremos del amor se tornaba, a la vez, desgarrado y plácido. A mí me gustaba escuchar aquellos gemidos que acompasaban nuestras noches. Me atrevo a creer que se sentía plena al sentarse sobre mí. Entonces, luego de que ella cabalgara para llegar a sus últimos estremecimientos, dejábamos de ser el príncipe y la liberta para convertirnos en un deleite distante de cualquier pesada contingencia.

Una noche, cuando habíamos terminado de comer, me dio un fuerte dolor en el abdomen. Había tomado un baño y luego tuve un episodio de diarrea. Desideria, alarmada, mandó llamar a Demetrio, mi médico de cabecera. Él prescribió que comiera un puré de gachas y aconsejó reposo. Como no hubo mejoría, solicité a Galeno. Este último escuchó las conclusiones de Demetrio, quien había vaticinado que mi fiebre podía ser el inicio de una enfermedad peligrosa. Galeno me tomó el pulso y preguntó qué había comido en las horas anteriores. Le conté de la dosis de áloe amargo tomada en la hora primera y de la triaca en la hora sexta. Agregué que había consumido mariscos y que las heces eran de una coloración parecida a la bilis. Galeno observó mi lengua, palpó el vientre, vio de cerca la letrina y diagnosticó que lo mío no era fiebre, sino un simple daño de estómago. Demetrio manifestó su sorpresa. La recomendación de Galeno fue que tomara una copa de vino de Sabina espolvoreada con pimienta. Pero antes precisó que debía aplicar en el recto un parche de lana untada con nardos hervidos. El beneficio fue rápido y, al otro día, volví a mis labores administrativas. Cuando vio mi restablecimiento, Galeno dijo, con un respeto no exento de malicia, que no solo debía cuidar mis dietas. Miró con simpatía a Desideria, que también estaba atenta a sus palabras. «Ya sabes, príncipe, que uno de mis consejos, distanciándome un poco de la filosofía que practicas, es que los seres humanos no deben abstenerse del placer y solo pensar en el sagrado deber de la procreación». Con Desideria no pudimos evitar una sonrisa de complicidad. Una parte importante de aquellos meses la dediqué a presidir los tribunales. Frecuentaba así la faceta más singular de un pueblo. Apreciar su condición a través del ir y venir por el castigo y el perdón. Sé que la justicia, en sí misma, es una red de leyes formuladas por abogados a través de muchísimas generaciones. Pero como es una elaboración dirigida a la comunidad, se vuelve lo más real de cada día. Si no fuera por ella seríamos un rebaño resentido y desordenado, obediente solo a las turbias fuerzas del instinto. Gracias a los mejores jurisconsultos, he entendido que la justicia es la máxima virtud y el gran bien que poseemos. El derecho, que con Roma ha alcanzado su mayor madurez, no debe estar anclado en un rigor excesivo frente a las faltas cometidas hacia el orden social, sino en la benevolencia. Soliviantar las condenas. Reducir la implacabilidad de la punición. Optar por la indulgencia. Esto no significa separar la justicia de quienes han cometido el mal con ensañamiento. Los hombres, en general, pecan no por maldad, sino por ignorancia. Por ello, hay que amainar el furor de los debates y expulsar, a como dé lugar, la animadversión. Estoy convencido de que hacer justicia es otorgarle al mundo una estabilidad que, por la acción de los hombres mismos, está siempre pronta a desbaratarse. El problema es saber, sin embargo, cuándo el alma de estos se ha imbricado temporal o definitivamente con el mal. Para resolverlo, el estoicismo, sobre todo en su dominio ético, actúa como un guía para que el juez sepa discernir entre lo justo y lo injusto. Hubo un caso que llamó mucho la atención de la justicia romana. Desideria, impresionada, estuvo al tanto del avance del proceso. El magistrado encargado fue Tulio Escápula. Se trataba de una probable demencia que llevó a Elio Prisco a asesinar a su madre. La pregunta que nos hicimos era: ¿cómo castigar a un hombre cuya locura ya era de por sí un castigo? Un crimen de esa magnitud tenía, en todo caso, que juzgarse con rigor. Pero ¿cómo sancionar a un loco? La justicia debe obrar, en principio, sobre quienes conservan la razón. A los dementes hay que encerrarlos o cuidarlos para que no atenten contra la seguridad colectiva. No se sabía muy bien si Prisco había matado a su madre en uso de la razón. Escápula, aunque tenía sospechas de su enajenación, vacilaba cómo actuar. Le aconsejé que a Prisco debía vigilárselo y si había evidencia de sus períodos de lucidez, la solución era castigarlo. Escápula verificó que Prisco estaba viviendo en la casa de uno de sus amigos y en la suya propia y en ambas recibía tratamiento médico. Recomendé que se hiciera una averiguación exhaustiva entre quienes lo estaban cuidando en el momento en que cometió la agresión. Ya que, si estos habían impedido que el asesino no se hiciera daño a sí mismo, cómo pudieron permitir que matara a quien lo engendró. Desideria se desvelaba escuchándome los pormenores del caso. A veces, suponía que Prisco era el ser más desalmado del mundo. En otras, se condolía de su situación y oraba a los dioses para que le expulsaran su maldad.

Mientras tanto, entre la dudosa demencia de Prisco y lo ocurrido con Julio Donato, llegaban a Roma noticias desde las fronteras del norte. Eran acometidas de bandas de facinerosos que amedrentaban algunas poblaciones de Mesia y de Dalmacia. A la primera de estas provincias, envié a Valerio Maximiano para que las ahuyentara con sus tropas, diestras en combatir escaramuzas. Y Didio Juliano también las detuvo en Dalmacia. Los ataques no lograban, empero, alarmar la tregua que yo vivía en Roma. Confiaba en mis generales y, después de atender los tribunales de la justicia, disfrutaba la presencia de Desideria.

Como en el caso de Prisco, mi concubina también se indignó con el de Julio Donato. Desideria sentía una simpatía especial por todo ese conglomerado humano que no podía acceder a la libertad ya que, a su alrededor, se levantaba un impositivo laberinto de leyes que lo impedían. Y Donato era un hombre rico que, en el camino a su casa de campo, había sido despojado de sus pertenencias. Gravemente herido, pudo llegar a su propiedad, pero no recibió la ayuda de sus esclavos. Sabiendo que iba a morir, al día siguiente escribió su testamento pidiendo que se les imputara una pena ejemplar por su negligencia. Hubo un cierto revuelo en el tribunal y se evocó una historia en el gobierno de Nerón. En ese entonces un gran señor había sido asesinado por dos de sus esclavos. La tradición de la justicia ordenaba que, en coyunturas así, todos los esclavos de la casa debían ser ejecutados. El senado determinó que era necesario dar ejemplo y fortalecer la seguridad pública. La población, al enterarse del veredicto y rodeando la casa del patrón el día de la ejecución, protestó por la crueldad de la sentencia. Centenares de personas gritaban y levantaban sus manos en señal de desaprobación ante un senado injusto. Como el descontento amenazaba con desbordarse, el prefecto de Roma envió a los soldados quienes, haciendo una fila protectora, sacaron a los esclavos y los condujeron al patíbulo.

Desde que tengo conciencia, me he opuesto a cualquier ley que reduzca los derechos de los esclavos. No he sido el primer regente en hacerlo. Las medidas para suavizar su condición vienen dándose desde Nerva. Los jurisconsultos de Trajano, Adriano y Antonino legislaron en este rumbo. Pero yo sabía que, en lo relacionado con la esclavitud, recorría un terreno espinoso. Los romanos del consejo imperial, y sobre todo aquellos que me han acompañado en las decisiones del derecho, no hemos estado de acuerdo con las ideas de Aristóteles que toman a los esclavos como instrumentos animados. En la dirección planteada por Séneca, ellos nos parecen seres humanos dueños de una condición material más humilde. Y como todos los hombres tienen a los dioses como padres, hemos creído que todos somos esclavos ante los avatares de la Fortuna. Entre un esclavo y su señor existe, sin embargo, un contrato de índole moral. Es necesario que uno le sirva al otro, jamás un amo puede constreñirle a un esclavo su fuero interior. Por lo tanto, he intentado mitigar las monstruosidades que han rodeado la esclavitud. Bajo mi mandato se ha regulado el asunto de los castigos corporales. Ahora matar a un esclavo es un crimen y un delito tratarlo con crueldad. Y sus casos deben ser juzgados en los tribunales como se juzga a cualquier miembro de la ciudad. Un miembro que recibe un peculio, que posee una familia y de la cual no puede ser separado injustamente por sus amos. Apoyado en estas formas de asumir la esclavitud, anulé en el testamento de Donato la condena a sus esclavos y sus vidas fueron respetadas. Escuchando a los testigos se constató, además, que Donato había muerto por las heridas cometidas en el atraco. Y si los esclavos no intervinieron para proteger a su amo fue porque era tarde en la noche y hubo una confusión general en la villa por el miedo a que fueran atacados por los mismos maleantes.

Fue también a través de Desideria como supe del vínculo de varios de nuestros esclavos con la secta de los cristianos. Esta nueva superstición crecía con una velocidad impresionante en el imperio. Yo tenía conocimiento de varias apologías de la secta escritas en griego. Una de Justino, el predicador que había sido condenado a muerte por Rústico. Otra de un antiguo platónico, Atenágoras, que residía en Atenas y que me fue entregada cuando me detuve en esa ciudad. Y otra más, de un tal Melitón, en la cual me pedía clemencia hacia los cristianos puesto que estos, siendo hombres de paz, eran atacados por ediles perversos. Recuerdo que Melitón decía, como si fuera uno de esos profetas judíos que guían sus creencias, que Roma algún día se volvería cristiana. Habiendo nacido y crecido juntos, el imperio y el cristianismo culminarían, según él, en un abrazo de reconciliación. Como si el primero fuera el molde y el segundo su coagulado contenido. Esas interpretaciones, más o menos delirantes, llevaban a los cristianos a creer que nuestras leyes favorecerían su culto porque Jesús, su máximo profeta, había nacido bajo el gobierno de Augusto. Pensaban, la mayoría de estos apologistas, que el Estado romano, al destruir el templo de Jerusalén, señalaba a los cristianos y no a los judíos como los verdaderos herederos de la religión romana. Sobre este culto corrían, por lo demás, toda clase de rumores. Unos nefastos, por lo que practicaban en sus asambleas. Otros benevolentes debido a la ayuda que destinaban a los más pobres. Como Desideria era amiga de algunos de aquellos esclavos, se me hicieron más próximos y pude desalojar de mis reflexiones algunos prejuicios. Lo cual no me exime concluir que, igual a la peste y a las invasiones bárbaras, si no controlamos la propagación de esta secta, no tardará en atentar contra la perdurabilidad de Roma.

Durante las fiestas Saturnales de ese año, en su último día, se celebró el triunfo en el que por primera vez apareció Cómodo a mi lado. Lo acompañé en el carro durante la ceremonia en el circo. Y lo hice para satisfacer a los espectadores que reclamaban mi presencia. Al ser nombrado cónsul, él ya había recibido la potestad tribunicia. De tal manera que el camino al poder ya estaba despejado. Se acuñaron monedas en nuestro honor y el senado votó para que se levantara una gran columna de mármol que festejara mis victorias en las guerras contra los germanos. En medio de las festividades se condecoró a Baseo Rufo y a Poncio Leliano, que estaban prontos a terminar sus servicios militares. Y fueron honrados los valientes Pertinax y Maximiano.

La ciudad tenía suficientes motivos para excederse en la fiesta y los espectáculos. Se bebió y comió descomedidamente. Luego del homenaje a Saturno se realizó, en el foro, el banquete imperial y se elevaron las respetivas libaciones a los dioses. La luz del sol era escasa y agónica. Pero nos reuníamos para celebrar el advenimiento de un nuevo resplandor. Era la ocasión para que entre todos se regalaran una y otra cosa y fortalecer los lazos de la sociabilidad. Las casas se adornaron con plantas y telas coloridas y en sus aposentos se prendieron velas. El frío era extremo, pero las gentes hallaban en la posibilidad de trastocar las normas sociales —el hombre se disfrazaba de mujer y esta de hombre; el rico se volvía mendigo y al mendigo se le otorgaba una fugaz opulencia— un tipo de calor que las hacía sentirse si no felices, al menos poseedoras de una exaltación que las alejaba por unas cuantas horas de sus infortunios cotidianos. Las orgías, en esas fiestas, eran frecuentes y solo se multaban aquellas que pudiesen turbar el orden público.

Cómodo se veía feliz. Si por él fuera, eso nos dijo a Lucila y a mí, viviría en medio de saturnales inacabables. No vaciló, por otro lado, en mostrar su inclinación a los combates en el circo y proclamar, expresión de un muchacho fogoso, que su sueño era no solo ser César, sino combatir en las arenas como un gladiador sagrado. Y mientras mi heredero seguía el desarrollo de los combates sucedidos debajo de nuestro palco, yo trataba de separarme de esa sangre derramada para el beneficio de una multitud que iba ebria de violencia a estas faenas. Desdeñoso, me dedicaba a firmar documentos y cuando me preguntaban si tal luchador merecía la libertad por haber ultimado a su contrincante, mi opinión era que proezas así no merecían ningún premio a excepción de los gritos y los aplausos de la multitud.

Esas fueron las últimas fiestas romanas a las que asistí. Con Desideria, veíamos la ciudad en las noches, iluminadas sus fiestas por innumerables antorchas. Nosotros hacíamos también nuestra ceremonia e íbamos al lecho para que nuestros cuerpos se abrazaran. Ahora que miro este catre en donde duermo, en medio de las filas interminables de las tiendas militares, se me viene a la memoria algún gesto de Desideria. La forma, por ejemplo, en que iba descendiendo de su delectación hasta quedar agotada sobre mi pecho. O cuando me dedicaba a acariciar sus piernas suaves. O cuando hablábamos de nuestras infancias a modo de susurro. Y estimo que todo eso que pasó con ella fue prodigioso. No duró mucho, apenas unos meses. Pero fue suficiente para que yo vacilara si debía regresar a estos parajes a continuar la guerra. En ocasiones pienso que debería mandar por Desideria. Ordenar que la traigan para que se quede conmigo hasta el día de mi muerte. Que me acompañe en este invierno, que es una extensa lamentación de nieve y silencio. Que vuelva a abarcar mi mirada la belleza tibia de su desnudez. Pero hacerlo sería ir en contra de mi destino y del deber que tengo que asumir como ciudadano romano.

# Cristianos

Ya es hora de hablar sobre ellos. Desde hace años se han vuelto engorrosos para la administración romana. No estamos en la época de Trajano cuando Plinio, su gobernador en Bitinia y el Ponto, seguía las recomendaciones tolerantes del César y suponía que el contagio de esta superstición podía detenerse. Ahora, casi ochenta años después, algunos la ven como un peligro real para la permanencia del imperio. Ante el flagelo de la peste, que no ha cesado y se continúa a lo largo de las provincias, y la negativa de los seguidores de Cristo de honrar a nuestros dioses, se ha originado un rechazo rotundo hacia ellos. Repudio que proviene del pueblo y de una buena parte de los magistrados. Aunque entre el delirio persecutorio de aquel y el recelo de estos hay que guardar distancias prudentes.

Junio Rústico, a quien yo había nombrado prefecto de la ciudad, presionado por este descontento popular, consideró punible la desobediencia de Justino. Este era uno de los líderes de la secta y arengaba a las gentes señalando como falsas nuestras creencias. Había nacido en Palestina, pero creció en una familia respetuosa de nuestra religión. Se educó en la filosofía griega y leyó a Platón y a Aristóteles. El estoicismo le robó sus desvelos juveniles. Dicen que quiso ser también pitagórico, pero al desconocer la geometría, la música y la astronomía fue rechazado por los maestros de esta escuela. Una vez, siendo ya mayor, habló con un anciano en una playa de Éfeso y este lo convenció de que Cristo era la encarnación veraz del logos. Después instaló su escuela en Roma, aledaña a los baños públicos de Mirtinos. Allí, trajeado con el manto de los filósofos, predicaba las virtudes de su grupo seguro de que el cristianismo poseía interpretaciones diferentes a las que circulaban sobre la entidad suprema que gobierna al universo. Conclusión polémica pues lo que ellos creen original —la inmortalidad del alma, la bondad de un dios del que emanan el bien, la belleza y la verdad— procede de Platón.

Justino, que escribió una apología enviada a Antonio Pío, hacía proclamas que ponían en tela de juicio a los dioses romanos. Leí su texto porque Antonino quería un informe de su contenido. Era, en general, repetitivo y un tono de reclamación apasionada ondeaba de principio a fin. Justino se quejaba de lo injusto que era castigar a los seguidores de Cristo. El hecho de llamarse cristianos, decía, no justificaba el acoso, ni el odio, ni el castigo. Insistía en que su grupo era misericordioso y defendía la paz. Argumentaba que Cristo encarnaba al único y auténtico dios. Y se refería a profetas que años antes habían vaticinado la venida de ese rey sin trono que Justino y los suyos adoraban por encima de todas las cosas. Por otro lado, no vacilaba en fustigar nuestra idolatría. Adorar a los dioses, para él, significaba comportarse malignamente. Pero si en su apología había un cierto respeto por los romanos, en el proceso con Rústico, Justino acusó a los estoicos de ser los grandes impostores de la verdad.

Rústico tuvo razones suficientes para procesarlo. En principio, fue indulgente y lo interrogó con sobriedad. Qué género de vida llevaba Justino. Cuáles eran sus creencias. En dónde se reunía con sus compañeros de secta. Rústico le preguntó si era cristiano y el juzgado respondió que lo era por orden divina. Como condición para no condenarlo, el precepto fue que honrara a los dioses y al César en uno de los templos del Foro. Justino se negó. Dijo que no creía en los primeros y que a mí me respetaba solo como gobernante. Rústico estuvo sereno, pero, perplejo ante esta obstinación, lo envió a los látigos. Esperaba que, con este castigo, el reo cambiara de proceder. Qué le costaba libar el vino o quemar alguna esencia y seguir creyendo, allá en su intimidad, en ese dios que se había hecho hombre. Se mantuvo, en cambio, altivo y dijo que reincidiría en su comportamiento si fuera liberado. Aclarando, por lo demás, que su martirio lo entendía como una condición indispensable para salvarse. Rústico, ante esa terquedad y esa desobediencia, lo mandó decapitar.

Fue una decisión regida por la ley y no estimulada por la animadversión hacia la secta. Conocí bien a Rústico como para afirmar que respetaba la honorabilidad de los tribunales y era versado, tal vez más que Justino, en los preceptos de la ecuanimidad y la filantropía. Ahora bien, al leer la apología de este líder cristiano no me fue difícil concluir que su pretensión era convencer a los nobles letrados de las virtudes de su culto. Pero Rústico, siguiendo a Frontón y a Celso, pensaba que el cristianismo no dejaba de ser un batiburrillo de ideas griegas ensambladas en leyendas judías y mitos egipcios y mesopotámicos. Rústico no quería entrometerse en las faenas de la persecución. Trataba, más bien, de desatender las denuncias que se hacían en torno a los sectarios y cuando las enfrentaba les sugería que, con algún acto sensato, evadieran la severidad de la justicia. Decidía —y esa ha sido también mi política— que no se debía hacer caso a denuncias de panfletos anónimos o al enardecimiento popular. A Justino, no obstante, lo denunció un ciudadano respetable y por ello hubo que ocuparse de él.

El recelo hacia los seguidores de Cristo, lo he dicho, se ha fortalecido entre los magistrados. Los más instruidos critican las posturas extremas de quienes siguen este nuevo culto. Mi maestro Frontón se burlaba, por ejemplo, de su estulticia. Hacía gestos contrariados al enterarse de que los peores sujetos entraban sin problema a sus iglesias. Campesinos, artesanos, esclavos, criminales de toda laya a quienes se les aconsejaba sentirse orgullosos de su propia ignorancia. Celso, en su alegato contra ellos, que también leí porque él mismo me lo mandó, explicaba que el cristianismo favorecía al inculto, al pobre de espíritu, y miraba con suspicacia a quien fuera inteligente. ¿Qué mal hay, se preguntaba Celso, que se había dedicado a estudiar con atención sus mitos y creencias para desmontar su originalidad pretendida, en amar el conocimiento y en ser sabio para acercarse a Dios? Y él mismo se respondía afirmando que los maestros de los cristianos solo buscaban y encontraban discípulos entre personajes dueños de un espíritu obtuso.

Frontón, en un rumbo parecido al de Celso, se indignaba al saber que esta secta, a través de sus líderes infalibles, condenaba a los romanos a un fuego eterno por no creer en su propia divinidad. Lo inadmisible en ellos, ciertamente, es su empecinamiento en no aceptar la convivencia de muchas divinidades en la ciudadela terrestre de la humanidad. Los cristianos, como los judíos, se sienten el pueblo elegido por su dios. Esto, en cierta medida, resulta lógico. Cada quien piensa que lo dicho por sus sacerdotes es incontrastable o, al menos, necesario para su existencia. Pero es fundamental la aceptación hacia cualquier credibilidad religiosa. Por tanto, su desprecio hacia aquellos que no creen en lo de ellos, torna a los cristianos intolerantes y reacios a la concordia.

Celso explica que este frenesí mental se manifiesta aún más en las discusiones emprendidas no solo entre judíos y los seguidores de Cristo, sino entre los diferentes grupúsculos de esta secta sobre la esencia divina de su profeta. Simonianos y marcionistas, sibilistas y carpocratianos, gnósticos y helenianos, barbelonitas y codianos polemizan con ánimos iracundos y se llaman herejes los unos a los otros al establecer las reglas de su fe advenediza. Celso los compara con gusanos entremezclados en medio de un lodazal, que no terminan de reñir cuando se refieren a su dios, al pecado, a quiénes serán salvados y quiénes condenados con sevicia.

Curiosa similitud, por no hablar de imitación del final del cosmos propuesto por el estoicismo, cuando predicen que un gran incendio arrasará a Roma y al mundo de los perversos. Y que solo quienes creen en Cristo resucitarán en cuerpo y alma. Y es que esto de la resurrección de la carne es uno de los principios de esta superstición extravagante. ¿Cómo pretender que luego de morir volveremos al cuerpo que tuvimos y que veremos a dios con nuestros ojos mortales y lo tocaremos con nuestras manos y lo escucharemos con nuestras orejas? ¿Cómo rehacer un cuerpo que la corrupción o el fuego han convertido en huesos o ceniza?

Frontón no vacilaba en suponer verídicos los rumores que rodeaban a los cristianos. Se decía que efectuaban rituales en los que se consumaba la antropofagia, la violación de niños y orgías incestuosas entre hermanos y hermanas y entre hijos y padres. Plinio había escuchado también algo de esas hablillas. Aunque, en sus averiguaciones como gobernante, no encontró ninguna prueba. Le escribió a Trajano que los cristianos se reunían los domingos para cantar y comer pan y beber vino y que en todo ello no había visto nada perjudicial para el bienestar de la convivencia social. Pero en el discurso que dio ante el senado, Frontón fustigó a los cristianos con implacabilidad. Concluyó que Roma debía expulsar a desobedientes que se atrevían a negar a los dioses sobre los cuales se había edificado el mejor modelo de civilización. Y que, en resumidas cuentas, integraban un grupo de facciosos cuyo propósito malsano era separarse de la comunidad.

Algunos de ellos, lo sé, se sienten romanos y su objetivo no es atentar contra el imperio. Se atreven a conjeturar que, gracias a nuestras vías de comunicación y a la paz que intentamos establecer a través de las leyes, sobrevivirán como el credo religioso del orbe. Pero se niegan a participar en los ritos de veneración a nuestros dioses. Sus líderes lo ordenan terminantemente. No comen la carne de los animales sacrificados. No intervienen en los banquetes de las fiestas cívicas. No quieren, bajo ningún motivo, cumplir las obligaciones militares. Con todo, si no están dispuestos a defender lo que somos, si escupen las estatuas y se ríen de nuestros ritos, ¿cómo considerarlos parte de Roma?

Arístides, el sofista de Esmirna, decía que ellos confundían la impudicia con la libertad, el odio con la franqueza y la rapiña con la bondad. Son nuestros enemigos, me decía como declamando cuando nos encontramos, porque afectan la armonía universal que tú, como César, representas. Y añadía que si había algo patético era escuchar, en casi todas las plazas y foros de Capadocia, Palestina y Siria, a los emisarios de Cristo que, poseídos por un espíritu convulsivo, pregonaban ser ellos mismos Dios, o enviados de Dios, o guardar en sus alocuciones el espíritu de Dios. Increpando sin cesar que el mundo se acabaría y que quienes que no se acogieran a la verdad de su culto terminarían devorados por llamas sempiternas. Desideria, cuando le recordé el fin de Justino, opinó que habría bastado con que Rústico lo relegara a una de las provincias extremas del imperio. Allí, pensaba yo, se dedicaría infatigablemente a convertir a los bárbaros. Los cristianos intentan por todos los medios, desde la dulzura hasta la amenaza, convencer a aquellos con los que hablan de su fe. Si creyeran, verbigracia, en la inteligencia de las flores intentarían cristianizarlas. Al dialogar con Rústico sobre el caso de Justino, impresionado por su tozudez, él me decía que algunos de ellos le suplicaban, arrodillados, la condena a muerte. Creen que padeciendo el martirio irán a un paraíso donde se les espera para premiarlos con la resurrección y la vida eterna. Mi antiguo maestro me habló de un procónsul de Asia que expulsó de su tribunal a varios de ellos. Estos se denominaban montanistas y el magistrado les aconsejó que, si querían morir, buscasen sogas para ahorcarse o precipicios para arrojarse. Y es que este fanatismo teatral que practican es del todo reprochable. Porque una cosa es buscar la muerte para disfrutarla y otra para soportarla. Si se pretende con ella hallar una vía de liberación, que se haga después de una disposición personal detenida y no como un acto de oposición espectacular. Epicteto no estaba equivocado al llamarlos fanáticos endurecidos.

No obstante, frente a los cristianos, mi administración ha sido tolerante. Una de mis divisas es defender la libertad de pensamiento. Aunque confieso que, desde la filosofía, no les he dado mayor crédito. A la manera de mis guías griegos, he desconfiado de sus especulaciones. En lo de ellos suele pulular la mera charlatanería. Pero, como soberano, me ha correspondido ser vigilante con su proceder. En esta perspectiva, no he revocado las leyes que deben controlarlos. Y pienso que debe juzgárseles cuando sus comportamientos alteren el orden social de Roma. Entre Frontón y yo, es pertinente aclarar, hay diferencias. No creo, por ejemplo, que los cristianos se den a las orgías en sus reuniones dominicales. Tengo en cuenta, como lo dicen Justino y Atenágoras en las apologías, que en sus asambleas no cometen antropofagia alguna. Lo del comer el cuerpo y beber la sangre de su dios en las ceremonias es tan solo una evocación simbólica de lo que le pasó al judío que idolatran. El ateísmo que manifiestan es, pues, con respecto a nuestros dioses. Entiendo, además, que los cristianos más pudientes pagan impuestos y agradecen al César y piden por él en sus oraciones diarias. Pero como se niegan a adorar nuestras divinidades, tal actitud los pone en aprietos frente a la justicia. Cómo negar, en fin, que a los romanos y a los cristianos —y aquí habría que pensar en los devotos de cualquier otra religión— nos une un lazo ineludible. Ellos hablan de hermandad religiosa y nosotros de solidaridad cívica. Acaso lo uno y lo otro desemboque en una preocupación real por establecer una convivialidad adecuada entre los seres humanos. En esta última he creído como requisito, pero no para edificar una imposible república platónica, ni una inalcanzable ciudad divina, sino una ciudadela basada en la medida limitada de los hombres.

Ahora bien, antes de mi último encuentro con Livio Tertulo, llegó el informe sobre los acontecimientos de la capital de Galia. Al parecer, un grupo de estos sectarios había suscitado la furia del populacho, y el gobernador y los magistrados de Lugdunum decidieron juzgarlos. Los hechos se desencadenaron en medio de una situación de alta tensión. Por un lado, se celebraban los cultos a la diosa Cibeles en los que es un deber ciudadano libar por Roma y por Augusto. Por el otro, se había presentado un nuevo brote de peste y este causaba estragos en la población. La intervención de los dioses protectores se hacía, por tanto, más clamorosa todavía. Además hubo otra circunstancia que, lo confieso, me causó gran contrariedad. Se trataba de los espectáculos de los gladiadores. La petición, por parte de los que invertían en los espectáculos, de aumentar el número de los combatientes era cada vez más acuciante. Antes, para aumentar las legiones afectadas por la mortandad provocada por la epidemia, yo había ordenado que los gladiadores engrosaran sus filas. La medida despertó el descontento de quienes invertían en los juegos y del pueblo porque redujo la cantidad de los combates. Obligado por las presiones del senado, que había recibido las quejas de los sacerdotes y miembros acaudalados de la nobleza cuyo deber ha consistido en ofrecer entretenimiento a las masas, permití que los condenados a muerte fuesen comprados a precio bajo para que combatieran como gladiadores o, en otros casos, se dejaran devorar por las fieras. Fue un decreto que me ha pesado aprobarlo, pues creo que el dinero generado por los combates en las arenas es sucio, pero también sé que, para hacer la guerra en el norte, el apoyo de los más ricos del imperio es definitivo.

Los eventos se dieron así: un grupo de cristianos de Lugdunum se negó a participar en las ceremonias cívicas. En otra situación, menos compleja y candente, esto hubiera sido tolerado. Los rebeldes provenían de Oriente y eran acusados por varias razones. Una, haber traído la peste de sus lugares de origen. Otra, no solicitar como era obligatorio el favor de los dioses. Y una más, proclamarse cristianos. Las denuncias se volvieron tumultuosas y el tribuno y las autoridades respectivas debieron atenderlas. Incluso, ante la protesta de todos, se levantó un tribunal en el foro porque la muchedumbre exigía que los culpables fueran castigados. Una frase se hizo tan contagiosa como imperativa: «¡A los leones!». El gobernador, ocupado en menesteres administrativos fuera de la ciudad, fue llamado con urgencia. Al enterarse de la dimensión del caso y para evitar un motín que malograra las festividades, descargó sobre los acusados todo el peso de la justicia.

Vetio Epagato, ciudadano romano y respetado en la ciudad por su patrimonio y su temperamento servicial, abogó en defensa de los condenados. Quiso convencer a las autoridades de que esas gentes no eran ni ateas ni impías. El gobernador, desoyendo sus argumentos, le preguntó si él mismo era cristiano. Epagato confesó serlo. Recibió entonces los insultos de la gentuza, aunque no fue detenido. El gobernador había escuchado las habituales acusaciones frente a los cristianos, que eran incestuosos y comían carne humana en sus ágapes dominicales. Temiendo la muerte, diez de estos hombres abjuraron y fueron liberados. A unos pocos más, que tenían la ciudadanía otorgada por Roma, los indultaron y los decapitaron. El resto, los que venían de Asia, fueron torturados y lanzados a las fieras.

El gobernador de la provincia y los magistrados se comportaron con censurable crueldad. Es verdad que la justicia condena a los que se niegan a homenajear a los dioses. Pero no puede hacer caso a las denuncias de una muchedumbre embrutecida. Debe acudirse a los tribunales si la acusación es comprobada. Los jurisconsultos habrán de garantizar la protección de a quienes procesan y no dejarlos a merced de los atropellos de una horda sedienta de sangre. Tal fue su intención cuando se prohibió a los cristianos ir a los baños públicos, al foro y a los mercados. Pero no me cabe duda de que el consejo de las Galias, aprovechándose de la ley sobre los gladiadores, vio la posibilidad de enviar a esos pobres sectarios a los combates del anfiteatro. Uno de estos, un tal Potino, bastante anciano y dirigente del obispado que hay en esa ciudad, no resistió y falleció en prisión a causa de los golpes recibidos. A Átalo, oriundo de Pérgamo y ciudadano romano, lo enviaron desnudo a las arenas y allí le pusieron un letrero en que se decía: «Soy Átalo, el cristiano». La multitud lo abucheaba y pedía que fuera arrojado a los leones. Al gobernador se le dijo que, por su ciudadanía, Átalo merecía otra condena en caso de su abjuración. Se le envió de nuevo a la cárcel y las autoridades esperaron a que desde Roma se diera notificación de lo que debía hacerse. La ley recordó que, si no había abjuración, Átalo debía ser decapitado. Pero el gobernador, para complacer a la plebe, terminó lanzándolo a la arena junto a otros dos llamados Maturo y Santo. A los tres se los torturó. Los sentaron en sillas de hierro ardiente en medio de los gritos y las burlas. Luego, al ver que las fieras no les ocasionaban la muerte, recibieron el golpe de gracia como se hacía con los gladiadores y los bestiarios agonizantes.

El caso que insufló la emoción de las multitudes fue el de Blandina, una esclava de cuerpo enclenque que resistió a todas las vejaciones. Con Póntico, su compañero de suplicio, fueron llevados para que miraran cómo torturaban a sus otros compañeros. Póntico, que era un chico de quince años, no tardó en morir por la dimensión de los tormentos. Blandina, sin embargo, resistió todo lo que le hicieron. La gente pidió que la ataran a un poste para que las bestias la devoraran. La garra de un león apenas le abrió la túnica y jugueteó con sus pechos. Más tarde, envuelta en una red, la pusieron frente a un toro. El animal la embistió, pero la esclava, levantada por los aires como una pelota, no terminaba de fenecer. El informe que leí, acompañado de una epístola enviada por los cristianos de Lugdunum a los de Asia y Frigia, describía con detalle y admiraba la valentía de esa mujer. Finalmente, recibió la muerte del verdugo entre el pasmo de las gradas. Sabiendo que los sectarios pretendían dar sepultura a los cuerpos desmembrados de los suyos, el gobernador ordenó que esos restos fuesen arrojados a los perros. Después de varios días, algunas cabezas, troncos mutilados y extremidades descarnadas, exhibidos para que se viera la extensión del castigo, fueron quemados. Y las cenizas tiradas al río que atraviesa la ciudad.

# La conversación

Livio Tertulo no salió a recibirnos. Había sido lo usual en las visitas que antes le había hecho. Su casa de campo se levantaba, grata y amplísima, ajena a la ostentación de las propiedades que la circundaban. Al entrar a sus dominios, se notaba que él y los suyos pertenecían a ese tipo de romanos que vivían con la sobriedad heredada de sus antepasados. Tal simpleza, mezcla de rusticidad y distinción, estaba tocada por cierto continente estoico. Pero mi amigo, en rigor, no pertenecía a esta escuela filosófica. La sencillez de sus hábitos lo emparentaba con ella, aunque en los aspectos esenciales su pensamiento se nutría más del cinismo de los griegos. Su mujer y sus dos hijas, acompañadas por las personas que trabajaban a su lado, nos esperaban. Formaban una comitiva cordial. Un ramo de flores estivales nos fue entregado. Les presenté a Desideria y, de inmediato, la simpatía de mi concubina suscitó la de nuestros anfitriones. Unos niños campesinos, que iban a la escuela de Tertulo, se adelantaron para ofrecernos pequeñas estatuas de arcilla que tenían mi nombre.

Mi amigo estaba en su habitación. Lo creía postrado por la enfermedad, pero nos explicó, disculpándose por no recibirnos en la puerta, que debía permanecer alejado de la luz. Cuando supo que nuestro viaje, a lo largo de la vía Latina, había transcurrido sin ningún tropiezo, y viendo que Desideria era llevada por sus mujeres para que conociera la casa y su jardín, Tertulo me invitó a compartir su penumbra. Así dijo y, sin dejar la acostumbrada bonhomía de su carácter, mencionó al hombre solar. La expresión era suya, pero aparecía en varias obras que habíamos leído. Lucrecio era el más sobresaliente entre quienes hacían el homenaje a la luz inspiradora de la vida, de la filosofía, de la religión y de la poesía. Recordé la vez que le describí a mi amigo aquel rapto que tuve en el jardín del monte Celio. El adolescente Tertulo me escuchó con atención y dijo que nos hermanaba el hecho de ser hombres solares. Y añadió que, más que la toga viril que vestíamos desde hacía unas semanas, el ser personas signadas por la luz era el rasgo crucial que nos identificaba. La imagen de un muchacho tirado sobre el prado de un jardín, junto a una fuente, adormecido y lánguido, despojado de espacialidad y tiempo, seguía siendo, tras el paso de tantos años, un lazo que nos unía. Un lazo en el fondo sutil, porque era la rememoración de un instante convertido en mera imagen.

—Ahora —dijo Livio Tertulo— siento nostalgia por la luz. Sé que está afuera. Derramada sobre los árboles y depositada en las corrientes de agua, ondeando en el firmamento como una bendición del cosmos, reflejando las formas de todas las criaturas de la tierra. Y como tortura mis ojos, solo me queda evocarla con tristeza.

—Tal vez la evocación de ella ayude a tu mejoría.

—El médico diagnostica que, a mi edad, es difícil curar esta dolencia. Estar enfermo, lo sabes mejor que yo, es aprender a ser paciente y a cultivar la resignación.

—No hay mejor escudo ni mejor espada. Pero, además, puedes agradecer la existencia de la luz en tus meditaciones. Contribuirías, repito, al restablecimiento de tu cuerpo y de tu espíritu. Una meditación que sirva para adquirir la ecuanimidad y resistir los deterioros físicos. Repetir una y otra vez, apoyado en una respiración acompasada, que el mundo a pesar de sus circunvoluciones aciagas, o debido a ellas, está donde debe estar.

—Todos los días, en la hora prima y en la segunda vigilia, practico esos ejercicios.

—Yo hago lo mismo, Livio. Tanto para llevar mis agobios del cuerpo, que no son pocos, como para guiar el imperio.

—La verdad es que no te envidio, Marco. Prefiero bandear las pequeñas tribulaciones de un hombre aislado que cargar el fardo que llevas sobre tus hombros.

—Cada quien con su obligación. La tuya es tan necesaria como la mía. Me refiero a tu oficio de escribir, a tus actividades en esta suerte de democracia ideal que se respira en tu villa. Tú y yo, asumiendo cada uno sus responsabilidades, cumplimos con lo prescrito por la providencia.

—De todas formas, me ha sido difícil sortear este padecimiento tardío. Ya no estoy en el mundo como lo estaba antes. Me siento inhabilitado. En eso consiste estar enfermo: poseer un más claro conocimiento del fin. Sé que hemos sido guiados por el estoicismo para aceptarlo, pero el aprendizaje ha sido arduo. No puedo estar a la intemperie, como quisiera, recorriendo los sembradíos, cuidando el ganado, laborando la tierra con quienes viven conmigo porque mis movimientos son torpes y la luz agobia mi visión.

—Recuerda que todo pasa. Las noches y los días. Los nacimientos y las muertes. El dolor y el placer. Y recuerda que, en el recogimiento, el pensamiento puede guardarse con más calma.

—¿Sabes qué me apesadumbra más? La nostalgia por las criaturas solares que fuimos.

—Siempre lo seremos, Livio. El éxtasis de la luz es momentáneo, pero guarda en sí el poder de acompañarnos a toda hora. Y toda enfermedad no es más que un acercamiento más intenso hacia la muerte.

—Eso mismo pido al médico que me asiste. Ayúdame a curarme, le digo, para que pueda morir mejor.

Tertulo se acomodaba, a cada momento, el parche que cubría su ojo izquierdo. De pronto, se apoyó en su báculo y, temblando, dio varias vueltas a su triclinio. Entonces me contó lo sucedido. Una parálisis le afectaba parte de su cuerpo. Estaba desde hacía varios meses recluido en su habitación. La boca la tenía torcida, aunque hablaba con algo de soltura. Al hacerlo, algunas palabras se distorsionaban y surgían los gestos de un mimo, ora sarcástico, ora mohíno, ora melancólico. Para comer necesitaba de un gran esfuerzo y de lentitud para que los alimentos no se le cayeran de la boca. Leer por sí mismo no podía porque se cansaba y le dolía la cabeza. De hecho, con este síntoma había comenzado la afección. Un agudo dolor de cabeza se le instaló durante todo un día detrás de su oreja izquierda. En la noche, la boca le vibró antes de acostarse. Al otro día, se levantó con la cara entumecida y latigazos lancinantes en la cabeza. Buscó un espejo y se dio cuenta de que su rostro estaba deformado. El médico le practicó algunas sangrías. Le prescribió baños de agua caliente y masajes en el rostro y en el cuerpo. Le disminuyó el vino, que tanto le gustaba, y en la dieta hubo más sopas y bebidas medicinales que granos y salsas. Tertulo me explicó que sentía, en el lado izquierdo de la cara, como una garra y que su ojo no podía cerrarlo. Sin poder parpadear, este no demoró en secársele y enrojecérsele como una llaga. Lo cual le acarreó una mala disponibilidad para soportar la luz.

Mi amigo era dos o tres años mayor que yo. Debía de tener sesenta años cuando lo visité, pero su aspecto lo hacía ver más envejecido. Eran su barba rala y cenicienta, su delgadez enjuta y su semblante torcido los que le pronunciaban la decrepitud. Nos conocimos en los días en que Junio Rústico y Apolonio de Calcedonia nos ofrecieron sus enseñanzas. Ambos recibimos una educación privada y con los mejores maestros del imperio. Teníamos, por tanto, puntos en común frente al tema de la educación. Pero él había ido más allá en las pesquisas pedagógicas y literarias. Escribió diálogos y fábulas en los que se critican los excesos de la tiranía y las sandeces de la plebe. También trabajó en una serie de tratados didácticos que empleaba en la escuela que él mismo había creado en sus predios de Túsculo. Escuela adonde iban los hijos de sus libertos y en la que, ayudado por su esposa y sus hijas, se enseñaba a leer, a escribir, a ejercitarse en las labores domésticas y agrarias. Pese a que eran personas holgadas —la fortuna provenía de las grandes extensiones de tierra que poseía su familia en Italia—, Tertulo y los suyos tejían sus propios trajes, aseaban las habitaciones y cocinaban y sembraban la tierra. A esa manera de vivir, en que nadie dominaba al otro y en la que todo se repartía con equidad, mi amigo la llamaba «la pequeña parcela».

Cuando tuve que dedicarme a la administración del imperio, durante el mandato de Antonino Pío, Tertulo siguió su rumbo de letrado. Asistió a las charlas de Sexto de Queronea sobre estoicismo y de Claudio Severo sobre la escuela peripatética. Estuvo cerca del círculo de Frontón donde solía debatir con Aulo Gelio y otros más sobre la brevedad, la levedad y la transparencia como los máximos atributos de la literatura. En este sentido, así admirara la agilidad de Frontón ante las palabras, pensaba que mucho de lo suyo era ornamento verbal hecho para el beneplácito de los poderosos. Bebió de cada una de las escuelas filosóficas que había en Roma y quiso continuar una carrera en el senado. Se lo permitían su riqueza y los orígenes familiares. Pero la abandonó, desengañado de los caprichos turbios de la política. Aunque no estuviésemos de acuerdo en varios asuntos cruciales frente a las maneras de utilizar el poder imperial, un afecto profundo y sincero nos unía. Entre los dos existía aquella ventura de que podíamos discutir sin ofendernos. La fórmula de la amistad, como un todo dividido en dos partes complementarias, nos abarcaba sin problemas.

En algún momento de la conversación, Tertulo se refirió a los recientes actos de Lugdunum. Mirándome con su solo ojo, se quejó del desbordamiento popular y de la crueldad del gobierno.

—¿Tú permitiste eso? —preguntó.

—Mi política no ha sido atacar a los cristianos —expliqué—. Pero tampoco los he defendido cuando llevan su desobediencia al extremo. El caso es más complejo de lo que imaginas, Livio.

—Dicen que enviaste la orden de lanzarlos a las fieras y que no permitiste se les diera sepultura a los que murieron por las torturas en el anfiteatro.

—Nunca ordené semejantes crueldades. Fue una decisión del gobernador de Lugdunum. El imperio es inmenso y yo no soy ubicuo. Si fuera por quienes me han dirigido sus apologías, debería ocuparme de cada cristiano. Pero son tantos que no me alcanzarían los días para hacerlo. Si sabes que no me gustan los juegos del circo y los combates de los gladiadores, ¿cómo crees que podría afirmar tales desatinos?

—Son rumores que van y vienen. Alaban, incluso, a tus legisladores por sus resoluciones frente a los esclavos, pero critican las maneras en que se juzga a los seguidores de Cristo.

—La ley dice, desde tiempos de Trajano, que quienes no consientan homenajear a nuestros dioses, como una medida más de respeto cívico que religioso, deben ser castigados. Lo que hacemos es apoyarnos en esa ley.

—Pero lo ocurrido en Galia atenta contra la tolerancia de tu gobierno.

—Cuando sugerí que era necesario aclarar, por separado, los casos de Lugdunum, y no actuar bajo las presiones del pueblo, ya se habían producido las atrocidades.

—¿Cuántos fueron los condenados?

—Cincuenta. A algunos de ellos los inculparon por la peste. Los acusaban por haberla traído de Oriente, su lugar de origen.

—El populacho siempre está buscando un chivo expiatorio. Hay una epidemia, un terremoto, inundaciones, un gran incendio y señalan a los cristianos, por su irrespeto a los dioses romanos, como los responsables de esas calamidades. Lucio Vero trajo la peste de Partia con sus legiones, pero se le homenajeó con el triunfo.

—Vero era el príncipe. Los cristianos de Galia, casi todos esclavos. Es imposible evaluar a unos y a otros con el mismo rasero.

—En todo caso, entre los numerosos extravagantes que hay en el imperio, los cristianos, con sus quimeras de la fraternidad y la paz, son los más apacibles de todos. Solo una muchedumbre enfurecida cree que comen carne humana o cometen incestos en sus ágapes.

—Es cierto. Pero la secta cristiana es, en el fondo, una superstición y sus filas están llenas de ignorantes y extremistas. Algunas de sus creencias me parecen estimables porque están alimentadas de conceptos platónicos y estoicos. Otras son puras ridiculeces. Aquella, por ejemplo, de la resurrección de los cuerpos.

—Desde este punto de vista, los romanos y los cristianos son pasto de lo sobrenatural y no debería prohibirse, ni mucho menos condenar, ni a los unos ni a los otros por sus creencias.

—Esa ha sido una de las divisas más altas de Roma. Pero no olvides que lo de Lugdunum fue una pugna entre dos bandos extremos.

—Suele pasar en los cultos religiosos. Hay unos pocos que son inteligentes, pero el resto sobresale por el fanatismo. Y el fanatismo es el peor perfil de cualquier superstición. Sé, por supuesto, que entre los cristianos crece ese tipo de maleza. Son excesivos y atrabiliarios en la práctica de su misticismo. Y todo místico, por la misma naturaleza de su condición, es un desmedido. He conversado, sin embargo, con algunos de ellos y he leído esos textos suyos que consideran la palabra de su dios, y no se me hacen tan descabelladas sus propuestas.

—¿Terminarás convertido a la secta de la cruz, Livio?

—Mi curiosidad, Marco, no me alcanza para tanto. Ciertos conceptos suyos me atraen por su benevolencia. La misericordia y la compasión que predican se asemeja a lo que el Estado romano practica, bajo la ley, con los más urgidos. La diferencia es que entre ellos se trata de una red caritativa y amistosa. Su rechazo a los juegos del circo y a los combates de los anfiteatros me simpatiza. Uno de esos cristianos ha tenido la clarividencia y el coraje de decir que presenciar esos asesinatos legalizados es como cometerlos.

—Hasta cierto punto comparto esa aversión. Cuando debo asistir al circo exijo que en los juegos no se vierta sangre ni nadie muera en ellos. Mando a que se pongan redes protectoras debajo de los acróbatas. Los gladiadores deben combatir ante mí como atletas y no como salvajes. De este modo, quienes salen a pelear, si yo estoy frente a ellos, han de hacerlo con espadas sin filo y en cuyas puntas se pondrán botones. Hasta he dicho, acarreando a muchos el disgusto, que el dinero de los juegos está manchado de sangre.

—Reconozco el sentido ético de tus exigencias. Pero sería más encomiable emitir una ley que los prohibiera de una vez y para siempre. Esos juegos, en que se mata a los hombres y a los animales en medio de aplausos y gritos frenéticos, desdicen de la civilización y la paz que tanto enorgullecen a Roma. Incluso, ese también es un rumor que ha llegado hasta aquí, se comenta que aprobaste una orden frente a la escasez de gladiadores. Como los enrolaste en el ejército, ordenaste que los condenados a muerte fueran a los juegos. Si ese rumor es verdad, temo que hayas contribuido a que ese dinero se manche de más sangre.

—Si no hubiera firmado esa medida, Livio, me habrían dado otro golpe de Estado. Y con el de Avidio Casio fue más que suficiente. No solamente tuve que enfrentar la deslealtad de un general al que apreciaba y la posibilidad de que las legiones de las Panonias me traicionaran, sino que se quiso envilecer la imagen de Faustina involucrándola en la usurpación. La política, recuérdalo, es un ir y venir, a veces claro, a veces cenagoso, por las negociaciones.

—Eso es verdad, Marco. Por no meter los pies en esos lodazales es que decidí retirarme del mundo político. Pero eso no impide que el dinero de los combates del anfiteatro y la guerra siga siendo inmundo. Por esta razón, apruebo la actitud de los cristianos de no asistir a los juegos y de no alistarse en las legiones. Tal vez defiendan, a través de ese comportamiento, el libre albedrío.

—¿Libre albedrío? ¿Crees que en esa secta se da este tipo de altura moral? ¿Has visto de qué maneras un grupo de gentes ignaras es manipulado por sus líderes? ¿Cómo hablar de libertad si los obispos que rigen esas iglesias controlan cada resquicio de sus mentes y cada movimiento de sus cuerpos?

—Los más sensatos de ellos se niegan a que se les impongan, desde el Estado, normas religiosas y están dispuestos a obedecer y respetar al César y sus leyes, pero su conciencia, frente a la práctica de lo que creen, ha de permanecer libre. Y esto último, querido Marco, es una de las formas del libre albedrío. No me resulta arriesgado pensar que, en la práctica esa libertad de conciencia, que emplean para hacer la paz, no ir a la guerra, ayudar a los más humildes y no participar en los espectáculos sangrientos, podría contribuir a disminuir la brutalidad en que vivimos.

—Te escucho, Livio, y no me cuesta mucho imaginarte comiendo el pan y tomando el vino y cantando sus alabanzas los domingos y yendo a sus reuniones en las catacumbas de Roma para polemizar sobre sus mitos y leyendas.

—No exageres, Marco. Trato de valorar con objetividad a los cristianos y no dejarme llevar por rumores públicos.

En realidad, los concibo como un grupo de personas mansas que atraviesa un imperio en crisis, aferrado a la esperanza de que la bondad se instale en el corazón de los hombres.

—Esa bondad, te recuerdo, bebe del sentido de la filantropía griega y de la humanidad romana. Ellos la llaman caridad y como lo suyo no es todavía institucional, la preocupación por el bien de los otros sucede a través de esos grupúsculos clandestinos que señalas. Lo que me fastidia de ellos es que se atribuyan una singularidad que no les corresponde en absoluto. Sus ideas más atractivas ya han sido dichas y practicadas antes y por muchos otros.

—Sin duda, con respecto a esa bondad y a esa especificidad que pregonan, la ingenuidad de los cristianos es patética. E ignoran, por tozudez o por candidez, que donde esté la criatura humana campean el mal y su cohorte interminable de odios y dislates.

—Supón, Livio, para que nos acerquemos más a tales dislates, que esas comunidades pacíficas e ingenuas que tanto admiras algún día logren convertir su religión en la del imperio. Así lo prevé Melitón de Sardes en una de esas apologías que leí. Te prometo que no tardarán en tomarse el Estado y sus ejércitos irán a la guerra, esa que tú tanto fustigas, con el encono suficiente para defender sus principios. Y terminarán exigiendo que todos se acojan a su único dios. De la divisa estoica que dice: «Todo lo que no proviene del firme conocimiento del bien es error», se pasará a la que ellos promulgan con ímpetu categórico: «Todo lo que no viene de la fe es pecado». Y al que no les obedezca lo perseguirán y lo castigarán con un rigor más férreo que el nuestro que los intenta controlar. Lo suyo será el poder de un dios absoluto y asfixiante, represor de todo acto de libertad cívica. A esta situación los llevará el libre albedrío que les ensalzas. Solo habrá que esperar.

—Si fuese así, Marco, para entonces no estaremos vivos.

—Lo cual es un descanso que mereceremos con justicia, Livio.

Un soplo de la noche, de repente, entró por la ventana entreabierta de la habitación. Y, en medio de una oscuridad apenas iluminada por dos velones, ambos aspiramos su frescor con la pequeña gloria que poseíamos de estar vivos todavía.

Al llegarme la imagen de mi amigo, sucumbo al deseo de rastrear sus ideas. Era un hombre escéptico. Un incrédulo que vivía en medio de un mundo poblado de crédulos. Yo era, sin duda, uno de quienes creía. Y más que en los dioses a los que, por obligación imperial, debía homenajear, desde que fui iniciado en el estoicismo creo más en la providencia y en cómo ella gobierna la naturaleza y el devenir del cosmos. Considero, en este sentido, que todo está destinado a ser esqueleto y polvo y todo nombre a convertirse en ruido, después en eco y luego en nada. Pero cada día me levanto reconociendo que debo cumplir mi tarea de hombre y de ciudadano romano. Convencido de que lo más favorable para todos son la razón y la sociabilidad y no la dispersión y la retahíla. Todo lo demás me parece, de un modo u otro, indiferente. O al menos son cosas que no dependen de mí. Pero persistir por un orden social en el que prevalezca la armonía posibilita que el porvenir no sea tan oscuro. Aunque sospecho que Tertulo no creía en ningún futuro radiante para la humanidad. Con solo imaginarlo se le minimizaba el ánimo. Y frente a lo que hay después de la muerte, si disolución total o transformación permanente, levantaba los hombros para decir que eso tampoco dependía de nosotros. Ahora bien, él respetaba la religión oficial, aunque descreyera de los dioses. Alegaba que, filosóficamente, era imposible demostrar la existencia de ellos así las religiones ventilaran todo tipo de pruebas. Aquellas le interesaban más como fenómenos históricos. Se aproximaba a sus formas de expresión con una curiosidad insaciable. Jamás movido por la desesperación y el miedo, ni impulsado por la fe o una atracción determinada por lo metafísico. Aquella noche, próximo al fin que le vendría poco después, declaró ser ateo. Pero dijo, sonriendo con la boca torcida, que compartía la idea de Ático, el amigo de Cicerón. Aquel no creía ni en los milagros ni en la intervención directa de los dioses en la cotidianidad de los seres humanos, pero tampoco desconocía la importancia del respeto por lo sagrado cuando se trataba de dirigir el destino de un pueblo. Sin religión, concluía Tertulo, los hombres se desquiciarían ante la evidencia de la muerte y el vacío que hay después de ella. Y como estaba tan interesado en los cristianos, volvimos una vez más sobre ellos.

—La idea de un único dios que proponen es sugestiva —dijo.

—Es la fuerza suprema que funda muchas religiones —repliqué—. De hecho, el mandato de su profeta Jesús de amar a Dios y al prójimo es de clara raigambre estoica. Es verdad, pues, que nuestra providencia se parece a su dios. Pero la nuestra es la razón cósmica y no, como la de ellos, un padre celestial.

—Ustedes los estoicos son un caso bien singular. En los templos adoran a los dioses, justifican los rituales de los augures, pero en la intimidad aceptan a uno solo y descreen de lo anticipatorio.

—Tú sabes que nuestra religión es sobre todo una cuestión estatal que ha garantizado durante siglos la cohesión de Roma. Como César debo ser, en consecuencia, el más devoto de los politeístas. Además, creo que el politeísmo garantiza la diferencia de las naciones y esta es una razón suficiente para defenderlo por encima de cualquier monoteísmo que atente contra el ser plural de la humanidad. Mientras que el estoicismo es una filosofía que favorece, sin olvidar a los otros, un relieve individual. Es como si un médico y un sacerdote se unieran para atender a un paciente y ayudarlo en su ardua cotidianidad.

—Sin duda, frente al monoteísmo los cristianos no son nada originales. Su único dios es celebrado desde tiempos remotos por los filósofos y los poetas.

Tertulo tomó la vela y fue a tientas por su Virgilio. Abriéndolo, leyó con dificultad: «Dios se despliega por todas las tierras y por lo extenso del mar y lo alto de los cielos, de donde surgen los hombres y los animales, la lluvia y el fuego».

—Concertarás conmigo que si ese espíritu, o inteligencia infusa, que mueve el cosmos es Dios, muchos podrían ser cristianos —dijo Tertulo.

—Desde ese punto de vista, me parece que somos más bien platónicos, complementé. Por las conversaciones que he tenido con Celso, entiendo que los seguidores de Cristo alegan que su dios es la única verdad y los de las otras religiones meras aproximaciones. Pregonan, por lo demás, que los griegos robaron su logos a la verdad de los judíos, que es de donde provienen sus creencias.

—Una religión es una mezcla de elementos de aquí y de allá, Marco. Pretender pureza en ella es como creer que los romanos tenemos un origen prístino. Es más, al enterarme de la existencia del culto cristiano, constaté que tenían muchas similitudes con los adoradores de Mitra. Unos y otros practican el bautismo, la eucaristía, los ágapes, la penitencia, las expiaciones, las unciones. Sus iglesias son como copias de las capillas de Mitra. Incluso, se parecen demasiado en los lazos fraternales que utilizan los iniciados, en el concepto de la inmortalidad del alma y en la presencia de un lugar paradisíaco adonde irán los buenos y los justos.

Al ver el entusiasmo de Tertulo —sin duda un émulo de Celso en sus averiguaciones— le aconsejé ir a discutir con los sectarios sobre el asunto de qué había sido primero: si el huevo o la gallina. Mi amigo se sonrió torcidamente. Y, aprovechando el interregno del humor en nuestras conversaciones, nos dimos a comentar ciertas actitudes de los seguidores de la cruz. La inclinación de los presbíteros por las mujeres y los niños. Ese continente afeminado que reinaba en sus asambleas. El tono encrespado de sus predicadores y la intransigencia cuando se trataba de pensar las diferencias del otro. En algún momento, concluí que con cristianos y judíos era arduo dialogar. Siempre disentían no solo entre ellos, sino dentro de sí mismos. Nunca parecían ponerse de acuerdo y vivían como en una permanente discordia. Tenían, mejor dicho, el alma y la mente divididas. De tal modo que, comparados con ellos, los marcomanos y los sármatas me resultaban más sensatos y menos agitados y ruidosos.

Mientras dialogábamos, y la noche alcanzaba la primera vigilia, el tema de la guerra fue insinuándose. Eran las posturas de los cristianos frente a ella lo que más atraía a mi amigo. Pero allí tampoco se encontraba mayor novedad.

—Me recuerdan —dijo Tertulo— a Musonio Rufo.

—Junio Rústico, nuestro maestro, también defendía la paz. La tomaba como el gran regalo de los dioses —repunté.

—Pero Rústico era de doble faz. En la guerra se comportaba como el más avezado estratega. En la paz no había nadie que lo igualara.

—Fue un romano ejemplar.

—Un ejemplo bastante semejante a ti —precisó mi amigo con su ironía acostumbrada—. Pero Musonio era diferente a ustedes. O al menos dio un paso temerario que ningún otro ha dado. Iba a los batallones y encaraba a los soldados hablándoles de las virtudes de la paz frente a los estragos de la guerra.

—¿Y crees que alguna vez lo escucharon?

—En absoluto. Lo silbó la soldadesca de Vespasiano. Hasta dicen que intentaron lincharlo. Luego los militares entraron a Roma y sembraron el terror calle tras calle hasta masacrar a Vitelio y sus hombres. Y sucedió lo que quería evitar Musonio: esa violencia extrema, que es la expresión más irrevocable de la intemperancia de los hombres.

—Frontón se burlaba de Musonio. Epicteto lo elogiaba. Tú lo adoras.

—Si no adoro a los dioses, Marco, cómo voy a adorar a un hombre. Su actitud frente a la guerra, sin embargo, es ejemplar y he intentado seguir algunas de sus enseñanzas. Esta villa está gobernada por ideas suyas que me parecen plausibles. Considerar a las mujeres como nuestras iguales. Nuestra alimentación es vegetariana porque, como decía Musonio, la carne es insana y debilita el espíritu. La relación con mis antiguos esclavos está modelada por su pensamiento. Como sabes, en estos predios no hay esclavitud. Aquí no se somete ni se humilla a nadie.

—Pero veo, con cierta extrañeza, que continúan sirviéndote.

—Lo hacen por gratitud y afecto. Si están conmigo y mi familia es en calidad de libertos y por voluntad propia.

—¿Te acuerdas del caso de los esclavos que fueron liberados por un amo y no aguantaron su nueva condición? Alguien muy parecido a ti los liberó y los esclavos lo asesinaron porque no les devolvió la esclavitud. La idea de la completa libertad los espantó. ¿No temes algo similar si decides, fuera de liberarlos, no querer vivir con ellos?

—Quienes me acompañan son de otra índole. Aquí todos tenemos la certeza de que, alejándonos de la práctica de la esclavitud, estamos éticamente más limpios y eso nos ayuda a vivir mejor.

—Aprecio tu forma de vida. Algunos de mis jurisconsultos te la admiran en ciertas cosas. Pero, fuera de tus dominios, el mundo funciona de otro modo. Y allí la esclavitud es un mal necesario.

—Una de las desgracias de la criatura humana es estar rodeada de males necesarios. La esclavitud, los gladiadores, el trato despótico que damos a las mujeres, la guerra. Cuántas veces escuché decir, por ejemplo, que el ejército es el resto de una barbarie que debe prevalecer para avalar el progreso. No ignoro que tus legisladores han intentado temperar un imperio, como es el romano, fundado en la crueldad y la subordinación. Que el código civil, edificado por generaciones de magistrados, es el triunfo paulatino del bien sobre el mal a través de la justicia. Pero lo mejor sería prohibir todas las inequidades, sobre todo aquellas que atentan contra la dignidad humana. Los príncipes poseen el poder para hacerlo. Tú has tenido en tus manos esa oportunidad y la has desaprovechado. Como todos los gobernantes, que te han precedido y los que vendrán, toleras el mal en vez de erradicarlo.

—Eres extremo en tu valoración, Livio.

—Pero si no vamos hasta el límite de la bondad, Marco, para qué ser bueno.

—Tu radicalismo consiste en que te ubicas fuera de la realidad. Es como si desconocieras el funcionamiento de la política y la esencia de lo que caracteriza a Roma.

—Sabes que conozco muy bien la una y la otra. Solo he aprendido a acercarme a ellas despojado de toda retórica y relativismo.

—Ese despojamiento no es más que una terca incomprensión de la administración del imperio. Te invito a que me reemplaces en el mandato un solo día y te darás cuenta.

—Esa no sería una invitación, sino una condena. Pero te aclaro que las críticas a tu gobierno y a Roma las hago no desde el centro de una instancia política, de la cual decidí alejarme hace tiempo, sino desde el margen de una actitud ética. Debo decirte, con el respeto que mereces, que te hablo no como un senador, ni como un jurisconsulto, ni como un general, sino como un ciudadano que pondera con independencia el mundo que le ha correspondido. Y, de cualquier manera, tú, como estoico que eres, existes para conservar un mundo. Yo, como escéptico, acaso para tratar de transformarlo.

—Siempre te he escuchado y leído, Livio, como al amigo que eres. He respetado, incluso, esa independencia que te justifica ante la vida y los demás. Pero considera que todo debe suceder a su debido tiempo. Solo una persona como tú, afecta a lo imposible, piensa que la esclavitud hay que abolirla. Mis magistrados han aligerado la carga que soportan los esclavos. Cada vez que he presidido un tribunal donde se trata su condición los he defendido. Apoyado también en Musonio Rufo, he logrado que haya más libertos y menos esclavos en Roma. Lo cual significa que cada manumisión es un triunfo, no para mí por supuesto, sino para la razón y el equilibrio de la comunidad que regento. He prohibido la pena capital para los esclavos y ahora pueden heredar los bienes de sus amos. Sabemos que Séneca enseñó que ellos son hombres, forman parte de nuestras familias y que las leyes deben protegerlos. En esta perspectiva, los estoicos hemos dado un gran paso adelante. Recuerda que con nosotros los esclavos se han vuelto personas. Pero de esta benevolencia con ellos, que debemos practicar cada día, a prohibir la esclavitud hay un paso que nadie puede dar ahora.

—Ustedes, los estoicos, conciben que la peor esclavitud es aquella que gobierna las pasiones y no les incomoda la otra que es, acaso, más opresiva. Y debo precisarte que detrás de las dulzuras humanas del estoicismo se esconde otra realidad. La de la esclavitud concebida como un sistema perpetuo en el que unos deben trabajar y los otros pagar, y casi siempre miserablemente. En este sentido, así los estoicos hablen de cosmopolitismo y se sientan responsables del equilibrio comunitario en que viven, siguen justificando una sociedad donde la esclavitud desemboca en el mismo punto injusto que planteaban Platón y Aristóteles. Sé, Marco, que imaginar un mundo sin esclavitud, sin la dominación de unos pocos sobre la gran mayoría, resulta ingenuo en la medida en que es casi imposible instalarlo en estos tiempos. De algún modo, y en eso reside nuestra deplorable condición, debemos explotar a otros para existir. También entiendo que la esclavitud se ha justificado y se ha apoyado en las religiones, en la filosofía, en las leyes.

Pero ¿cómo voy a ignorar que sobre los hombros de millones de hombres y mujeres esclavos se sostiene el imperio romano? Por esta razón, recordar tal coyuntura a quienes la imponen y la legalizan nunca dejará de ser pertinente.

—Insisto en que deberías ubicarte mejor en nuestros días y tener en cuenta los aspectos positivos de mi administración. Pensar en que he gobernado con la idea de un Estado basado en la equidad. Una monarquía que ha permitido, y eso no es cualquier cosa, la libertad de expresión de los ciudadanos. Tú sabes, por ejemplo, que jamás he levantado la mano contra mis opositores. Nadie podría afirmar que fui como Nerón o Domiciano o Adriano, que persiguieron y condenaron a muerte a los senadores que los criticaron. Jamás he expulsado de Roma a nadie, sea de cualquier orientación filosófica, que se haya burlado de mí o me haya endilgado algún denuesto. Es más, admiro a Trásea y a Helvidio Prisco y a todos aquellos que se opusieron a la tiranía y recibieron como precio la muerte. La mía, debo señalártelo, ha sido una justicia que ha repartido los bienes a cada uno según su mérito. Sé que no he construido la república ideal de Platón, pero sí una ciudadela terrenal donde cada quien puede dar lo mejor de sí. Un entorno social donde los más ricos no sean más importantes que los virtuosos. ¿No te parece suficiente?

—Tal vez el porvenir sea generoso contigo por todo lo justo que has sido. Sin duda, la libertad y la igualdad de las que hablas son loables. Pero como no es general no es ejemplar. Unos cuantos gozan de las bondades de tu Estado. Y lo afirmo sabiendo que soy uno de esos beneficiarios. Porque es evidente que la libertad de expresión de la que hablas la vivo cada día, la respiro, la uso a cabalidad.

Y ella, o al menos eso espero, me justifica también ante los hombres.

—Por fin reconoces algo, Livio.

—En estas estimaciones, Marco, sigo a nuestro admirado Séneca, que decía solo obrar siguiendo su conciencia. Y la mía, sobre todas las cosas, ansía la libertad. Esta diminuta conciencia que me habita existe no solo para atormentarme, sino para recordarme que lo hecho por nosotros para favorecer el bien no basta. El ciclo de una vida humana no es suficiente para demostrar plenamente que, como colectividad, avanzamos en el plano ético.

—Sigues siendo tajante en tu apreciación. Cuando se es César, se sabe que hay medidas que necesitarían siglos para que se apliquen como quisiéramos. La guerra y la esclavitud son calamidades, sin duda, pero prohibirlas significaría precipitarnos a una crisis económica desmesurada.

—¿Y la crisis ética en que vivimos no te parece una crisis aún más enorme? A pesar de tu temor a estas consecuencias catastróficas, te confieso que sueño con despertar un día y enterarme de que has ordenado la prohibición de los combates de los gladiadores. Que, al otro, la esclavitud ha sido erradicada. Y al siguiente, que la guerra por fin ha dejado de ser el árbitro que nos hemos inventado para aumentar las riquezas de unos cuantos y hacer lo mismo con la miseria de unos muchos.

—Eres un utópico incurable.

—Mi utopía no es una enfermedad, Marco. Y si lo fuera, tu condición de príncipe sabio no ha hecho más que acrecentarla. Encarnas, por primera vez en la Tierra, el sueño de Platón: que un filósofo bueno gobierne la comunidad humana.

—Entiende que esas prohibiciones que pretendes provocarían un desequilibrio espantoso.

—Pero terminaríamos creando un paradigma más alto de civilización.

—Dejaríamos entonces de ser romanos.

—Pero seríamos hombres en un sentido más decoroso.

Las voces de las mujeres volvieron a sonar y se interrumpieron para dar espacio a risas por algún comentario que no alcanzamos a escuchar. En algún lugar sonó el grito de un pájaro entre el ulular de los grillos. Tertulo bebió de la copa de vino y este se le derramó de los labios. Le alcancé un pequeño lienzo con el que se limpió. Se excusó por el temblor de sus manos y dijo que se sentía como un niño avejentado. Guardamos silencio por un rato. Después, volvió a hablar.

—Doy vueltas y vueltas, Marco, en torno a eso que significa ser romano.

—Vaya cuestión —dije—. Para empezar a responderla mírate y mírame. Supongo que somos unos buenos paradigmas.

—Una vez, en la escuela que tenemos aquí, hice la misma pregunta ante un grupo de niños y uno de ellos contestó que romano era cortar cabezas.

—Es una respuesta ingeniosa. Pero hay cabezas de cabezas. Piensa en la de Cicerón, que se la cortaron por enfrentar la tiranía. O en la de Avidio Casio, que se sublevó contra mí y por tal razón se la cortaron sus mismos hombres.

—Las palabras del niño, entre muchas interpretaciones posibles, remiten también a la ferocidad que nos ha caracterizado. Ser romano, en medio de tantas cabezas cercenadas, sería afincarse en una justicia atroz.

—Podríamos pasarnos días enteros hablando, Livio, de lo que somos frente a la bondad y la maldad, frente a la crueldad y la clemencia. Hallaríamos rasgos abominables, pero también magnánimos. Tú y yo, por ejemplo, hablando con libertad y respeto seríamos uno de los perfiles que definen también a Roma.

Tertulo afirmó varias veces con la cabeza. Luego, sopesando las palabras libertad y respeto, dijo:

—Aquí sabemos que nos defiendes. Que has ordenado que no se nos agreda. Y, es verdad, contigo no estamos en tiempos de emperadores déspotas. ¿Por qué lo haces?

—Respetar y tolerar tus ideas es también una circunstancia romana. Si alguien atentara contra ti yo sería el primero en castigarlo.

—¿Le mandarías cortar la cabeza? —preguntó Tertulo con una nueva mueca que prefiguraba una sonrisa.

—Lo condenaría a memorizar tus escritos.

—Así darías una suficiente justificación para odiarme más.

—O le aumentaría hasta el suplicio la culpa al delincuente.

—No ignoro que soy bastante molesto para algunos, Marco.

—No te hagas ilusiones, Livio. Esos algunos son muchos. Y no creas que soy solo yo quien te protege. Están también tu riqueza, tu familia, tu origen. Los servicios que le prestaste a Roma cuando fuiste a la guerra como legado. Los impuestos que pagas al Estado.

—Pero esos impuestos no son para sostener la guerra.

—No es necesario recordármelo. He aceptado que tu dinero se invierta no en armas, sino en ayudar a los necesitados. Es bueno señalarte, empero, que un soldado, por el hecho de portar un arma, no es un peligro. Los soldados son también cruciales para ayudar a construir viviendas, vías, templos, hospitales. Existen para frenar los desbordamientos del pueblo que está siempre a las puertas del frenesí. Y no te imaginas lo importante que han sido para enfrentar los momentos más críticos de la peste.

—Si hicieran siempre eso, no tendría problemas con ellos. Pero van a la guerra y entran en otra dinámica. Saquean, pillan, violan, devastan. Su objetivo, como bien lo explica Polibio, es espantar a la población que atacan. ¿Olvidaste lo que los soldados romanos hicieron, bajo las órdenes de Escipión y Mummio, en Cartago y Corinto? ¿Y lo que hizo Julio César en su conquista de las Galias? ¿Y Germánico en Wesfalia? Quemaron las ciudades y los pueblos. Degollaron a todos sus habitantes, sin miramiento por la edad y el sexo. Hasta descuartizaron a los perros y demás animales porque ellos también vivían allí. Y a los sobrevivientes los esclavizaron con un dulce rigor, es decir, con un alto sentido de la humanidad. Y luego, por supuesto, les arrasaron los santuarios y se robaron las riquezas para traerlas a Roma. Todo amparado por una declaración de guerra autorizada por los dioses, o por la providencia, o por el senado. En general, esos jóvenes soldados asesinan defendiendo ideas que no entienden. Y aunque las entendieran, sabes que rechazo que alguien mate a otro amparado en cualquier principio. Ni por la patria, ni por los dioses, ni por, incluso, la legítima defensa. Por tal razón, y de esto no es la primera vez que hablamos, te he aconsejado no mancharte las manos con la sangre derramada de los otros.

Comprendí que aquí se abría otra vía de discusión que nos llevaría a plantear asuntos necesarios para esa armonía social que procuraba mi amigo, pero que en la práctica de este imperio no se podían llevar a cabo. Iba a hablarle, con detalle, de las numerosas asociaciones que había creado para ayudar a las mujeres, a los niños y a los ancianos, pero Tertulo se adelantó.

—Todos en esta villa, debo decírtelo, agradecen tu protección. Aunque, te lo señalo con respeto, nunca te la he pedido.

—Hay cosas que no se piden. Surgen por la dimensión del amor que nos une a los demás. Te resguardo porque te quiero. Y la amistad, creo haberlo leído en una de tus disquisiciones, es la cara más inolvidable de la lealtad.

—Quisiera decirte algo, querido príncipe. Sabes que he liberado a mis esclavos. Que considero mis iguales, en los derechos sociales, a las mujeres. Que repudio la guerra y me declaro un pacifista incondicional. Pero poseo la suficiente cordura para comprender que todo eso lo practico solo en los predios de esta minúscula villa. Jamás lo pregonaría ni en los foros, ni en los teatros, ni en los templos.

—¿Te da miedo, Livio?

—De ningún modo. Es la vejez que me ha reducido los bríos. El cansancio que me ocasiona ir a Roma o a cualquier otra ciudad del imperio que se obstina en crecer hasta el descomedimiento y lo insoportable. En ellas hay demasiada gente. El aire está viciado. Hace un calor imposible en los veranos y excesivo frío en los inviernos. Y el ruido es otro rasgo del suplicio. En fin, si fuera más joven, o acaso más ingenuo, lo haría.

—Pero escribes. Eso es más que suficiente.

—Pero siento que la escritura es inútil porque, y esta certeza estoica no puedo desalojarla de mí, todo está condenado al olvido. La lectura, además, no es un fin en sí mismo y el bienestar que procura a veces es más bien vano y en todo caso provisorio. Desde esta perspectiva, escribir es un embeleco más. Una ilusión pese a que algunos la tomen como un grito genuino de la soledad o un gesto de solidaridad con quienes nos rodean. Una engañifa que se nos pone para que no sucumbamos ante la evidencia de la nada.

—Pero Livio, ¿tú por qué y para qué escribes? —Como no hubo contestación, y él se sirvió más vino, aproveché para responderme—: Yo escribo para mí mismo.

—¿Y te consuelas? ¿Te horrorizas? ¿Te sientes feliz?

—Todo eso a la vez. Pero me ratifico también en mi efímera condición de hombre. Escribo para constatar mejor que todo es pasajero y el universo un torrente que conduce hacia dios o hacia el vacío universal.

—Yo lo hago porque la conciencia y su permanente insatisfacción no me dejan tranquilo. Por épocas, te confieso, escribir me ha irritado. Me he sumergido, como si pretendiera relegar la escritura, en otras acciones. Enseñar a los niños, sembrar la tierra, ordeñar las vacas, ocuparme del jardín. En fin, dejar de pensar que soy alguien, digamos importante, porque escribo. Eso, el yo vanidoso que rodea toda escritura y su proyección en los demás, es lo que me asquea de este oficio. Pero ha sido inútil. Vuelvo a escribir y a hacer público lo escrito. Sucumbo, como podrás comprender, de nuevo a la vanidad.

—Es increíble que, a tu edad y en tu estado de salud, te abrumen esas cosas. Supongo que son los gajes del oficio.

—La verdad es que en estos últimos días todo me abruma. La luz, el vuelo de los mosquitos, la agitación de mis hijas y los libertos cuando arreglan la casa, mi esposa con su amorosa vigilancia, el recuento de lo que debí haber hecho y no pude hacer y de lo que hice y estuvo mal hecho. De haber escrito sobre aquello y no sobre esto. El solo recuerdo de un punzón o un cálamo en mis manos trazando una frase me pesa. Es la edad. La vejez es un período tortuoso en balances de este tipo. Suelo hacerlos en las noches. Y ahora, con esta enfermedad, se me han incrementado.

—Deberías tomar algo para atrapar el sueño. Sin dormir la vida se vuelve insoportable.

—Siempre he dormido poco y las pócimas que me sugiere el médico me embotan los pensamientos y me ahondan aún más el desaliento.

Por unos minutos permití, ese era otro de los ritos de la amistad, que Tertulo diera rienda suelta a su quejumbre. Hacía varios años que no hablábamos y aprovechaba mi presencia, como si yo fuera el filósofo y el médico de cabecera para desahogarse. Él, en este sentido, no había podido asimilar del todo las enseñanzas del estoicismo. A él, más que a nadie, se le podía aconsejar que recibiera con humildad cualquier acontecimiento, incluso el más abominable, porque todos conducen a la salud del mundo. En algún momento bebí de mi copa y dije:

—Tengo una impresión particular desde que comenzamos a conversar.

Confronté aquel ojo indagatorio. Saboreé el vino de Túsculo y continué:

—Estoy en tu casa, en esta habitación donde guardas las máscaras de tus ancestros más queridos. Pero sé que hablas más contigo mismo que conmigo.

—¿Soy tan mal anfitrión?

—No, al contrario, me gusta asistir a este desdoblamiento de tu persona. Porque, al mismo tiempo, también me hablas. Con todo, siento que no estás frente al amigo, sino ante quien detenta el poder.

—Si te ofende esta actitud, excúsame. Eres el todopoderoso del imperio y, al mismo tiempo, un semejante a todos. Por ello será siempre difícil estar frente a alguien como tú.

—Es verdad que, cuando se tiene el poder absoluto de controlar cada cosa, ceder a los caprichos de la gloria es tentador. Pero ambos sabemos que este imperio empieza a desmoronarse y que su todopoderoso dirigente está enfermo y exhausto.

—Pero, en todo caso, tú y él siguen siendo grandes y ambos perdurarán en la memoria de los siglos que vienen.

—Ahora resulta que crees en la posteridad.

—Algo quedará de lo que celebramos y cantamos. De lo que despotricamos e injuriamos.

—No nos hagamos ilusiones, Livio. Todo será sepultado por la ruina y el olvido se encargará de lo demás.

—Del esplendor de un imperio acaso quede un rasgo de belleza fugitiva.

—Habla en serio, por favor, y dime qué piensas sobre la grandeza de Roma.

—Ya te imaginarás, supongo.

—Siendo el que eres, sospecho que te atormenta el asunto militar

Tertulo sonrió con algo de satisfacción niña y se reacomodó en su triclinio. Dio, con más habilidad, un sorbido a la copa de vino y, con suma concentración, logró que el líquido no se le regara. Tomó un higo seco y lo mordió. Luego, también con lentitud, lo tragó sin que se le cayera nada de la boca. Me miró y dijo:

—La grandeza de Roma, cómo negarlo, son sus legiones militares. Y el nuestro, más que cualquier otro, es un imperio que depende de las armas. Está el tejido de sus leyes, esas escurridizas abstracciones de las que tanto nos ufanamos, pero han sido las armas las que se han impuesto sobre las palabras. Y no me cuesta creer que estas últimas serán moldeadas siempre por las primeras.

—Si no fuera por las armas, Roma se difuminaría como un aliento. Es conveniente, por lo tanto, que tengas presente que tu villa depende de esos ignorantes soldados que defienden el imperio.

—Pero así los ejércitos hayan sido y sigan siendo el garante del poderío romano, tal situación no los exime de su basamento brutal.

—Recuerda que del buen uso de las armas se desprende no solo la estabilidad de un reinado o un imperio, sino que ella misma es capaz de procurar una literatura portentosa. Mira, por ejemplo, la que provocó Augusto. De su guerra y su paz salieron Horacio, Virgilio, Propercio, Ovidio.

—Pero también las peores desdichas. ¿Has pensado en la enorme cantidad de sangre derramada? ¿En las familias adoloridas? ¿En las mujeres viudas y los niños huérfanos? ¿En los numerosos exilios? ¿En los campos arrasados? ¿En los innumerables animales despatarrados o en los que han huido cuando les invadió sus territorios?

—No avives más el fuego de tus padecimientos con esas minucias, Livio. Los hechos, por más terribles que sean, terminan siendo absorbidos por la desmemoria. La prueba es que las nuevas generaciones vuelven a la guerra con un ímpetu renovado. Y a casi nadie le interesan el equilibrio de los bosques y la vida de los animales. Tal es la dinámica de los imperios. Todos están construidos bajo pilares recios que cada poder, nutrido de la sangre juvenil, celebra. Pero así yo sea consciente de que la guerra es una de las peores desgracias humanas, no puedo desconocer que soy el César.

—Lo cual significa que encarnas una contradicción suprema. Por un lado, eres el sumo pontífice del imperio y, por el otro, el máximo guerrero. Una razón de más para no envidiarte.

—Yo, en cambio, a veces envidio tu vida. Leer tus textos sobre las virtudes de la paz y la guerra con sus perfiles nefastos me ha ayudado a aceptar que, poco a poco, la humanidad avanza en la construcción de sociedades más razonables.

—Pensaba que no apostabas mucho por el porvenir que nos espera.

—Te estoy hablando como un dirigente político. Porque en mi intimidad creo que nos aguarda el gran incendio, un arrasamiento final, el colapso destinado a la Tierra, como planeta, dentro de un cosmos que se transforma sin cesar. Frente a eso no guardo ninguna esperanza.

—¿De verdad te interesa saber mi opinión sobre la grandeza romana?

Respiré profundo y afirmé inclinándome sobre el triclinio para escuchar.

—Roma surge de una sucesión de actos no muy excelsos. Una prostituta que pare a Rómulo y a Remo. El asesinato de uno de ellos, siendo rey, cometido a mansalva por su hermano. El robo de las mujeres de una comarca aledaña y sus violaciones respectivas. Campañas bélicas permanentes sazonadas con heroísmos patrióticos. Quizás hayamos sido un grupo de campesinos rústicos asediados por la culpa de un delito fundacional. Y que, para conjurar esa culpa, empujados por la desesperación de tal condena, empezáramos a buscar otros horizontes. Pero esos romanos del inicio también entendieron que más allá de sus pequeñas colinas y el río insalubre que los circundaba, había tierras feraces, rebaños nutricios, ciudades espléndidas de las que tenían que apropiarse a cualquier precio.

—Aunque —me atreví a interrumpir—, y pese a ese inicio tan atribulado, hemos logrado construir la mejor civilización del mundo. Nuestro poder es militar, sin duda. Y de él han surgido aspectos humanitarios. El código civil, los acueductos y las vías, los templos y las bibliotecas.

—Las bibliotecas de Roma, querido Marco, han nacido del saqueo. Porque las conquistas que hemos hecho están estimuladas por una voracidad sin término. Es endulzar un bocado agrio decir que Roma está sostenida en la idea de una pluralidad de naciones en la que cada quien tenga el derecho de vivir libremente. Porque Roma es, en realidad, como un crisol que condensa todas las opresiones. Llega a los otros pueblos y les confisca sus tierras con su ganado y toma a sus habitantes como esclavos. Si los otros existen es para que sean sometidos a sus leyes. Cicerón, que habló de guerras justas y aceptó que se masacrara en nombre de la patria, escribió que expandir el imperio con guerras infames, y hacerlo en nombre de la ambición de las riquezas, no era ningún signo de avance, sino de retroceso. A esa grandeza, a la expansión desbordada de unos cuantos ambiciosos generales, bajo argumentos de libertad y paz, algunos clarividentes la han llamado devastación.

—Ha habido excesos, lo reconozco. Pero declarar una guerra justa es una cosa y las estrategias de las batallas son otra. La primera es una suerte de ritual cívico y religioso. Las segundas, una aplicación inevitable del terror. Toda gran conquista tiene ese precio. No comprenderlo es demostrar ingenuidad en la política.

—Quizás sea ingenuo, pero sabes que también fui a la guerra. Estuve en Germania y exalté las legiones y canté el nombre de Roma y defendí su civilización y me dije que, por ella, por defender su pálpito luminoso, valía la pena morir. Pero, después, caí de bruces sobre la realidad y vi su verdadero rostro. La guerra no es una gran mentira. Al contrario, es una verdad aparatosa hecha de interminables manipulaciones. Al buscar una comparación apropiada pensé en una bestia inmensa que devora hombres para defecarlos. Y tú tienes razón, Marco, lo que se suele cantar en los discursos, en los tratados, en los poemas no es más que una entelequia que, en los campos de batalla, huele a una mezcla de sangre, mierda y orina.

—Entiendo tu indignación. Militares como Casio te dirían cobarde y te cortarían la cabeza sin vacilaciones. Otros te tratarían de loco y exigirían tu reclusión inmediata. Yo, en cambio, te escucho y acepto algunas de tus consideraciones. Pero también te diría que la guerra es el ritmo inherente al desarrollo de las civilizaciones, esencial para que las cosas se transformen. Es una ley de la naturaleza y de la condición humana. Sin las guerras jamás se llegará a la paz. Ya lo decía Heráclito: «La guerra padre es de todos».

—Al verte tan convencido de tus palabras, prefiero evocar a Virgilio: «Tú, romano, recuerda la misión: regir los pueblos con tu mando. Estas serán tus artes: imponer leyes de paz, conceder tu favor a los humildes y abatir combatiendo a los soberbios».

—¿Denigras de esos versos?

—De ningún modo. Busco a Virgilio para admirar la gran poesía y para comprender mejor la que es una de las funciones de la literatur: enaltecer al poder y su grandeza militar.

—Tú, al contrario, te empecinas en vilipendiarlo. Y no me cuesta creer que, aunque eres mi amigo, no apruebas mi política imperial.

—Tu propósito es la expansión del imperio cuando deberías detenerla.

—Veo que sigues a mis contradictores.

—¿Y el proyecto de las dos provincias que quieres crear en el norte? Esas son tierras donde Roma no debería meterse. Desde los días de Augusto se ha mantenido esa consigna. Quintilio Varo fracasó en su empresa. Con Germánico y los que le siguieron pasó lo mismo. Ahora, para constatarlo, estás en medio de esa encrucijada.

—Te equivocas del todo. Es verdad que hasta esos límites deberíamos llegar. Pero ¿qué hacer con esa infinidad de tribus que quieren, a todo precio, entrar a Roma? Son gentes agresivas y su sueño, si es que logran unirse, será no solo entrar en ella, sino acabarla. Crear esas dos nuevas provincias significaría atajarlos.

Tertulo calló pensativo. Pensé que iba siendo hora de irme a dormir y que no valía la pena convencer a alguien que me sobrepasaba en la tozudez. Ahora había silencio en el resto de la casa. Desideria quizá ya estaba en el lecho. Pensé en ella y en la separación que nos esperaba. Al levantarme quise despedirme y salir. Mi amigo me miró con cierto gesto desafiante. Enseguida asumió una actitud compasiva y con voz cansina preguntó:

—En serio, Marco, ¿vas a volver a la guerra? Abstente de hacerlo. ¿No sería mejor vivir sin reprimir, respirar sin castigar, caminar sin oprimir? ¿No es esa la mejor manera de permanecer inmaculado?

Me pareció inútil explicarle a Tertulo una vez más que Roma, a pesar de sus facetas cuestionables, simbolizaba el mejor orden para una geografía asediada por la desagregación y el caos. Alegarle que nosotros representábamos una evolución magnánima de la ética humana porque aplicábamos una justicia basada en la clemencia. Y aclararle, con un mayor énfasis, que era eso lo que yo defendía al decidir partir al frente de batalla. Pero sentí un gran cansancio y, antes de retirarme, solo dije:

—La situación en el norte es insostenible, Livio. Mi deber es hacer este último esfuerzo.

—Virgilio escribió pensando en ti —respondió. Tertulo quiso levantarse y, como vi su dificultad, le ofrecí mi brazo. Mientras se afirmaba en el piso, recitó una vez más al poeta—: «Me enciende el ansia de juntar un puñado de soldados y correr al palacio con los míos. El furor y la cólera me arrebatan y me parece hermoso sucumbir combatiendo».

—Virgilio será de lo poco que quedará de este imperio —dije sin evitar la emoción—. Pero, te lo preciso una vez más, con ese «puñado de soldados» no busco ampliar ningún imperio.

—Peleas contra un enemigo superior a ti —insistió Tertulo.

Advertí de golpe el propósito que él tenía con esta última visita. Pretendía que desistiera de la campaña militar que preparaba. Encaré con más resolución sus palabras, pero Tertulo volvió a decir:

—Pasas de largo, Marco, ante los efectos demoledores de la peste en las legiones. Ellas están diezmadas, el erario se ha vaciado y te empecinas en hacer una guerra a todas luces desastrosa.

—La peste nos ha obligado a hacer lo imposible para sobrevivirla —repliqué. Y, con la ironía, que me salía de la punzada causada por esta última valoración, añadí—: Mientras tú vivías en tu «pequeña parcela» con los tuyos, yo estuve enfrentando la peste en Roma y también en los frentes de batalla en el norte. Y esa cara que vi tampoco es honorable. Al contrario, fue desoladora y terrible. Pero era mi misión estar allí. Porque se trataba, por un lado, de ayudar a los enfermos y, por el otro, no de conquistar, sino de castigar a los rebeldes. Simplemente he intentado conservar el equilibrio en un mundo trastornado.

—No quiero ofenderte con mis palabras, Marco. Si lo he hecho, discúlpame. Solo trato de hacerte ver que peleas con un enemigo gigantesco.

—Sé que dirijo una nave que hace aguas por todas partes, pero se me ha designado para llevarla a puerto en medio de las olas embravecidas. Acaso fracase en la misión y, en verdad, eso no importa porque no tengo otra alternativa. Si no lo logro, habrá otro príncipe que me reemplace. Y, en fin, ¿quién soy yo para ir en contra de lo que ya está predestinado?

En ese momento, sonó un leve golpe en la puerta. De inmediato la voz de Desideria y de una de las hijas de mi amigo se escucharon como un susurro. Abrí y dije que ya nos disponíamos a buscar el descanso.

—Déjame pedirte un último favor —dijo Tertulo.

Aprobé con la cabeza y fuimos caminando hacia el jardín, alumbrados por las antorchas que aún estaba prendidas en los bordes del corredor. En los pasos de mi amigo había temblor y su hija lo conducía con parsimonia afectuosa. Desideria, a su vez, me tomó de la mano. Estaba tibia y volví a estremecerme por su suavidad. Nos detuvimos frente a un ciprés que uno de los ancestros de Tertulo había plantado. Al lado estaban la fuente y la pequeña capilla de los lares que las mujeres de la villa cuidaban con esmero. Unos velones iluminaban su relieve con una calmada y persistente llamarada. Tertulo me pidió que nos aproximáramos.

—Vivirás más que nosotros —le dijo al ciprés y contorneó su tallo con largueza—. Y en otras cosas más nos superas —agregó—. Eres elegante, sobrio, sabio. Hablas sin palabras. Y con pensamientos puros escuchas nuestras divagaciones.

Tertulo respiró profundo. Lanzó un leve sollozo y, volteándose hacia mí, dijo:

—Estamos prontos a la muerte, querido Marco. Yo más que tú, a pesar de que vuelvas a la guerra. —Y después, al levantar la cabeza hacia el cielo y corroborarse ante las estrellas innumerables, exclamó un «¡ah!» maravillado—. En esos arduos recuentos que suelo hacer en las noches —dijo—, no todo son reproches. A veces, como ahora, me siento en un estado grato. Confirmo que estoy aquí en mi terruño. Y que, desde él, he soñado, he amado y, en fin, he columbrado el cosmos.

—Esa es también una de las formas de ser romano, Livio —dije.

Entonces nos despedimos, pues salíamos de regreso a Roma en las primeras horas de la mañana, con un abrazo y un beso.

—Cuando estés allá, en los límites del imperio —fueron sus últimas palabras—, no dejes de preguntarte dónde termina la naturaleza y quiénes son los otros. Y trata, en lo posible, de no perturbar la morada de los dioses.

# Niebla y olvido

# I

Los lictores me precedían portando sus estandartes de madera venerable. El hacha que los coronaba simbolizaba la decapitación y el azote. Estaban allí los integrantes del senado, los altos mandos militares y los sacerdotes feciales. Estos últimos eran los encargados de declarar la guerra. En el Foro, detrás del circo y cerca del templo de Apolo, se había construido el de Belona. Uno de sus terrenos colindantes lo marcaba una pared que representaba los dominios del enemigo. Ya no era posible, como antes, enviar a los emisarios de Roma para dialogar con quienes pretendían atacarnos y discutir una última posibilidad de paz. Las zonas conflictivas estaban distantes. Sus legados no habían podido avanzar en las negociaciones con los bárbaros. A pesar de su experticia militar, las empresas de los Quintilio, encargados de las Panonias, resultaron inútiles a la hora de parar las invasiones. Una vez más, se había producido un desbordamiento de gentes, salvajes y desesperadas, que atentaban contra el equilibrio del imperio.

No fue difícil convencer al senado de la urgencia de declarar la guerra. Expliqué que el objetivo de controlar las orillas del Rin y el Danubio se habría logrado si no hubiera sucedido la usurpación de Avidio Casio. Ahora, resquebrajados los acuerdos hechos unos años antes, la única solución era que yo regresara para pacificar de una vez por todas estas provincias. Lo fundamental, y en ello fui más claro aún, consistía en crear dos nuevas provincias. Una para los marcomanos y otra para los sármatas. Hubo algunas voces contrarias porque creían —como Livio Tertulo— que ahora más que nunca era conveniente seguir el precepto de Augusto de no extender más el imperio. Volví a decir que las mías, imposición de la providencia y compromiso con el pueblo romano, no eran guerras de expansión, sino de detención. Si a esos hombres que nos acechan sedientos de tierras se les vuelve romanos, concluí, dejarán de ser nuestros enemigos.

Para realizar esta segunda campaña en Germania fue necesario crear nuevos impuestos. Yo mismo ofrecí mi patrimonio para la financiación. «Mi casa y mis haberes», les dije a los senadores, «no me pertenecen. Son propiedad de ustedes y de Roma». Los maestros proscritos aprobaron mi propuesta y ofrecieron también parte de sus fortunas. El reclutamiento militar se propagó por todas las provincias. Mercenarios y gladiadores y los esclavos que lo quisieran nutrieron las tropas. Se les avisó a las autoridades respectivas de nuestro paso por los pueblos y ciudades, ya que ellas debían garantizar la manutención de los soldados. Pero la organización y movilización de este desplazamiento de miles de hombres debía oficializarse a través de un ritual. Y este se efectuó, aquel día de inicios de agosto, en las escalinatas del templo de la diosa de la guerra.

Subí entonces a la columna de mármol de Carrara, ayudado por mi hijo, desde donde debía arrojar la lanza. Al arma se le untó sangre del animal sacrificado por el sacerdote. Miré a cada uno de mis colaboradores de confianza. A mis yernos, Claudio Pompeyano y Vitrasio

Polión. A mis otros hombres de confianza, Brutio Presente, a Tarutieno Paterno y a Tigidio Perenne. Todos vestíamos el traje de las expediciones. Las trompetas sonaron y, ante el silencio expectante de los asistentes, el rostro agresivo fue dibujado. Era compacto y enérgico como el poder de nuestro ejército. Tomé la lanza y la arrojé hacia la pared. Allí se incrustó haciendo que la sangre trazara la figura de una estrella. Y la ovación llenó mis oídos hasta el aturdimiento.

## II

Desideria no expresó su voluntad de acompañarme. Tampoco se la solicité. Ambos sabíamos de la dureza del mundo castrense. Aunque Faustina decidió estar junto a mí en la primera fase de esta guerra —los soldados terminaron por nombrarla «Madre de los campamentos»—, Desideria era una mujer de otra índole. Cuando le contaba algo de lo que escribía en mis horas de recogimiento, y le decía que toda vida era patrimonio del exilio y la guerra, guardaba silencio y volvía a sus labores de palacio. Era evidente, sin embargo, que mascullaba para sí misma el sentido de mis palabras.

Pero cuando le hablé de la separación, dejó las prendas que organizaba en los muebles y, mirándome con fijeza, me pidió que no partiera. No era la suya una petición irrespetuosa. En sus ojos no había ningún rasgo de consternación. Me aconsejó, con el respeto debido, que delegara. Ella se justificaba en la aspereza del invierno y en mis dolencias físicas. Me recordó los agobios de la úlcera. Las continuas expectoraciones que se manchaban de sangre.

El sueño mío tan precario. Se atrevió, incluso, a hablarme de las bondades del estoicismo. Era mejor estar en Roma donde podía conversar con filósofos atildados sobre los modos en que los hombres se aproximaban a la verdad, que estar en medio de combates exhaustos, así como en acuerdos engorrosos de paz.

Quise interrumpirla porque sus palabras caían en el vacío. Pero me detuve. Pensé que hacerlo era un acto de arrogancia. Desideria hablaba sin ninguna indignación. Sus ojos color de las almendras se veían más tranquilos que otras veces. La voz, melodiosa y firme, se aferraba a sus sentimientos. ¿Qué otra cosa podía hacerse en las despedidas? Se refería a la Roma de nuestros tiempos compartidos. Habló de la luz de los dos crepúsculos tocando nuestros cuerpos en el tálamo. Habló de la música de las liras que tanto nos gustaba escuchar en las horas del descanso. De mi voz leyendo el latín abigarrado de Séneca y el seco griego de Epicteto. O el griego de Platón en el que la sabiduría de Sócrates se trasunta. Y en cada palabra de Desideria estaba instalada ya la nostalgia próxima. Esa que, en este campamento, me hace pensar en ella como si fuera una imagen disuelta en lo ya transcurrido.

Al terminar su reclamación por un destino que no dependía de nosotros, la miré con dulzura. Tomé sus manos y las besé. Descubrí en sus ojos la urgencia de que yo respondiera. Pero guardé silencio. Salí del aposento para unirme a la delegación oficial que se dirigía al templo de Belona. Mientras me ponía el traje militar, evocaba la historia de mi primer antecesor. Eneas despidiéndose de una desgarrada Dido. No volviendo atrás en su deber ante las solicitudes del amor. No haciendo nada para detener la decepción y la rabia de quien se quedaba afincada en la soledad. Sabiendo, como lo sé ahora, que ya había sucedido el período de las caricias y los apegos y que era menester cumplir lo que había sido dispuesto por los dioses y los hombres.

## III

De nuevo la guerra. El paso de las legiones que suena como un tambor grave y acompasado. La instalación de los campamentos para dormir y, al día siguiente, desmontarlos para continuar la marcha. Los toques de las tubas de bronce señalando los movimientos cruciales de un ejército tan numeroso como obediente. Las filas de los soldados para tomar su alimentación, el mantenimiento de sus armas, el aseo dado a los caballos. Las hogueras en torno a la cuales se recuerda el pasado y se especula sobre el futuro. Y en tanto avanzábamos, los días se iban tornando más grises y brumosos. Eran las postrimerías del verano, en medio de lluvias impetuosas, cuando llegamos al campamento desde donde se empezarían a dirigir las estrategias.

La primera fue extender los fuertes a lo largo de la frontera. Mejoramos los que ya estaban construidos y los nuevos tuvieron mayores comodidades y abundancia de víveres. El objetivo era generar, a través de esta defensa, las estructuras de lo que más tarde serían los pueblos y ciudades de las dos provincias proyectadas. Paterno, que había sido mi secretario de la correspondencia latina y prefecto del pretorio, fue enviado al campo de batalla. Esta vez cumplió bien su deber —antes había fracasado en las negociaciones con el pueblo de los cótinos al buscar con ellos una alianza contra los marcomanos— y otorgó una victoria significativa, ahora sobre los cuados. La batalla duró una jornada entera y permitió que se me ofreciera una nueva aclamación imperial. Con la misma eficacia de Pertinax en Dacia, que tenía la capacidad de detener todo tipo de escaramuzas, Valerio Maximiano ejerció sus funciones en las Panonias y sus legiones controlaron las regiones más extremas del Danubio. Estos triunfos generaron, por fortuna, una atmósfera favorable para establecer los acuerdos de paz.

Las embajadas iban y venían por el campamento. Yo recibía a los jefes de un pueblo y de otro y procuraba comprender sus propósitos tratando de que lo pactado brindara beneficios tanto a ellos como a nosotros. Claudio Pompeyano y Cómodo me acompañaban. Pompeyano era el hombre cuyos consejos me esclarecían más. Y con respecto a mi hijo, él debía enterarse de cada una de las fases de la guerra, puesto que sobre sus hombros caería la responsabilidad de continuar la política que yo había iniciado. Cómodo, sin embargo, no se interesaba lo suficiente y prefería ver los ejercicios ecuestres que se desarrollaban en las lindes del campamento. Pompeyano no decía nada, pese a que podía pronunciarse porque había un lazo familiar que nos unía. Pero cuando yo se lo pedía y estábamos solos se quejaba de la demasiada holganza y los caprichos del joven príncipe.

Entre los bárbaros, los más proclives a la colaboración eran los naristas. Estaban instalados en la confluencia de los ríos Naab y Regen y sus vecinos eran los marcomanos. Aunque no eran tan numerosos ni agresivos como estos. Al darme cuenta de su buena disposición, les ofrecí tierras dentro de nuestros dominios para que sembraran y pastaran y levantaran sus cabañas. Creía que, con este ejemplo, los que optaban por la insubordinación terminarían acogiéndose a las reglas que les proponía. A los yázigues, por su parte, los alivié de algunas imposiciones. Permití que se desplazaran por ciertas regiones y que, si lo deseaban, pero con nuestro permiso, ya que debían circular por territorio romano, podían comunicarse con los roxolanos, pueblo de Dacia con el que los vínculos de Roma eran satisfactorios. Pero los yázigues tenían prohibido circular con sus embarcaciones por el Danubio y penetrar sus islas. También se les proscribió efectuar asambleas públicas. Estos espacios significaban la posibilidad de que se infiltraran elementos de otras tribus sospechosas de alterar el orden.

Las negociaciones se veían entorpecidas, no obstante, por las acciones de los marcomanos y los cuados. Estos eran los más renuentes y azarosos. Por tal motivo, cerca de sus aldeas se edificaron los fuertes más sólidos. Con ellos hemos implementado una táctica basada no solo en vigilar su territorio, sino en acosarlos. No los hemos dejado en paz un solo día. Les evitamos cualquier laboriosidad. Si quieren partir de donde se hallan y establecerse en otro lugar, les bloqueamos el camino. La divisa es quemar sus caseríos y obligarlos a caer en una incertidumbre extrema. Solo así podrán ver que la única opción que tienen es la aceptación de nuestro modelo de convivencia social.

Al día siguiente de una de las expediciones más enérgicas, el resultado se concretó. A las empalizadas romanas fueron llegando centenares de germanos. Entregaron sus armas para ofrecer sus servicios a nuestro ejército. Pero cómo ignorar que se da, entre muchos de ellos, una actitud de rechazo a lo que Roma les propone. No quieren saber de nuestra lengua y costumbres. Los enerva tener que pagar impuestos como un precio por la paz que les traemos. Desprecian nuestros hábitos de vida porque entienden que, al aceptarlos, pueden perder la suya. Prefieren el trajinar de sus aldeas atrasadas que las bondades de nuestras ciudades civilizadas. Y es que en la base de nuestra política habita la convicción de que Roma es el ejemplo de una existencia más próspera y justa. En este sentido, es comprensible que nuestro imperio haya sido aceptado y asimilado por los bárbaros no solamente por las armas, sino por los placeres que les prodigan nuestras diversiones, por la comodidad material que les ofrecemos, por la amplitud liberadora que suscitan nuestros conocimientos y por los puentes sólidos que levanta nuestra lengua.

## IV

Terminaba el verano cuando un grupo de sármatas atacó a una infantería romana. Esta última sufrió varias bajas, pero, gracias a su habilidad, se repuso de la sorpresa y logró vencer. En vez de ultimar a quienes habían sobrevivido en el campo de batalla, Vitrasio Polión, quien comandaba, decidió traerlos al campamento central. Aquí se les hizo el juicio respectivo. Todos recibieron la condena a muerte. La orden, aprobada por Cómodo y yo, fue la decapitación.

Los prisioneros se condujeron a una explanada donde la tarima imperial se levantó. Mi hijo, a mi lado, estaba expectante. Pompeyano y Polión, detrás, guardaban un silencio enfático. Jinetes con sus lanzas y estandartes formaban un cerco protector. Los caballos negros y blancos eran imponentes. Más atrás se levantaban las altas empalizadas del campamento. Tres trompetas sonaron. Una oración en un latín fragoroso fue pronunciada como un preámbulo a las puniciones. Al frente de nosotros, en varios puntos señalados con un círculo, estaban quienes cortarían las cabezas. El filo de sus espadas resplandecía con la luz del estío agónico.

Algunos condenados iban con el torso desnudo. Otros llevaban una túnica que no les alcanzaba llegar hasta las rodillas. Los pantalones estaban maculados de limo. Todos tenían las manos atadas atrás. Sus barbas eran espesas y rubias. Un soldado diferente conducía a cada sármata ante el verdugo. Ninguno hacía repulsa ante la muerte próxima. En sus rostros había, más bien, un gesto impávido. Demostraban que el castigo que recibirían les suscitaba un profundo desdén. El primero de ellos, por la presión del soldado, se inclinó ante nosotros. La espada, sostenida por dos manos vigorosas, se elevó y, con precisión rauda, tajó la cabeza. El hombre que acompañaba no alcanzó a girar para que el chorro de sangre no le cayera en el rostro. Cómodo soltó un ¡ah! entre entusiasta y perplejo. Yo recordé, en cambio, aquel episodio de mi infancia que tanto atrajo la atención del emperador Adriano. Se hacía un ritual a Venus en el que yo me iniciaba y un ternero fue sacrificado. El puñal del sacerdote se clavó en el cuello del animal y la sangre me salpicó en la cara. Me paralizó por un instante una mezcla de náusea y terror. Quise vomitar y salir corriendo del templo. Pero me contuve y logré estar tranquilo hasta que terminó el rito. Adriano se dio cuenta, con ese gesto, de mi carácter y pensó que no habría nadie mejor dotado que yo para comandar las ceremonias religiosas y los pormenores de la guerra. Los soldados iban a recoger las primeras cabezas para arrojarlas a una canasta de cuero basto. Volión ordenó, sin embargo, que no se hiciera. Iba a contradecirlo, pero me pareció inútil. Una tras otra, y fueron decenas, las cabezas rodaron por el suelo. Algunas daban topes, como si fueran pelotas, antes de inmovilizarse. Los ojos de los prisioneros giraban con frenesí y, después, se cerraban. Sus cuerpos caían desgonzados. Las piernas, a veces, se movían sin control hasta que se quedaban quietas.

## V

Todo es hedor y sangre mezclado con polvo perecedero. Los bosques aledaños se arrasan para procurarnos la madera. El agua de los ríos y los lagos se ensucia cuando la tocamos. Los ciervos y los jabalíes huyen al saber que hemos llegado a sus dominios. En los días en que hasta los pájaros parecen rechazar nuestra presencia, la guerra me pesa como un fardo y el velo de las glorias imperiales se deshace como el humo que se desprende de las fogatas. Surge entonces la convicción de que la naturaleza obra a través de dinámicas de ataque y aniquilación. La araña se enorgullece de haber atrapado la mosca. El felino devora el lebrato. Un pez más grande engulle una sardina. La serpiente se traga a la ardilla. Y el romano, ese que yo represento, caza sármatas. ¿Somos, en este sentido, bandidos todos? ¿Malvados que combaten contra malvados? No, simplemente cada ser, dentro del andamiaje del cosmos en que se mueve, sigue la orden que le ha sido asignada.

Los animales matan para comer solo lo que necesitan, escribe Livio Tertulo en uno de sus libros. Pero no cazan como lo hace el ser humano. Jamás un animal hace la guerra y celebra un triunfo sobre la sangre de los masacrados. Los hombres, en cambio, la acometen con entusiasmo y se embriagan movidos por las circunvoluciones del poder y la búsqueda del honor. Así somos. Es la circunstancia irremediable de nuestra naturaleza. Nos fascina la violencia y buscamos con ahínco la paz. Pero, aunque estemos anclados en una encrucijada de amor y odio, es necesario perseguir hasta encontrar una especie de perfección humana. Así reflexionaba mi amigo que ya ha muerto. Como muertos están los príncipes que me precedieron. Adriano, Antonino Pío y Lucio Vero son puras cenizas. Mi padre, mi abuelo y mi bisabuelo han sido deglutidos por esa nada que hay más allá de la muerte. Morta cortó el hilo de mis ocho hijos muy temprano. Domicia y Faustina, la mujer que me engendró y la mujer con quien engendré, así como mi hermana Cornificia, aquella con la que crecí, también fueron absorbidas por el ciclo imparable de las transformaciones de la materia. De Frontón, Rústico y Apolonio, mis maestros, solo persiste mi lábil rememoración de sus palabras. Y frente a Desideria, ha pasado también el goce de nuestros encuentros. Todo inicia, se desarrolla, se termina para luego ser pasto del olvido. Sé que a mi cuerpo pronto lo devorará el fuego. La porción de tiempo que me correspondió, separador del nacimiento y la muerte, ha transcurrido como un espejismo. Y terminar mis días aquí, en el extremo del imperio, o en Roma, que es su centro, o en Alejandría o Atenas, capitales de otras periferias, no tiene ya mayor relevancia. Sin temor alguno, acepto que el universo es este cauce que todo lo arrastra y en el cual estamos involucrados por determinación de la Providencia. Y que eso que llamamos pérdida, o muerte, no es más que una de las expresiones naturales del cambio.

# VI

La peste ha regresado. En realidad, su partida nunca ha sido definitiva. En el campamento, desde que inició este último invierno, los casos proliferan cada día. El fantasma de Roma y Aquilea, donde los muertos fueron tantos, acosa. Varios médicos notables han sido convocados para que enfrenten una vez más los embates de la epidemia. Esta vez he dejado que Galeno permanezca en Roma haciendo sus investigaciones y escribiendo sus tratados. Allá, sin duda, será más útil que aquí. De nuevo se ha ordenado cubrir los rostros con mantos humedecidos en líquidos rancios. Las fogatas, para purificar el aire, han vuelto a ser grandes y continuas. El olor del incienso y de los orines es penetrante y ubicuo. Se me ha aconsejado volver a Roma o, al menos, dirigirme a Sirmio donde hay menos riesgos de contagio. Pero mi respuesta ha sido un no categórico. Es más, he ido varias veces a las tiendas de los soldados para animarlos. Me he atrevido, incluso, a visitar el lugar donde están quienes agonizan y darles palabras de consuelo.

Es normal, por otra parte, que Cómodo esté amedrentado. Similar a lo que ocurrió con Lucio, me ha pedido que lo deje regresar a Roma. En los momentos de mayor tensión entre los dos, en medio de este crudo invierno, aplastados por el frío y la nieve, me ha dicho que esta guerra es costosa, larga e inútil y que es urgente acabarla. Le digo que, con un poco más de paciencia, lograremos detener las invasiones. Y le ruego que, cuando sea el único César, consolide el sueño de la paz. De lo contrario, se acarreará un temprano renombre de traidor a los designios de la patria. Pero mi hijo es de ánimo levantisco. Responde que esas voluntades son las mías y las del consejo de amigos que me rodea y no las de él y una buena parte del senado. Alza los hombros con irreverencia y dice que su deseo, como único príncipe, será velar por su salud y la de las legiones romanas. Insiste en partir de inmediato, pero lo convenzo de esperar unos días más. Si el frío aminora, añado, podremos emprender el último tramo del control de las fronteras, y llegaremos a Roma seguros de haber cumplido la misión.

## VII

Una gran fatiga se ha instalado en mi cuerpo. La tos y la fiebre son recurrentes y las expectoraciones de la sangre han aumentado. Las últimas noches las he pasado en vela en medio de las vaharadas del incienso. Los médicos saben que es la peste, aunque no tenga todavía las manchas violáceas en la piel y los ganglios no estén inflamados. Me previenen que el cuadro de los síntomas se complicará en breve. Con premura, antes de que la enfermedad lo impida, mando llamar a mis amigos. El primero en llegar es Claudio Pompeyano. Me trata servicial y sereno. Quiere quitarse el manto y acercarse para darme su saludo afectuoso, pero los médicos piden que se mantenga distante. Es admirable no solo la fortaleza del organismo de Pompeyano, sino la de su templanza. En tantas jornadas pasadas junto a mí, jamás ha revelado cansancio o desmoralización en sus actos. Siquiera que Lucila ha terminado por querer a este viejo servidor de Roma. La verdad es que no encuentro, entre los hombres que me rodean, alguien con mayor capacidad como la suya para gobernar. Es severo o afable cuando hay que serlo. El estoicismo que practica es su protección en la intimidad y su rampa en la relación con los ámbitos públicos. Y el compromiso asumido con las políticas del imperio, ante todas las borrascas que lo han asediado durante mi mandato, ha sido de una sola pieza. No vacilo en exaltar sus virtudes y en manifestarle mi afecto. Tampoco me tiembla la voz al decirle que lo mejor para el imperio hubiera sido designarlo a él como mi sucesor. Lo de Cómodo ha sido un completo desacierto. Pero ya es demasiado tarde para desautorizar mi voluntad. Podría hacerlo, en todo caso, y evitar que mi hijo repita las escenas vergonzosas de un Calígula, un Nerón o un Domiciano. Y qué importa que mi vuelta atrás ocasione el desprecio de los míos. Si Faustina se incomoda, esté donde estuviere, por este último cambio de mi decisión, eso no tendría mayor interés para el grueso de la colectividad. Lo indispensable, en cambio, es tener en cuenta el derrotero más plausible para Roma. Lo necesario, de un lado, es no separar a Cómodo del poder y evitar así el riesgo de una guerra civil entre los posibles aspirantes al trono. Pero con mi hijo probablemente se caiga en una administración equívoca que atentaría contra el equilibrio del imperio.

Pompeyano me escucha. «¿Qué haremos cuando no estés?», pregunta con su voz sonora que me hace pensar en el badajo de las grandes campanas. «Aconsejarlo», contesto, «al menos hasta que él lo permita. Y si ustedes son incapaces de detenerlo en sus excesos, entonces habrá que encomendarlo a los dioses». Pero no sé si dije eso o lo pensé porque la cabeza ha empezado a darme vueltas. De ese día en adelante, he sentido que pierdo la noción de la realidad y de lo que acaece en mí y en el derredor más inmediato.

# VIII

¿Desde cuándo decidí no comer ni beber? ¿Ha transcurrido un día o este es demasiado extenso y debo dividirlo en semanas, meses y años? Pero ¿qué sentido tiene ahora pensar en las medidas de este tipo? ¿Acercarse a la muerte no es comenzar, por fin, a atisbar lo ilimitado? El médico hace una señal con los dedos. Marca tres, cuatro, cinco. Sus dedos se me vuelven prolífico y me confundo porque sé que lo que me falta por vivir es poco. De pronto, me pregunto ¿cuántas horas hacen mis casi cincuenta y nueve años? Estulto interrogante que es vano responder. Qué importa si he vivido más o menos años. Pero sí lo es porque, aferrado a las divisiones del tiempo, compruebo que sigo aferrado a la vida.

Creo reconocer a Galeno en mi cabecera. Espabilo y veo a Sotéridas. Y luego a Demetrio. Uno, imbricado con los otros, me pide beber la triaca. Tomar la poción que me otorga el sueño. Niego con la cabeza. Digo que ya no sirve de nada tomar cualquier cosa porque pronto llegará la hora. ¿La hora, el día, el mes, el año? ¿Por qué sigo pendiente de esas minucias temporales? Y como un ramalazo de certidumbre, siento que no estoy en una cama, en un campamento militar de Sirmio, sino que estoy acostado en el catre donde dormía cuando mi sueño era ser el más sabio de los hombres. Esta confusión no tarda en transmitirse a los rostros de quienes me acompañan. Por momentos quien me solicita beber el remedio es Aristarco, mi distante preceptor a quien tanto lloré en su muerte. Su mano blanca, contorneada por una profusión de venas azules, me toma el mentón y dice, en un griego perentorio, que abra la boca para tomar el líquido. Yo, pese a que me vuelve a conmover el acento suyo de esa lengua amada, giro hacia el otro lado.

Pero allí, en un rincón, avizoro tres sombras. Poco a poco caigo en la cuenta de que son Domicia, Faustina y Desideria. Hablan de mi testarudez y desobediencia. Alcanzo a entender que las tres están de acuerdo en que debo hacer caso a las prescripciones médicas. «Haz caso», susurra mi madre, «para que te alivies». Respondo que esta vez no hay alivio. «Quiero morir ya para encontrarme de nuevo contigo», agrego. Y yo quisiera que Domicia girara, pues está situada en un lugar donde la penumbra no deja que la perciba bien, y me obsequiara la visión de sus ojos oscuros y sus cejas gruesas y apacibles. Pero albergo esta alternativa y su imagen se desvanece.

## IX

Un movimiento brusco se produce en la habitación. No veo nada que pueda darme una explicación. Tampoco hay nadie. Aguzo mis oídos y escucho la crepitación del fuego que sigue encendido. De repente, me incorporo. Doy unos pasos. No veo ni a los médicos, ni a los guardias que cuidan de mí. Pero observo con mayor detenimiento y veo a estos últimos. Ambos están recostados sobre sus lanzas y duermen. Si Pertinax o Pompeyano o Polión los vieran no vacilarían en castigarlos. A mí, al contrario, me llena de compasión el sueño de estos dos jóvenes que me cuidan. Salgo, ataviado con el traje de campaña, y camino por en medio de las tiendas. Es insólito que no tenga frío y más todavía que no tosa ni me duela el cuerpo y que no haya ningún eczema. Solo siento una agradable tibieza que proviene, tal vez, del calor de todas las teas del campamento. Mi oído, eso lo noto con sorpresa, está tan aguzado como para poder escuchar las respiraciones de los militares que descansan. Es un resuello compacto y dilatado, que sube y baja los pechos de los hombres. Él es quien marca el ritmo inquebrantable de la noche y de mis pasos. Sigo avanzando y, más allá de la puerta, donde inicia el bosque atravesado por el río, alguien a quien no distingo bien me hace un gesto con la mano. Traspaso la puerta y voy tras esos movimientos. Y es extraño, alcanzo a pensar, que no haya soldados protegiendo la puerta del campamento.

Una niebla espesa lo cubre todo. Pero no me acoge ninguna inseguridad o extravío. Al contrario, constato que puedo caminar con soltura. Así no los vea, allí están el campamento y, en frente, el bosque con su río. Avanzo por entre los árboles. No sé cuándo comienza a perfilarse la gritería en el silencio de la noche. Una multitud de hombres huyentes viene en dirección mía. Creo que me van a embestir, pero pasan de largo. Como si quisieran fundirse en mi cuerpo y desistieran de ello. Detrás, un grupo de jinetes enarbolan sus lanzas y se las arrojan. Las armas hacen lo mismo que los hombres perseguidos. Me buscan, ansían atravesarme y luego me cercioro de que no me hacen nada.

Entonces veo a Livio Tertulo. Está vestido con un manto rústico. La figura del viejo que visité en Túsculo se superpone a la del muchacho que me acompañó tantas veces al riachuelo de la vía Apia adonde íbamos a bañarnos. Lo saludo y él me sonríe con una tristeza extraviada. El ojo izquierdo está abierto e irritado como una herida. A mí me conmueve ver a ese anciano en medio de este paisaje de correrías sangrientas. Y más aún cuando nada lo protege de las armas que zumban en el aire. Pero, al igual que yo, Tertulo no es atacado por nadie. Dejo que me tome de la mano y me dejo llevar a pesar de que yo debería ser el guía suyo en estos predios. En un sitio nos detenemos y él se inclina sobre un estandarte que ha tomado no sé de dónde. Alguien lo ha provisto de un líquido colorido. La piel de carnero tiene dibujada el águila imperial. Tertulo la borra con un color blanco. Pregunta que si soy el guía del imperio. Afirmo con la cabeza mientras él escribe la oración. Me la entrega y me dice que levante el estandarte. Como vacilo, él lo toma y lo enarbola entre los hombres que combaten. Pero ninguno de ellos se percata, una vez más, de nuestra presencia.

## X

He estado, me han dicho, siete días sin comer y sin beber. Siete días con sus noches que me han debilitado del todo. No distingo bien entre el sueño y la vigilia. Aunque me siento atado al lecho como a través de una plúmbea ancla. Quiero partir y no puedo. Muero una y otra vez, pero vuelvo a resurgir, tembloroso y lúcido, del vacío.

De pronto, me sobreviene la idea de que esto que he escrito solo es un largo monólogo frente a la muerte. Estoy seguro de que, al enfermarme, le entregué los papiros a Claudio Pompeyano. Él sabrá disponer de ellos. Al menos, en esa decisión creo no haber errado. Pero ¿y ese escriba, que tantas veces ha entrado a esta habitación para que copie lo que yo le dicto, dónde está ahora? Hace tan solo un instante estaba junto a mí escuchándome esa frase, «cesen de matarse hombres insensatos», que Livio Tertulo escribió en medio de la niebla y el olvido. Me dicen que Cómodo quiere verme. No poseo el más mínimo ánimo para afirmar o negar cualquier cosa. Cierro los ojos con la ilusión de no volver a abrirlos. Pero los abro al escuchar la voz de mi hijo. Distingo, hacia el fondo, el contorno brumoso de su figura. Hago un gesto mínimo con mi mano para que se acerque. Cómodo tiene tanto miedo que decide permanecer retirado. Está con la boca y la nariz protegidas por un manto. Sobre la cabeza tiene un sombrero. Estira la mano como si estuviera saludándome y despidiéndose al mismo tiempo.

No me alcanza la voz para hablarle. Percibo que se limpia los ojos. No sé si llora o tiene irritados los ojos por los aromas que flotan en el cuarto. Por el olor de la descomposición que me envuelve cada vez con más fuerza. Sé que es inútil decirle cualquier cosa sobre lo que debería o no debería hacer. «Padre», me dice, «vete y descansa de una vez por todas». Afirmo con la cabeza y Cómodo sale del cuarto con rapidez.

## XI

Quienes me rodean lloran. Les digo que no vale la pena hacerlo. Soy uno más, entre millones, que muere por la peste. Lo importante ahora, aclaro, es pensar en los vivos. Mantener encendida la llama que la Fortuna regala cada día al ser humano. No resguardarse y luchar de frente contra esta epidemia y contra las otras que vendrán después. Atajarlas y vencerlas a como dé lugar. Acaso sean ellas, y no los bárbaros con quienes peleamos, el verdadero enemigo. Me llega, de nuevo, la impresión de que hablo conmigo mismo. Miro la habitación y no veo a nadie. Seguro de estar solo, giro sobre la cama y, en ese lado, percibo a las personas que me circundan. Son sombras que van y vienen por entre los vagos resplandores de las velas. Una tos de sangre, desgarrada y honda, me sobreviene dejándome extenuado. Cuando paro por fin, escucho el corazón que aún me palpita. ¿Por qué sigo vivo y no muero ya?, me pregunto. Una de las sombras adquiere la figura del tribuno. Lo miro y le digo: «Vete adonde nace el sol que yo ya me estoy poniendo».

Y sin escuchar su contestación, cubro mi cabeza. Aspiro el incienso que hay en la atmósfera. Algo inexplicable ocurre. Sé que soy incapaz de erguirme y no podría dar un paso, pero empiezo a avanzar. Aunque no es mucho lo que camino porque, de inmediato, la vislumbro.

## XII

Ha entrado al aposento. Lenta y firme se me aproxima. ¿Debo describirla sin caer en lo exagerado, en lo fabuloso, en lo sobrenatural? ¿Para qué asombrarse ante ella si siempre ha estado conmigo? Su contorno, por lo tanto, no me resulta ajeno. Sé que es indescriptible porque lo suyo está tramado por lo desconocido. Dos momentos por fin se están uniendo. Aquel en que salí del vientre de mi madre y este en el que ahora estoy entrando. Asisto, por fin, al inicio y al fin de mis días enlazados. Antes y después de ellos hay un territorio imposible de medir. Dejo un revestimiento para envolverme en otro. Ven, le digo a la muerte, y mi mano temblorosa se proyecta en el vacío. Ella, sin embargo, no se mueve. Es mi alma, pequeña y vaporosa, la que se dispone a ir hacia su encuentro. Dejo que lo haga. Sin miedo, sin vehemencia, sin orgullo. Pero cae sobre mí, de súbito, una inmensa oscuridad. Es esto la muerte, me digo. Un deseo impetuoso por querer huir me cimbra en la angustia. Hacia dónde podría ir si es aquí, finalmente, hasta donde me han conducido mis pasos. Es esta penumbra lo que merezco, me digo. Siento un dolor que no parece tener ni final ni comienzo. Es tan agudo que ansío morir y nada más. Y voy a llorar por él cuando soy arrojado a un torbellino vertiginoso de imágenes. Ellas, me doy cuenta, han nombrado mi vida y giran en derredor de un hueco negro que empieza a deglutirlo todo. Y yo, despojado ya del cuerpo, soy atraído por él. Es entonces cuando, en ese allá adonde me dirijo, surge una figura luminosa. ¿Qué es? Sus contornos se van estableciendo con lentitud. Delinean, en un momento, las tiendas del campamento donde estoy. Enseguida las borra para que aparezcan otras formas. Roma, como una cartografía de lo efímero y la alucinación, titila y se desvanece. Tabletas y piedras y estatuas y ánforas brotan para estallar en mil pedazos. Y hombres y mujeres que hablan, que leen en voz alta los papiros, que oran ante el fuego, la lluvia y las estrellas. Otros que cultivan la tierra y combaten y construyen puentes y caminos. Y otros más que comen y beben y evacuan y copulan. Y todos ellos son también atraídos y disueltos por el fulgor. Hasta que va delineándose la última silueta. Es un lirio. En uno de sus pétalos percibo una gota de rocío que concentra toda la luz del universo. Y esa cuyo ínfimo destello me ha acompañado durante todos estos años. ¿Cuántos he vivido? Uno, cien, mil. ¡Qué importa saberlo! De pronto, me veo saliendo del útero de mi madre. Y me veo acostado en un catre militar, consumido por la peste. Y ambos sucesos también son absorbidos por el resplandor. La flor ahora, elemental y luminosa, está trazada con perfección. ¿Eso es, finalmente, el universo? ¿Eso soy yo? ¿Esto es la muerte? A su alrededor, la penumbra palpita con intensidad desde siempre y para siempre. Una voz, detrás o encima, por un lado y otro, resuena sin ser pronunciada. Pero comprendo lo que dice. «¿Debo partir?», pregunto. La respuesta llega con nitidez: «Sí, puedes irte. Y hazlo con ánimo propicio».

*Pablo Montoya*
*El Retiro, mayo de 2020 - Madrid, septiembre de 2023*